Mord und Lautenklang

ECON Historischer Kriminalroman

Zum Buch

Gret Grundlin ist 20 Jahre alt, zierlich, aber handfest, als Findelkind unter der mütterlich strengen Obhut von Schwester Immaculata in einem Nonnenkloster aufgewachsen und zu deren Leidwesen nicht ins Kloster eingetreten, sondern als Wirtschafterin bei Doctor Theophilus Minutus, einem Mediziner, tätig, dem sie auch bei seiner ärztlichen Arbeit zur Hand geht. Sie lebt, wie das von einer Frau ihres Standes erwartet wird, sittsam unauffällig, verwandelt sich aber, als in ihrer Umgebung dunkle Verbrechen aufzuklären sind, in so etwas wie einen Spürhund der Gerechtigkeit.

Doctor Minutus wird zu einem Schauturnier des reichen Grundherrn Eberhard von Eichen gerufen, der zur allgemeinen Freude auch gegen seinen jüngeren Bruder angetreten ist, welcher scheinbar tödlich verletzt zusammenbricht. Dies ist der Auftakt einer Reihe von Todesfällen auf der Burg der Familie des Grundherren, die Gret ihre Schlußfolgerungen ziehen läßt. Ihr Mißtrauen scheint nicht gerne gesehen zu werden. Mehrere Anschläge auf ihr Leben sind die Folge. Als schließlich auch die junge, schöne Witwe des Grundherren Opfer eines Giftanschlages wird, zieht Gret das Netz zu ...

Die Autorin

Barbara von Bellingen hat sich mit ihren kenntnisreich recherchierten historischen Romanen und besonders ihrem Vorzeitroman *Tochter des Feuers* einen Namen gemacht. Ihr Hexenroman *Luzifers Braut* erscheint ebenfalls als Taschenbuch bei ECON. Dies ist ihr erster Gret-Grundlin-Kriminalroman.

Barbara von Bellingen

MORD UND LAUTEN-KLANG

Ein Kriminalroman aus dem Mittelalter

ECON Taschenbuch Verlag

Ökologisch handeln:
Dieses Buch ist gedruckt auf 100 % Recyclingpapier, chlorfrei gebleicht.

Originalausgabe
3. Auflage 1995

Umschlaggestaltung: Molesch/Niedertubbesing, Bielefeld
Lektorat: Christian Andreas Hofer
Gesetzt aus der Bodoni und der Charlemagne
Satz: HEVO GmbH, Dortmund
Printed in Germany
ISBN 3-612-25073-6

Mord und Lautenklang

Lieber Herrgott – das würde ein Tag werden! Der neunte Juni fünfzehnhundert, ein richtiger Feiertag außer der Reihe! Gret zupfte ihr neues weißes Schultertuch über der Brust zurecht und lächelte in die Landschaft, durch die sie mit dem Doctor im Pferdewagen langsam dahinrollte.

Fest in Junkersdorf – welch seltene Abwechslung! Nicht daß ihr von Doctor Theophilus Minutus nicht allerhand Freiheiten geboten wurden, aber er war beileibe kein bequemer Arbeitgeber und forderte oft das Äußerste. So hatte auch dieser Morgen einen nicht ungewöhnlichen Beginn genommen. In aller Frühe – kurz vor dem Morgenrot – war der Doctor an ihrer Tür erschienen und hatte wie üblich unverschämt laut gepocht. »Heraus, Grundlin!« hatte er gebrüllt, und sie hatte sich wie immer über die frühe Störung ihrer Nachtruhe geärgert. Dauernd scheuchte er sie zu nachtschlafender Zeit aus ihrem Häuschen heraus! Aber heute hatte sie ihn nicht zu irgendeinem Krankenbesuch begleiten sollen. »Ich bin eingeladen«, hatte er verkündet, »und du kommst mit!«

Es ging also einmal nicht auf Dienstfahrt. Gret war dem Doctor wirklich dankbar. Seit ihrem vierzehnten Lebensjahr diente sie ihm als Magd und Haushälterin. Aber in diesen sechs Jahren hatte der Doctor ihr mit der Zeit noch viele andere Pflichten übertragen. Sie war fast immer dabei, wenn er seine Visiten machte, und nahm ihm lästige Handarbeit wie das Aderlassen und Schröpfen ab. Wenn man es recht besah, war der Doctor ja auch für solche niederen Aufgaben inzwischen viel zu vornehm ...

Gret verkniff sich ein Grinsen, faltete die schmalen, aber kräftigen kleinen Hände, setzte eine madonnenhafte Miene auf und betrachtete die wohlbeleibte Gestalt ihres Arbeitgebers. Der Doctor saß ihr in dem kleinen, offenen Gefährt gegenüber. Der Morgenwind spielte mit den grauen Locken, die seinen runden Kopf in einem Kranz umgaben, und die wenigen Haare, von denen seine Glatze noch bewachsen war, flatterten lustig im Luftzug. Trotz des lauen Juniwetters hatte Doctor Minutus sich auch heute in seinen weiten und langen Mantel aus schwarzem flandrischen Tuch gehüllt; der breite Schulterkragen aus Biberpelz reichte ihm fast bis an die Ohren.

Wie immer nahm der Doctor mit seiner Leibesfülle zwei der vier Sitze im Wagen ein. Außerdem saß er mit dem Rücken zur Fahrtrichtung – aus gesundheitlichen Gründen, wie er Gret schon vor Jahren erklärt hatte. »Bei der heutigen unverantwortlichen Geschwindigkeit der Fuhrwerke«, hatte er gewichtig seine These aufgestellt, »wäre alles andere äußerst schädlich. Gott hat den Menschen für nicht mehr als drei Meilen in der Stunde geschaffen; bewegt er sich schneller und sieht er auch noch seine eigene, rasende Geschwindigkeit, so muß er unweigerlich Schaden an seinem Verstand nehmen!«

Gret schmunzelte bei diesem Gedanken. O ja, auf seinen Verstand war Doctor Minutus sehr stolz. Und er hatte es ja auch weit damit gebracht. Doctor der Freien Künste und Doctor der Medizin – das waren Titel, mit denen er sich schmücken durfte. Vor allem lehrte er heutzutage an der Universität; sein Vermögen allerdings hatte er sich mit seinen medizinischen Gutachten erworben. Er war recht berühmt und hoch geachtet, der gute Doctor, obwohl Mutter Immaculata vom Kloster St. Maria Magdalena ihm jeden wissenschaftlichen Verstand absprach.

Gret konnte nur mit Mühe ihre fromme Miene aufrechterhalten. Eigentlich war sie mit Mutter Imma einer Meinung. Seinen Aristoteles hatte Theophilus Minutus zwar gründlich studiert, aber von der praktischen Arbeit eines Arztes besaß er doch nur sehr verschwommene Vorstellungen. Andererseits: Wer konnte so überzeugend wie er das Bild eines kompetenten Gelehrten bieten – angefüllt mit Buchwissen und bewandert in allen Geheimnissen der Hypothese und der Theorie?

»Was schaust du mich so an, Grundlin?« polterte der Doctor. »Habe ich Schmutz im Gesicht?«

»Aber nein! Ich freu' mich auf das Fest!«

»Dazu besteht de facto auch Veranlassung.« Doctor Minutus zog bedeutungsvoll die buschigen Augenbrauen hoch. »Welche Magd wird schon von einem so wichtigen Mann wie mir zu einem solchen gesellschaftlichen Ereignis mitgenommen? Frage dich das einmal, Kindchen – du wirst niemanden finden, der von einer solchen Herzensgüte wäre!«

»Ich weiß«, beeilte sich Gret zu antworten, »und meine Dankbarkeit ist grenzenlos.« Sie gab sich Mühe, nicht zu kichern. So war er eben, der Doctor – immer bemüht, Wohltaten unter das Volk zu streuen –, besonders, wenn er sich selbst damit mehr Glanz verleihen konnte.

»Leute von großer Bedeutung werden anwesend sein«, fuhr Doctor Minutus fort und warf sich in die Brust, »ich hoffe, du wirst nicht allzusehr geblendet sein. Höre, Kindchen – wenn du nicht recht weißt, wie du dich in Gegenwart der hohen Herrschaften verhalten sollst –«, er streckte die Hand aus und tätschelte Gret väterlich die Wange, »dann halte dich einfach an mein Vorbild. Nutze die Gelegenheit, um von mir zu lernen – hic et nunc!«

Sorg dich nicht, Doctorchen, dachte Gret, in Gegenwart des Schulzen von Junkersdorf werde ich schon nicht aus der Rolle fallen. »Selbstverständlich«, sagte sie und blies die Wangen auf.

Doctor Minutus ließ hastig seine Hand wieder sinken. »Hmm ...«, brummte er irritiert. Seine wäßrigen grauen Augen nahmen den Ausdruck an, den Gret so gut bei ihm kannte: Sie wurden rund und starrten ins Leere, während die buschigen Augenbrauen sich hoben. Sein Gesicht drückte in diesen Momenten Konzentration und Gedankentiefe aus. Aber Gret hatte den begründeten Verdacht, daß der Doctor dann nicht etwa tiefen Gedanken nachhing, sondern einfach nur döste. Und sie nannte die wohlbekannte Miene seinen »geleerten« Blick.

Aus Erfahrung wußte sie, daß es schwierig war, ihn aus diesem Dämmerzustand wieder herauszuholen. Aber diesmal mußte den Anfängen gewehrt werden. »Doctor«, sagte sie und zupfte an seinem weiten Ärmel, »Ihr habt mir noch gar nicht gesagt, was mich alles erwarten wird – ein Bankett vielleicht? Tanz? Und vor allem – wer richtet das Fest aus?«

Der Doctor schwieg. Der Wagen rumpelte, und die strohgedeckten Bauernhäuser von Junkersdorf kamen bereits in Sicht. Gret nahm einen neuen Anlauf. »Wird es auch ein Festessen geben, Doctor?«

Theophilus Minutus zog die pelzgeschmückten Schultern hoch. »Wie meinst du, Kindchen?«

»Ob es auch ein Festmahl geben wird?«

»Was – Festmahl!« Der Doctor runzelte indigniert die Stirn. »Nicht nur das, Grundlin – nicht nur das! Herr Farrenschildt von Eichen feiert schließlich seinen ersten Hochzeitstag. Und, so Gott will, wird ihm demnächst auch der langersehnte Erbe geboren. Das ist Anlaß genug.«

Gret faßte sich an den Kopf. »Herrgott, Doctor! Das hättet Ihr mir aber doch sagen müssen! Ich dachte, wir fahren zum Schützenhaus – oder so was Ähnliches!«

Minutus' Augen wurden wieder rund. »Wie …? Schützenschmaus … nein. Jahresfest der Farrenschildtschen Hochzeit. Hochvornehm. Es gibt ein Schauturnier. Anschließend Speise und Umtrunk. Wer will, kann auch tanzen …«

»Und ich hab' nicht mal mein bestes Kleid an«, murmelte Gret bestürzt. Eberhard Farrenschildt war allerdings ein Mann von Bedeutung – fünfundvierzig, Kölner Edelbürger und, vorsichtig ausgedrückt, recht wohlhabend. Diesmal hatte der Doctor nicht aufgeschnitten!

Die Farrenschildts bewohnten ein prächtiges, geräumiges Haus am Perlenpfuhl, in einem der besten Stadtviertel Kölns; außerdem besaß Eberhard in der Stadt weitere Häuser, die ihm einen hohen Mietzins einbrachten. Daß ihm dazu noch ein Rittergut außerhalb der Mauern gehörte, hatte Gret nicht gewußt. »Puh …!« Sie stieß beeindruckt die Luft aus. Farrenschildts glanzvolle Hochzeit im vergangenen Jahr war ihr noch in deutlicher Erinnerung. Strahlender Sonnenschein, so wie heute. Sie hatte in der wimmelnden, schiebenden und schwitzenden Menschenmenge bei Sankt Kolumba gestanden, um ihre Neugier zu befriedigen. Die Braut war ihr damals wie ein leibhaftiger Engel vorgekommen – zart, süß und kindlich blond, im kunstvoll geflochtenen Haar einen Kranz aus rosa Rosen. Zwei Edelfrauen hatten ihr die tiefblaue, kostbar mit bunter Seide bestickte Schleppe getragen. Und im Gürzenich hatte die hochgeborene Festgesellschaft anschließend bis tief in die Nacht getafelt.

Ja, diese Hochzeit war ohne Zweifel ein Ereignis gewesen. Aber Gret schüttelte noch einmal nachträglich den Kopf. Schon damals hatte sie vergeblich versucht, sich vorzustellen, wie die Braut sich wohl gefühlt haben mochte. Vielleicht so, wie eine Gret Grundlin sich fühlen würde, wenn sie den Doctor heiraten sollte? Der marschierte ja auch schon stramm auf die Fünfzig zu ... Gret grinste verstohlen. Unmöglich!

Wie man es auch drehte und wendete – Eberhard Farrenschildt und seine fünfzehnjährige Braut Bernhild von Arfen waren ein wunderliches Paar gewesen, der graumelierte Bär und seine kleine Elfe. Bernhild war seine zweite Frau; die erste hatte ihm bis zu ihrem Tod keine Kinder geschenkt. Aber das würde Bernhild bald nachholen; schließlich war ein Kind – möglichst ein Sohn und Erbe – das einzige, was von ihr erwartet wurde.

»Sie sind sehr glücklich miteinander«, sagte der Doctor, »jaja, sehr glücklich in der Tat!« Er heftete seine wäßrigen Augen auf Grets Gesicht. »Was gibt es da zu kichern, hä?«

Gret mußte sich abwenden, um nicht laut herauszuprusten.

Auf der Straße kam ihnen ein Reiter entgegen, der es ziemlich eilig zu haben schien. Leichte Hufe trappelten heran; ganz dicht an ihrem Wagen trabte ein gepflegter brauner Esel vorüber, auf dessen schmalen Rücken ein Dominikaner hockte, die Kapuze tief in die Augen gezogen. Der Mönch trieb das Tier immer wieder mit heftigen Hackenstößen an, während er mißgelaunt vor sich hinbrummelte.

Als der Reiter den Wagen passierte, sagte Doctor Minutus höflich: »Gegrüßt sei Jesus Christus, ehrwürdiger Vater.«

»Und mit dainem Gaiste«, kam schnaufend die Antwort des Mönchs. Er hob kurz den Kopf, zeigte seine gesunden weißen Zähne in einem knappen Lächeln und trieb sein Reittier hastig weiter.

»Der sprach aber sonderbar«, meinte Gret.

»Ein Italiener«, erklärte Doctor Minutus wichtig, »diesen Akzent kenne ich gut. Schließlich habe ich ja einige Patienten unter den welschen Kaufherren.«

»So, ein italienischer Mönch.« Gret drehte sich um und schaute dem Dominikaner nach, der in einer leichten Staubwolke der Straße nach Köln folgte, die sie gekommen waren. »Was macht der in dieser Gegend?«

»Aber Grundlin! Sancta simplicitas!« Der Doctor schlug pathetisch die Hände zusammen. »Köln ist eine weltoffene Stadt – vielleicht hat der Heilige Vater selbst den Pater hierhergeschickt, wer weiß?« Er lachte laut über sein Witzchen und wiederholte es noch einmal: »Vielleicht ist er ein Sendbote des Papstes!«

Gret lächelte schwach. Natürlich gab es ausländische Ordensleute in der Stadt. Aber irgend etwas hatte nicht gestimmt an dem Verhalten des Mönchs, der ihnen eben begegnet war ... Gret wußte nur nicht, was.

»Schau, Grundlin«, rief der Doctor aus, »da sind wir schon! Da drüben liegt das Herrenhaus!«

Jost, der Kutscher, der bis jetzt als breite Silhouette hinter dem Rücken des Doctors auf dem Bock gesessen und ohne Worte, aber mit geübter Hand das Pferd gelenkt hatte, wandte den Kopf halb nach hinten. »Verlaub, Doctor«, brummte er, »is et jestattet, dat ich mich unter et Volk menge, ja? Oder muß ich beim Päd bleiben? Wär doch schad – oder? Da is bestimmt wat los, sag ich Euch. Tät ich mir jern ansehen ...«

»Aber selbstverständlich, mein guter Jost«, sagte der Doctor jovial, »die Bauern, die zum Gut gehören, sind ja auch zugelassen. Für deinesgleichen gibt es Freibier, soweit ich weiß.«

»Untertänijen Dank auch«, jubelte Jost, »dat freut einen aber!« Er knallte vergnügt mit seiner Peitsche, um das Pferd in einen leichten Trab zu bringen. Gret schob den Gedanken an den Mönch beiseite und reckte den Hals, um besser sehen zu können.

Der Wagen bog auf einen kiesigen Weg ein, der zwischen hohen Bäumen zum Burghaus führte. Alle zwanzig Schritte waren hier Ehrenpforten aufgestellt worden; Girlanden aus Tannengrün und Heckenrosen schmückten die Querbalken. »Schön«, sagte der Doctor und bekam wieder ganz runde Augen, »ein Symbol des jungen Glücks ...«

»Ja. Wunderschön«, murmelte auch Gret. Aber sie dachte weniger an Symbole als an die duftenden rosa Blüten.

Kurz vor dem Torbogen, der die Wehrmauer der kleinen Burg durchbrach und in den Hof führte, lenkte Jost das Pferd auf einen schmalen Karrenweg, der an der Mauer entlanglief. Hier stand eine besonders üppig mit Blumen behangene Ehrenpforte; dahinter, auf einer von dicken Eichbäumen umstandenen Wiese, war das Fest bereits in vollem Gang.

Gret riß die Augen auf. Am Rand des Angers, überdacht von einer leuchtendroten Zeltplane, war so etwas wie eine Tribüne aufgebaut. Davor, in einer Entfernung von etwa zwanzig Schritten, standen die Schranken der Kampfbahn für den Tjost – rotweißgestreifte, drei Fuß hohe Pfähle mit blauen Querlatten. Seitlich der Kampfbahn flatterten an hohen Stangen die Wimpel der teilnehmenden Edelleute. Gret erkannte die Wappen der Gryn, Scharffenstein, Iddelsfeld, Quadt, Schönradt ... alles Herren aus der Nachbarschaft oder Edelbürger der Stadt. Es waren auch viele Wimpel dabei, die Gret nicht identifizieren konnte. Aber die Fahne des Gastgebers – die mit dem Stierkopf – wehte gleich in drei Exemplaren über der Tribüne.

Von dort schallte Musik herüber. Eine Gruppe Spielleute unterhielt die Gäste, die sich bereits auf den Bretterbänken unter dem Zeltdach niedergelassen hatten, mit lauten, lustigen Tanzweisen. In das Näseln der Krummhörner, das Quäken der Sackpfeifen und den gellenden Klang der Schalmeien mischten sich Gelächter und Gesang. Rund um die Absperrung der Kampfbahn und neben der Tribüne wimmelte es von festlich aufgeputzten Menschen. Die Bauersleute von den umliegenden Pachthöfen trugen ihr Sonntagsbestes – weißes Leinen, waidblau gefärbte Wolle, neue, blankgeputzte Bundschuhe. Und die Angehörigen der adligen Familien schillerten in bunter Seide, glänzendem Brokat und funkelndem Schmuck wie Goldfasane unter lauter Rebhühnern.

Jost lenkte das Pferd unter einen Baum und sprang vom Bock. Er half erst dem Doctor beim Aussteigen, dann reichte er auch Gret die Hand. »Ich hab et Bierfaß schon jesehen«, sagte er mit funkelnden Augen, »haste Lust, mit mir einen zu heben, Jriet?«

Gret schüttelte den Kopf. »Nein«, antwortete sie, »ich seh' mir lieber das Spektakel an. Sauf du besser alleine!«

»Auch jut.« Jost schob ab. Er steuerte mit langen, schlendernden Schritten quer über den Rasen auf das riesige Bierfaß zu, das auf zwei Böcken am Rand der Festwiese stand. Jost hatte wirklich gute Augen, wenn es um den Sinn seines Lebens ging, dachte Gret und lächelte nachsichtig. Trauben von Menschen seinesgleichen hatten sich bereits bei der Bierquelle versammelt oder strebten eilig dorthin.

Der Doctor murmelte so etwas wie »Saufkopp« und fuhr sich mit der flachen Hand über sein schütteres Haupthaar. Dann packte er die Zügel des Pferdes und warf sie einem der überall herumlungernden, barfüßigen Bauernkinder zu. »Abschirren und grasen lassen«, befahl er dem strupphaarigen kleinen Jungen barsch, »und wehe, das Tier hat nicht so schnell wie möglich einen Eimer Wasser – verstanden?«

Der Junge schaute dumm drein. Aber dann nickte er, eingeschüchtert von der imposanten Erscheinung und dem herrischen Ton des Doctors. Gehorsam begann er, das Pferd von seinen Zugleinen zu befreien.

»Sorg auch dafür, daß es nicht weglaufen kann«, befahl der Doctor abschließend, »du weißt ja, was dir passiert, wenn ich wiederkomme und das Pferd ist nicht mehr da!« Er drehte sich einfach um und stiefelte würdigen Schrittes auf das Zentrum der Festlichkeiten zu – die Tribüne, wo die hohen Herrschaften saßen.

Gret betrachtete einen Augenblick lang den Jungen. Er war sicher nicht älter als sieben oder acht Jahre, aber er handhabte bereits mit großem Geschick die Schnallen und Riemen des Pferdegeschirrs und schien überhaupt Übung im Umgang mit Pferden zu haben. Als er kurz aufblickte, zwinkerte Gret ihm zu, und er grinste breit zurück. »Ich binde den Jaul einfach an«, sagt er etwas unsicher, »aber nur, wenn's recht is …«

»Ist recht«, bestätigte Gret. »Aber es wäre nett, wenn du ihm trotz allem was zu saufen gäbst.«

»Klar«, sagte der Junge, »so'n Vieh hat ja schließlich auch mal Durst.«

»Und ob! Sag, wie heißt du eigentlich?«

»Bätes.«

»Al-bertus oder Hu-bertus?«

»Hu. Aber Bätes reicht. Bin ich so gewöhnt.«

»Ich heiße Gret. Und so wahr ich so heiße – du sollst 'ne Belohnung kriegen, wenn wir wieder abfahren!«

»Oh – danke! Dann paß ich doch auf den Jaul auf!«

Gret mußte lachen. »Nicht nötig, Bätes. Bleib nur in der Nähe, damit ich dich hinterher auch wiederfinde!«

Der Doctor war mitten auf der Wiese stehengeblieben. »Wo bleibst du denn, Grundlin?« donnerte er unwirsch.

»Komme sofort, Doctor«, rief Gret und rannte ihm nach.

Er faßte nach ihrer Hand. »Dicht an der Absperrung neben der Tribüne ist zwar wenig Platz«, sagte er, »aber wir wollen doch mal sehen, ob wir uns nicht zwischen den Leuten durchdrängen können!«

»Kann sein, daß –« ein Fanfarenstoß schnitt Gret das Wort ab. Gleichzeitig kam ein hochgewachsener Mann in Brustharnisch und Beinschienen auf sie zu. »Doctor Minutus – welche Freude, daß Ihr Zeit gefunden habt! Ihr hattet mir ja eigentlich abgesagt – und nun seid Ihr doch gekommen!« Der Gastgeber – Eberhard Farrenschildt in Person!

»Jaa, jaa –«, die Antwort des Doctors klang wie ein müder Seufzer. »Amt und Würden drücken oft schwer, Euer Gnaden. Dennoch konnte ich es möglich machen, auf Eurem

Fest zu erscheinen – in aller Bescheidenheit.« Er ließ unauffällig Grets Hand los und verneigte sich tief.

»Mein lieber Minutus – nehmt doch Platz auf der Tribüne«, forderte der Gastgeber auf, »da habt Ihr die beste Sicht. Gleich werden sich einige junge Herren mit der Lanze messen, und später trete ich selbst gegen meinen einzigen lieben Bruder an. Das wird ein Spaß, Gernot zittert bereits. Er ist ja so ungeschickt!« Eberhard Farrenschildt lachte fröhlich. »Aber ich werde ihn nicht zu hart treffen, das hab' ich ihm vorher versprechen müssen.«

»Euer Gnaden machen immer so lustige Scherze«, schmeichelte Doctor Minutus, »aber auf die Tribüne – meine Wenigkeit? Das wäre zuviel der Ehre!«

»Nichts da!« Eberhard Farrenschildt zog den Doctor einfach mit. »Die Ehre ist ganz auf meiner Seite! Übrigens – das Pulver, das Ihr mir gegen mein Magendrücken empfohlen habt, ist von guter Wirkung.«

»Deo gratia«, sagte der Doctor.

Alter Pfau, dachte Gret. Unnachahmlich, wie er sich wieder in Szene setzt!

»Euer Gnaden – ich erweise Euch gern die Ehre«, säuselte Theophilus Minutus, »ein Mann der Wissenschaft und ein Mann von altem Adel – das ist eine würdige Verbindung. Findet Ihr nicht?«

»Sicher«, sagte Eberhard Farrenschildt herablassend, »nun frisch auf den Sitz ganz rechter Hand. Er war für Euch reserviert, falls Ihr kommen konntet.«

Der Doctor warf einen flüchtigen Blick auf Gret. »Du kannst dir einen Platz hinter der Absperrung suchen, Kindchen«, empfahl er betont leutselig, »das Turnier wird sicher sehr aufregend für dich sein. Ich lasse dich dann rufen, wenn ich wieder heimkehren will!«

»Keine Sorge, Doctor«, gab Gret gereizt zurück, »wir werden uns schon nicht verpassen.« Na warte, alter Gockel, dachte sie. Mich einfach unters Fußvolk zu schicken!

»Eure Magd?« fragte Eberhard Farrenschildt mit einem flüchtigen Seitenblick auf Gret. »Warum habt Ihr sie mitgebracht?«

»Sie geht mir oft bei Consultationes mit einfachen Arbeiten zur Hand«, entschuldigte sich der Doctor verlegen, »ich dachte mir – falls meine Kunst heute benötigt werden sollte, wäre sie sogleich zur Stelle, um mir zu assistieren ...«

»Ach so! Sehr klug, sehr vorausschauend, mein lieber Doctor!« Eberhard Farrenschildt war versöhnt. »Wißt Ihr – als ich Euch einladen ließ, hatte ich allerdings daran gedacht, Euch gegebenenfalls um Rat zu bitten. Verletzungen kommen schließlich auch bei den besten Turnieren vor!« Er lachte herzlich. Minutus stimmte notgedrungen ein. Aber sein Gelächter klang pikiert.

Grets Lachen war echt. Wunderbar – Nothelfer Doctor Minutus! Sie verabschiedete sich mit einem Knicks und mischte sich unter die Leute am Rand der Kampfbahn. Aus den Augenwinkeln sah sie noch, wie der Doctor auf der Tribüne ganz unten rechts neben dem Oberstallmeister Platz nahm. Geschieht ihm recht, dachte Gret. Das hat man davon, wenn man versucht, sich mit dem Adel auf die gleiche Stufe zu stellen!

Sie schob sich an den Absperrungsseilen entlang. Direkt gegenüber der Tribüne fand sie einen guten Platz neben zwei jungen Bauernburschen, die sie gerne duldeten. Sie boten ihr sogar ein Stück von dem Eierkuchen an, den sie irgendwo ergattert hatten. Gret lehnte lächelnd ab. »Lieb von euch – aber ich bin viel zu gespannt auf das Kampfspiel! War noch nie bei so was dabei!«

»Wir auch nicht«, sagten die Burschen einstimmig, »mal sehen, was die Herrchen uns zu bieten haben!«

Gret ließ den Blick über die hochgeborenen Gäste wandern, die im Schatten unter dem roten Sonnensegel saßen und kandierte Früchte knabberten. Oben in der Mitte war die junge Frau des Gastgebers zu erkennen. Sie mußte es sein – ganz in Hellblau, das blaßgoldene Haar halb bedeckt von einer kleinen Flügelhaube aus Goldbrokat und Schleierflor. Unübersehbar hochschwanger ...

Zur Rechten hatte sich soeben der gerüstete Farrenschildt selber niedergelassen; links neben ihr saß ein etwas jüngerer Mann, der ebenfalls Brustharnisch trug. Wahrscheinlich Gernot Farrenschildt, der »einzige, liebe Bruder«. Und neben diesem saß ein viel jüngerer Ritter, vielleicht ein weiterer Verwandter der Familie.

Die Fanfaren gellten von neuem. An der Kampfbahn wurde es lebendig. Zu beiden Seiten bereiteten sich die Teilnehmer am Tjost auf ihren Ritt vor. Kampfrosse, prächtig geschmückt und umwallt von seidenen Schabracken in den Farben ihrer Besitzer, wurden an die Enden der Kampfbahn geführt und warteten dort, bis sie gebraucht wurden. Die Musik verstummte. »Jetzt wird's spannend«, murmelte einer der beiden Bauernjungen.

Ein langer, dürrer Page in schwarzweißgestreiften, strumpfartig engen Hosen stakste in die Mitte der Bahn. Er reckte sich, bog den Hals zurück wie ein junges Hähnchen, das Krähen lernt, und schrillte: »Herr Diether Scharffenstein tritt an gegen Herrn Wolfram von Blegge, genannt Quadt!«

Beifall rauschte auf. Gret hörte Anfeuerungsrufe: »Hoch der Scharffenstein!« – »Quadt den Sieg!« Fanfaren heulten ein Signal. Die beiden ersten Wettkämpfer saßen auf, in den hochlehnigen Sattel gehievt von ihren Stallknechten. Sie bekamen ihre Lanzen gereicht – hölzerne, grell bemalte, acht Fuß lange Riesendinger mit stumpfen Spitzen. Dann kam die dritte Fanfare. Schnaubend und mit donnernden Hufschlägen setzten sich die beiden Kampfrosse schwerfällig angaloppierend in Bewegung.

Höchst gespannt folgte Gret dem Weg der schweren Pferde. Die beiden jungen Herren saßen kerzengerade im Sattel; ihre Rüstungen, frisch poliert für den Wettkampf, glänzten in der Sonne. Über den geschlossenen Visieren flatterten ihre Helmbüsche – dunkelgrün bei Scharffenstein, blau bei Blegge-Quadt.

Gebannt schaute Gret hin. Die Pferde schienen in der warmen Junisonne förmlich zu dampfen, wie sie mit stampfenden, polternden Sätzen aufeinander zuhielten, und die bunten Lanzen senkten sich im richtigen Winkel, als die Reiter sich der Mitte der Bahn näherten. Dann krachte Holz auf Eisen.

Splitter flogen durch die Luft – eins der schweren Kampfrosse prallte so hart zurück, daß es sich fast auf die Hinterhand setzte. Sein Reiter – Herr Quadt – stürzte, von der gegnerischen Lanze an der Schulter getroffen, im hohen Bogen aus dem Sattel. Metall klirrte und rasselte ... der Sieger konnte sich kaum selbst im Sattel halten, weil sein Tier auskeilte und stieg und seitwärts ausbrach ...

»Heiliger Sankt Georg«, sagte Grets Nachbar bewundernd, »der Kerl kann reiten! Wenn er nichts kann, aber das kann er!«

»Und auch draufhalten«, meinte der andere Bursche.

Der Kampf war eindeutig entschieden. Unter Beifallsstürmen und Jubelrufen ritt der junge Scharffenstein aus der Bahn, Quadt hinkte zu Fuß hinterher und ließ den Kopf hängen. Kein Wunder – er hatte mit dem Kampf auch sein Pferd und die Rüstung an den Scharffenstein verloren und würde das Tier und seine Waffen mit Geld wieder auslösen müssen. »Was so ein Panzer wohl kostet?« fragte Grets Nachbar. Er hatte offenbar die gleichen Gedanken gehabt wie sie. Der andere Bursche zuckte die Achseln. »Mehr, als du im Leben je in die Finger kriegst«, sagte er lakonisch, »aber bezahlen darfst du den Luxus trotzdem – wenigstens den von unserem Herrn.«

Gret bemerkte, daß Farrenschildt und sein Bruder von ihren Plätzen unter dem Sonnensegel verschwunden waren. Ebenso hatte die junge Frau Bernhild ihren Platz verlassen. Sonderbar ... wo doch das Turnier eben erst seinen Anfang genommen hatte! Gret suchte mit den Augen die Umgebung der Tribüne ab, aber sie konnte weder die zierliche kleine Dame im blauen Kleid noch die beiden Herren finden.

Ihr Blick wanderte zum Sattelplatz – und da standen sie, umringt von den jugendlichen Teilnehmern des Wettstreites, die sich auf ihren Ritt vorbereiteten. Was hatte das zu bedeuten?

Gret spähte interessiert hinüber. Eberhard Farrenschildt verhandelte offenbar mit den Herren Gryn und Iddelsfeld, die an ihren wappengeschmückten Waffenröcken zu erkennen waren. Jetzt nickten die beiden jungen Wettkämpfer, lachten, legten die Helme nieder, die sie hatten aufsetzen wollen. Frau Bernhild schritt langsam zum rechten Ende der Kampfbahn, wo eben ein riesiger, großrahmiger Apfelschimmel aufgezäumt und gesattelt wurde. Eberhard Farrenschildt folgte ihr – er trug seinen Helm unter dem Arm.

Aha, dachte Gret, die Brüder Farrenschildt wollen schon jetzt gegeneinander antreten, ehe die Sonne den Mittag erreicht hat und es für die alten Herren zu heiß wird! »Jetzt gibt's was zu lachen«, meinte einer der Bauernburschen, »die beiden sind schon seit Jahren aus der Übung!«

Kommt mir nicht so vor, dachte Gret. Sie schaute aufmerksam zu, wie Eberhard sich von seiner jungen Gemahlin die Schnallen des Brustharnischs festziehen ließ. Sie reichte ihm auch die Halsberge, hob sie hoch, um sie ihm anzulegen. Ihr Gemahl schüttelte den Kopf. »Das ist nicht meine«, hörte Gret ihn lauthals schimpfen. Frau Bernhild zog einen Schmollmund, nahm den eisernen Kragen unter den Arm und trug ihn zum anderen Ende der Bahn, wo der zweite Farrenschildt sich rüstete. Sie überreichte einem der Knechte den unhandlichen Halsschutz und kehrte dann mit der Halsberge ihres Gemahls zu ihm zurück. Lächelnd half sie ihm selbst hinein und setzte ihm sogar den Helm auf. Dann trat sie beiseite, warf ihm kokett eine Kußhand zu und nahm ihren Platz auf der Tribüne wieder ein.

»Die brauchen ja ewig«, murrte einer der Bauernburschen.

»Haben eben die Gicht in den Knochen«, sagte der andere,»da geht's nicht mehr so schnell.«

»Gicht?« Gret lächelte. »Wohl kaum. Die würde ich erkennen, wenn ich sie sehe.«

Der dürre Page, das schwarzweißgestreifte Hähnchen, erschien von neuem auf der Bahn. »Edle Damen und Herren«, schrie er in den höchsten Tönen, »nun folgt der Ehrenkampf. Es tritt an Herr Eberhard Farrenschildt von Eichen, unser Gastgeber – und sein Gegner im Wettstreit ist Herr Gernot Farrenschildt, der Bruder unseres geliebten Herrn! Zollt ihnen ...«

Der Rest seiner schrillen Rede ging in jubelndem Beifall, in Klatschen und Hochrufen unter. Die Fanfare tönte; auf der linken Seite setzte sich Eberhards mächtiger Apfelschimmel unter der glänzenden schwarzseidenen Schabracke, auf der rechten Seite Gernots brauner Wallach – ohne Schabracke, aber mit schönem roten Zaumzeug – in stampfende, kraftvolle Bewegung.

Und die Brüder hielten sich sehr gut im Sattel, wie Gret erkannte. Beide hatten schließlich die Vierzig längst überschritten. Aber zwischen ihnen und den jungen Rittern Quadt und Scharffenstein war kein Unterschied festzustellen; sie hielten mit perfekt gesenkten Lanzen in starkem Trab schnurgerade aufeinander zu.

Jetzt spornte Gernot seinen Wallach – das Tier tat einen schwerfälligen Satz und fiel in polternden Galopp. Gernots Lanze wippte, fuhr wieder hoch. Einen Augenblick lang stellte sich der Reiter in den Bügeln auf und legte den behelmten Kopf schief, während sein Pferd vorwärts drängte.

Eberhard ließ den Apfelschimmel jetzt ebenfalls galoppieren. Die Kämpfer näherten sich der Mitte; Rasenbüschel spritzten unter den Eisen der beiden schweren Rosse.

Die Kämpfer trafen aufeinander. Wieder klang Holz auf Metall, und Eberhards blauweißgestreifter Lanzenschaft flog zersplittert ins Gras. Gernot war getroffen, aber er hielt sich im Sattel.

Tosender Beifall. Die beiden Altritter wendeten ihre Tiere und kehrten jeder an sein Ende der Bahn zurück. Eberhard ließ sich eine neue Lanze reichen; die Pagen sammelten die Bruchstücke der ersten vom Rasen auf. Es gab ein zweites Treffen!

Auf der Bahn ließen die Kämpfer ihre Pferde wieder antraben. Zum zweiten Mal wurden die Lanzen eingelegt, und die Tiere fielen in ihren schwerfälligen, donnernden Galopp.

Gernot schwankte im Sattel – Gret konnte es deutlich sehen. Seine Helmzier, ein kleiner hölzerner Stierkopf, beschrieb kreiselnde Bewegungen.

Die beiden Ritter trafen sich. Eberhards Lanze streifte die Schulter seines Bruders, glitt ab, polterte auf den Rasen. Gernot ließ ebenfalls seine Lanze fallen, zügelte mühsam sein Pferd ... rutschte seitwärts aus dem Sattel!

Eberhard hob den Arm in Siegerpose. Wieder toste Beifall; die Fanfaren gellten einen Jubelschrei. Die junge Gemahlin des Gewinners beeilte sich, von der Tribüne herunterzusteigen. Sie lief in die Bahn, half ihrem Eheherrn aus den Steigbügeln, nahm ihm den Helm ab ... sie wirkten rührend, wie sie sich so gegenüberstanden und sich anlächelten. Was hatte doch der Doctor gesagt? Sie sind sehr glücklich miteinander. Gret schien das jetzt auch so.

Gernot, der Verlierer, rappelte sich vom Boden auf. Er versuchte, den Helm abzunehmen, aber er benahm sich sehr ungeschickt dabei. Immer wieder glitten seine Panzerhandschuhe an dem blanken Eisen ab ... ein Knecht war behilflich. Jetzt war die unbequeme Hundsgugel endlich herunter.

Und dann knickten Gernots Beine einfach unter ihm ein. Gret hörte ihn keuchen und röcheln. Sie sah, wie der am Boden Kniende die Arme hob und damit in der Luft herumruderte. Sein Stöhnen wurde lauter, es klang wie unterdrücktes Angstgeschrei. Auch die wunderlichen Bewegungen, die er vollführte, wurden wilder und erregter. Sein Körper begann, krampfhaft zu zittern.

»Was hast du, Bruder?« hörte Gret Eberhard Farrenschildt entsetzt ausrufen. Frau Bernhild kniete bei ihrem Schwager nieder, der jetzt zuckend auf dem Rasen lag, und nestelte hastig an den Verschlüssen seines Panzers. Sie löste die Schnallen, riß die Halsberge ab ...

Gernot lag still. »Lieber Gott«, schrie Eberhard Farrenschildt, »ich habe ihn verwundet! Zu Hilfe – Doctor, er braucht Hilfe!«

Gret überlegte nicht lange; sie raffte ihre grauleinenen Röcke, stieg einfach über die Seile der Absperrung und rannte zu dem Verletzten hinüber. Von der Tribüne her näherte sich langsam und würdevoll Doctor Minutus. Sie erreichten Gernot Farrenschildt fast gleichzeitig.

Gret kniete sich neben den Verwundeten und schaute ihm ins Gesicht. Seine Haut war wachsbleich; die Augen starrten halbgeöffnet in den Himmel. Als Gret die Finger an seinen Hals legte, fühlte sie kaum noch einen Herzschlag; nur ein schwaches, bebendes Flattern war zu spüren.

Noch während ihre Finger tasteten, hörte das leise Zittern auf. Kein Atemzug hob mehr die Brust. »Aus dem Weg, Grundlin«, herrschte der Doctor Gret an, »besorge lieber ein Glas Wasser für ihn! Du siehst doch – er ist der Ohnmacht nah«, er warf ihr einen finsteren Blick zu, »lauf schon, Mädchen – ich diagnostiziere derweil die Wunde.«

Gret nahm die Hand von Gernot Farrenschildts Hals. »Wasser wird nicht mehr nötig sein«, sagte sie nüchtern, »seht selbst.«

»Dummes Ding«, sagte der Doctor, »tu, was ich dir sage!« Gret stand auf. In diesem Augenblick sah sie die kleine rote Schwellung am Halsansatz des Verunglückten. Es war nur eine winzige Wunde – ein Insektenstich vielleicht, und ein Blutfleck war auch an ihrem Finger geblieben …

Sie wischte das Tröpfchen an ihrem Rock ab. Doctor Minutus beugte sich schnaufend nieder und wiederholte, was Gret bereits erledigt hatte – er fühlte den Puls. Nach einem langen Augenblick hob er den Kopf, legte die Stirn in Falten des Bedauerns und sagte: »Das Herz steht still – ergo: Es hat aufgehört zu schlagen. Ergo: Es war zu schwach, um die Strapazen des Wettkampfes zu ertragen. Ergo: Es hat den Dienst versagt.«

»Oh, mein lieber Gemahl«, stieß Frau Bernhild aus, »Euer armer Bruder ...!«

Grets Blick blieb unwillkürlich auf dem Gesicht der jungen Frau haften. Zwei große, unschuldsvolle Augen leuchteten darin – zwei ängstliche Kinderaugen, die sich langsam mit Tränen füllten. Arme kleine Frau, dachte Gret, so ein Unglück an deinem ersten Hochzeitstag!

»Was sagt Ihr da«, würgte Eberhard Farrenschildt entsetzt hervor, »sein Herz ist immer kerngesund gewesen, Quacksalber! Es war nicht schwach – niemals!«

Tief beleidigt richtete sich Doctor Minutus auf und musterte seinen Gastgeber. »Ich kann verstehen«, sagte er, während seine Stimme empört zitterte, »daß der Schmerz um Euren Bruder Euch aus dem Gleichgewicht bringt.« Er räusperte sich heftig. »Dennoch ersuche ich Euch«, fügte er steif hinzu, »die Ehre der Medizinischen Fakultät der Universität zu Köln, die ich in meiner Person repräsentiere, nicht in den Staub zu treten.«

Eberhard Farrenschildt schluchzte. »Verzeiht, Doctor«, brachte er mühsam heraus, »ich bin fassungslos – ich verstehe das einfach nicht! Mein Bruder war immer so gesund, daß er sich nicht einmal schröpfen lassen mußte!«

Gret sah, daß dem Mann die Tränen in den Bart kullerten. Das blanke Eisen seines Brustpanzers war naß gesprenkelt. »Schon gut«, sagte Doctor Minutus, »es gibt unter uns Medizinern eine Redensart: Was das Wort nicht heilt, das heilt das Kraut. Und was das Kraut nicht heilt, das heilt das Messer. Was aber das Messer nicht heilen kann, das heilt nur der Tod.« Er schwieg, wartete die Wirkung seiner salbungsvollen Rede ab und staubte währenddessen mit einer weit ausholenden Handbewegung seinen schwarzen Mantel ab.

Ringsumher hatte sich inzwischen eine Menschenmenge angesammelt. Hochgeborene Gäste und Bauernvolk gleichermaßen umstanden den Toten und gafften. Einzelne Stimmen waren aus dem allgemeinen Schreckensgemurmel herauszuhören: »Der Schlag hat ihn getroffen – aus heiterem Himmel!« – »Ein Gottesgericht!« – »So kann es jedem gehen – merk dir das, Lausebengel!« – »Aber der hatte doch immer ein Herz wie ein Ochse ...«

Diese Bemerkung kam von einem jungen Stallknecht, der kopfschüttelnd die Leiche betrachtete. Neben dem Knecht stand der junge Edelmann, der auf der Tribüne neben Bernhild gesessen hatte. Er versuchte mit kreideweißem Gesicht, seine Tränen zurückzuhalten. »Vater ...«, flüsterte er tonlos. »Vater!«

Frau Bernhild warf leidenschaftlich die Arme um ihren Gemahl. Ihr schönes Mädchengesicht hatte den Ausdruck einer leidenden Muttergottes, wie Gret sie von Altarbildern kannte.

»Das Fest ist zu Ende.« Eberhard Farrenschildt bemühte sich, beherrscht zu sprechen. »Dieser Freudentag ist zu einem Tag der Trauer geworden. Ich bitte Euch, liebe Freunde – habt Verständnis!«

Stummes Kopfnicken überall, Mitgefühl, Grabesstimmung. Zwei Knechte hoben den Leichnam vom Rasen auf und trugen ihn zur Tribüne; dort wurde er auf eine Bahre gebettet. Frau Bernhild, deren bleiches Gesicht naß von vergossenen Tränen war, folgte ihrem Gemahl langsam zum Rand der Kampfbahn. Das ungleiche Paar bot trotz aller Unterschiede ein rührendes Bild ehelicher Eintracht.

Gret schluckte. Groteskerweise stieg ihr, als die beiden

davongingen, der Geruch frischer Zwiebeln in die Nase. Wahrscheinlich war er mit der leichten Brise von der Festtafel hergeweht, die bereits reichhaltig gedeckt worden war. Aber keiner der geladenen Gäste schien sich mehr für die gebratenen mit Blumenkränzen dekorierten Spanferkel, für die dampfenden Pasteten und die leckeren, knusprig braunen Hühnchen zu interessieren, die dort auf weißem Leinen so appetitlich aufgestellt waren. Nur die Knechte, die Pachtbauern und das übrige Gesinde – diejenigen, für die hier nicht gedeckt worden war – warfen begehrliche Blicke auf die Festtafel.

»Hier haben wir nichts mehr zu suchen«, sagte Doctor Minutus wie zu sich selbst. Er schaute noch einmal zur Tribüne hinüber, wo sich die jungen Herren, die am Turnier hatten teilnehmen wollen, von ihren Knechten aus dem Panzer helfen ließen. Die schweren Kampfrosse wurden abgesattelt; Stalljungen nahmen ihnen die leuchtenden Schabracken ab und führten sie vom Platz. Gret hatte den Eindruck, als ob all die bunten Farben des Festes plötzlich verblaßten; die schillernden adligen Goldfasane räumten das Feld, und nur die graubraunen Rebhühner – die Knechte und Mägde – blieben noch, um aufzuräumen.

»Geh schon zum Wagen«, brummte der Doctor, »ich will sehen, daß ich den versoffenen Schlingel Jost von seinem Bier losreißen kann, damit wir nach Hause kommen.«

Gedankenverloren stapfte Gret zurück unter die Bäume, wo das leichte Fuhrwerk des Doctors stand. Sie sah plötzlich das Gesicht des Toten wieder vor sich; keine blauen Lippen, wie das bei einem versagenden Herzen doch eigentlich der Fall hätte sein müssen ... und dann diese eigenartigen Krämpfe, die den Mann vor seinem plötzlichen Tod geschüttelt hatten ...

Komisch. Irgend etwas stimmte nicht an Doctor Minutus' Diagnose. Mutter Immaculata war Apothekerin – ob sie vielleicht mehr dazu sagen konnte? Denn Gret war sehr neugierig geworden.

Der kleine Junge wartete beim Wagen. Er hatte sich ins Gras gesetzt und lehnte mit dem Rücken am vorderen linken Wagenrad. Als er Gret kommen sah, sprang er auf. »Das war ja'n Ding, was?« rief er ihr mit seiner dünnen Kinderstimme entgegen, »jetzt fällt das ganze Fest aus!«

Gret rückte ihre Haube zurecht und kletterte auf die hintere Sitzbank. »Tja«, sagte sie, »wirklich eine traurige Angelegenheit. Sag mal, Bätes«, sie betrachtete nachdenklich den mageren kleinen Kerl, »gehörst du eigentlich zum Hof Eichen?«

Bätes reckte sich stolz. »Ich sehe vielleicht nicht so aus«, sagte er mit einem Blick auf sein grobes Hemd aus ungefärbtem Leinen und die verschlissenen, nur noch knielangen Hosen aus verblichener blauer Wolle, »aber mein Vater ist Stallknecht hier. Hat sämtliche Pferde unter sich. Und der Herr kann ihn sehr gut leiden. Die Frau auch.«

»So, die Frau auch.« Gret fand den Stolz des Jungen auf seinen bescheidenen Stand rührend. Ein Lumpenkind, das sicher selten satt wurde und dennoch zufrieden war. »Na – demnächst gibt es ja noch einen neuen kleinen Farrenschildt.«

»Ja. Endlich ein Erbe.« Jetzt redete Bätes wie ein Erwachsener. »Frau Bernhild hat dem Herrn zwar kein Geld eingebracht, sagt meine Mutter, aber wenigstens kann sie Kinder kriegen.«

»Und das freut deine Mutter?«

»Ja, klar! Sie ist hier die Hebamme. Vielleicht wird sie sogar noch Amme, wenn Frau Bernhild sie aussucht.« Die dunkelbraunen Augen des Jungen begannen zu leuchten. »Das wäre das reinste Himmelreich«, schwärmte er, »meine Mutter hätte dann Zutritt zur Küche, und für uns alle würde was abfallen!«

»Wie viele seid ihr denn?«

»Sechs. Mit meinem toten Schwesterchen von vor drei Jahren sieben. Aber das zählt ja nicht mehr mit.«

»Nein – die Toten zählen nicht mehr mit. So ist das überall. Der tote Herr Gernot ist jetzt auch nicht mehr wichtig.« Gret kam ein Gedanke. »Bätes, arbeitest du manchmal im Stall oder im Haus mit?«

»Oh andauernd! Ich trag' Wasser – oder ich miste aus. Ich kann schon vieles. An- und Ausspannen zum Beispiel.« Der Kleine strahlte wieder diesen bescheidenen Stolz aus.

»Das hab' ich gesehen«, meinte Gret, »du bist wirklich sehr geschickt. Wahrscheinlich kennst du dich im Herrenhaus sehr gut aus.«

»Klar. Ich darf zwar nicht überall rein –«, ein pfiffiges

Grinsen zuckte über das schmale Kindergesicht, »aber ich war trotzdem schon in jedem Raum – auch in den Zimmern, wo die Herrschaft wohnt.« Er brach erschrocken ab. »Du erzählt es doch nicht weiter …?«

»Aber nein – wo werd' ich denn?« Gret beruhigte ihn schnell. »Das bleibt natürlich unter uns. Aber wenn du mal in die Stadt kommst, dann zeig' ich dir, wie der Doctor wohnt. Er hat ein hübsches Haus in der Glockengasse.« Grets Ton wurde verschwörerisch. »Wir klauen uns dann ein dickes Stück Speck aus seiner Küche … Ich kann nämlich auch überall rein. Hättest du Lust?«

»In die Stadt? Da war ich noch nie!« Bätes bekam ganz große, begeistert strahlende Augen. »Wenn mein Vater den Herrn wieder in sein Haus nach Köln fährt, dann könnte ich …« Er verstummte. »Gemacht«, sagte er nach einer Denkpause, »ich besuch' dich bald. Wie heißt der Doctor?«

Aufgewecktes Bürschchen, dachte Gret. »Minutus. Und er wohnt in der Glockengasse.«

»Gemerkt!« Bätes Lächeln ging quer über sein spitzes Gesicht. Mit seinem dunklen, glänzenden Haar und den blanken Augen wirkte er auf einmal wie ein kleiner Marder.

»Wirst du's auch finden?«

»Sicher dat!« Das Marderchen nickte ernsthaft.

Der Doctor nahte mit Jost im Schlepptau. Gret erkannte an Josts leicht schwankendem Gang, daß er auf jeden Fall zu seinem Freibier gekommen war. Unter der braunen Lederweste trug er ein dickes Paket, das er liebevoll unter den Kutschbock bettete, bevor der dem Doctor beim Einsteigen half.

Bätes führte das Pferd heran und war schon fast mit dem Anspannen fertig, als Jost sich endlich umdrehte und sich dieser Arbeit widmen wollte. Er hantierte nur noch am

Kopfgeschirr des Pferdes herum, tat so, als müsse er das Kummet geraderücken, stieg dann schwankend auf und nahm die Zügel. Er schnalzte mit der Zunge – die Fuchsstute setzte sich in Bewegung.

»Halt«, rief Gret, »was ist mit der Belohnung für den Jungen? Der hat ja das Pferd versorgt und die ganze Zeit ein Auge auf den Wagen gehalten!«

»Belohnung?« Der Doctor kniff die Augen zusammen. »Kann mich nicht erinnern, ihm eine versprochen zu haben. Da könnte ja jeder kommen. Wo kämen wir denn da hin, wenn ich jedem kleinen Lumpenhund –«

»Doctor!« Grets Stimme nahm Schärfe an. »Zwei Dickmännchen, aber mindestens!« Sie hielt Minutus die Hand unter die Nase und machte zählende Bewegungen mit Daumen und Zeigefinger. »Doctor – ich kündige sonst! Geiz kann ich nicht leiden!«

Theophilus Minutus schaute erst verdutzt, dann betroffen drein. Gehorsam fummelte er unter dem weiten Mantel nach seiner Börse, zog den grünen Lederbeutel hervor und öffnete ihn hastig.

»Es dürfen auch drei sein«, sagte Gret energisch, »schließlich gehören wir nicht zu den armen Leuten!«

»Grundlin – das geht zu weit«, brauste der Doctor auf. Aber unter ihrem zwingenden Blick nahm er dennoch drei Münzen heraus und ließ sie widerstrebend in Bätes' schmuddelige Hand fallen. »Schön«, knurrte er gereizt, »ehe du mir den Dienst aufsagst! Außerdem – Geiz liegt mir fern. Das weißt du doch!«

Bätes war deutlich sprachlos über so viel Geld. Er brachte keinen Ton heraus und dankte mit einem glückseligen Strahlen, das sein ganzes Gesicht überzog.

Der Wagen holperte über die steinige Landstraße zurück nach Köln. Der Doctor döste. Gret schaute nachdenklich die weiten Felder an, die sich frischgrün bis an den Horizont erstreckten, hier und da unterbrochen von kleinen Waldstücken. Junkersdorf und das Gut Eichen lagen hinter ihnen; das nächste Dorf, das man von der Aachener Straße aus sehen konnte, würde Ehrenfeld sein. Einige der wenigen strohgedeckten Häuschen waren schon zu erkennen.

Jost, der bisher schläfrig auf dem Bock gehockt und es dem Pferd überlassen hatte, den Weg nach Hause zu finden, wurde plötzlich lebendig. Er kramte unter dem Sitz herum, holte das leinenumhüllte Paket hervor, das er bei der Abfahrt dort verstaut hatte, und begann es auszuwickeln. Bratenduft wehte zu Gret herüber; der Doctor schnupperte, klappte die Augen auf und hielt die Nase in den Wind. »Was ist das«, fragte er und war plötzlich hellwach, »etwas riecht hier nach ...« Er drehte sich zu Jost um, »he – hast du etwa ...?«

Gret erhob sich halb von ihrem Sitz und spähte nach vorn. Auf Josts Knien, eingebettet in ein fettdurchtränktes weißes Tafeltuch, lag ein dicker, braungebratener Kapaun. Gret kicherte. Der Doctor machte runde Augen.

Jost setzte mit schlurrender Stimme zu einer Erklärung an. »Ich dacht' mir ... wo doch dat Fest so schnell jelaufen war ... da dacht' ich mir –«

»Was, du Lümmel?« schnauzte der Doctor.

»Ich mein – eh der Farrenschildt dat jute Zeug an seine Köter verfüttert – da wär et doch anjebracht, dat ich ... dat mer ...«. Jost wußte nicht mehr weiter.

Theophilus Minutus runzelte die Augenbrauen. »So gesehen hat dein Diebstahl eine gewisse Berechtigung«, brummte er, »also gut – ich billige deine Handlungsweise.«

Er leckte sich über die Lippen. »Außerdem habe ich ja auch ein Gutachten abgegeben, daß mir nicht vergütet worden ist. Gib her, den Kapaun – er steht mir quasi zu!«

»Äh – aber …« stotterte Jost. Aber unter dem strengen Blick des Doctors reichte er den fetten Braten weiter. Minutus plazierte ihn ohne Rücksicht auf seinen teuren Prachtmantel samt dem durchfetteten Tafeltuch auf seinen Knien und fiel sofort darüber her.

Selbstgefälliges Schlitzohr! Gret holte tief Luft. »Doctor«, sagte sie gedämpft, »was glaubt Ihr, was die Leute sagen, wenn das herauskommt? Ich meine – daß Euer Kutscher für Euch Speisen von fremden Tafeln beiseite –«

»Schscht!« zischte Minutus mit vollem Mund und warf einen unsicheren Blick über die Schulter. »So ist es doch gar nicht gewesen, Weibsbild!«

»Aber Jost hat den Kapaun geklaut – und Ihr eßt ihn auf.« Gret konnte nicht widerstehen. Sie mußte dem guten Doctor noch ein bißchen einheizen. »Wenn das rauskommt!«

Minutus wischte sich mit der fettigen Hand über die Stirn. Hastig riß er einen saftigen Schenkel von dem Braten ab und hielt ihn Gret hin. »Bediene dich doch, Kindchen«, sprudelte er, »und du, Jost – willst du nicht auch einen Happen abhaben?«

Der Kutscher heftete hungrig den Blick auf den angebissenen Kapaun. »Wenn ich dat darf, Herr Doctor … Ich mein, wenn Euch dat jenehm is – dann wär ich jern so frei!«

»Nur keine Umstände.« Minutus riß ein weiteres Stück Braten ab. Jost griff zu und schlug seine Zähne in die seltene Köstlichkeit. »So«, knurrte der Doctor, »jetzt könnt ihr nur noch schweigen – weil ihr selbst beteiligt wart!«

Gret grinste. Zweck erreicht. Sie ließ es sich schmecken.

* * *

Doctor Minutus' Haus gehörte zu den größten und neuesten Gebäuden in der Glockengasse. Es lag an der Ecke zur Herzogstraße und war ganz aus Stein gebaut. Aber die vier Fenster unter dem Treppengiebel hatten zierlich in Stein gehauene Spitzbögen, was Gret für ein so neues Haus ziemlich altmodisch fand.

Es gab acht Räume in Minutus' Haus. Da er so viele Zimmer nicht benötigte, bewohnte er nur vier davon selbst. Die anderen hatte er gegen Zins an einen Schuhmacher vermietet.

An der linken Traufseite des Hauses waren in Fachwerk zwei kleine Häuschen angebaut; diese Gademe bestanden aus nur einem Raum mit Fenster und Feuerstelle, waren aber in gutem Zustand und deshalb recht gemütlich. In dem ersten Gadem wohnte Jost zur Miete; der hintere war Grets eigenes Reich.

Gret hielt sich jetzt im Sommer meist im Garten auf, der hinter dem Doctorhaus an ihren Gadem grenzte. Hier gab es Obstbäume und Gemüsebeete für den eigenen Bedarf und deshalb immer reichlich zu hacken und zu jäten; neben der Haus- und Gartenarbeit gehörte es außerdem noch zu Grets Pflichten, die Schweine und Hühner zu versorgen, die der Doctor hielt.

Jetzt, als der Wagen endlich wieder in der Glockengasse angekommen war und vor dem Haus hielt, war sie allerdings in Gedanken weder bei der Arbeit, die zu erledigen war, noch bei anstehenden Krankenbesuchen. »Ich brauche heute nachmittag zwei, drei Stunden frei«, sagte sie zu Doctor Minutus, als sie vom Fuhrwerk herabgeklettert war, »es muß sein!«

Der Doctor riß unwillig die Augen auf. »Mit wem willst du dich treffen – he? Doch nicht wieder mit dem langen Stellmacher, der andauernd hier herumstreicht? Der Kerl taugt nichts für dich – das sag' ich dir!«

Gret spürte, daß sie rot wurde, und ärgerte sich. »Nein, nein«, sagte sie, »ich möchte Mutter Immaculata besuchen. War schon ewig nicht mehr bei ihr.«

»Das ist was anderes.«

Er war weich wie Butter, wenn Gret ihn um etwas bat. Sie lächelte. Meist nahm sie sich ihre Freizeit ganz nach Belieben – und auch ohne zu fragen. Der Doctor meckerte nicht, solange sein Haus und sein Garten in Ordnung waren.

Gret stieg vorsichtig, um sich die Schuhe nicht zu beschmutzen, über die Trittsteine zur Haustür. In der Gosse suhlten sich ein paar Schweine – eine Sau und vier halbwüchsige Ferkel. Die Borstentiere hatten im Unrat gewühlt, der die Straße knöcheltief bedeckte, und streckten Gret jetzt grunzend die Rüssel entgegen.

»Na, Rosa – wieder mal aus dem Pferch abgehauen?« Gret tätschelte der Sau liebevoll den prallen Rücken. »Jetzt aber marsch zurück! Los – los – los!« Sie bog um die Hausecke und trat durch die offene Pforte in den Gartenhof. Die Schweine trabten hinter ihr her wie folgsame Hunde.

»Du weißt doch, daß es für Schweine verboten ist, frei auf der Straße herumzulaufen«, schimpfte sie halb verärgert, halb nachsichtig, während sie die Sau samt ihrem Nachwuchs in den Pferch trieb und den Pflock durch die Riegelöse rammte, »wehe, wenn ich dich noch einmal draußen erwische, Rosa! Dann setzt es was ...«

Rosa gab einen tiefen Rülpser von sich.

»Wirklich, Mädel – wir kriegen Ärger mit dem Rat«, sie schüttete ihren Lieblingen frische Kleie in den Trog, »du weißt doch – der neue Ratsbeschluß ...«

Die Schweine machten sich gierig über das Futter her.

Gret war schon auf dem Weg zu ihrem Gadem, als ihr ein großgewachsener, noch junger Mann entgegentrat. »Wo warst du denn? Ich hab' dich in der ganzen Stadt gesucht!«

Gret errötete zum zweiten Mal. Auf den Besuch des Stellmachers, den der Doctor nicht mochte – sie dafür aber um so mehr –, war sie nicht eingestellt gewesen. »Hans! Gibt es was Besonderes?«

»Nein, eigentlich nicht.« Er schaute Gret verlegen an. »Oder ... doch«, fügte er zögernd hinzu, »ich wollte fragen, ob du mir nicht meine Hose flicken könntest ...«

Gret vermied seinen Blick. Sie wandte sich hastig ab, damit er ihre Verwirrung nicht sah. »Keine Zeit, Hans. Ich will ins Kloster.«

»Was?« Seine Stimme klang aufgeregt. »Das kann doch nicht dein Ernst sein! Überleg dir das gut, Gret! Sowas will gründlich durchdacht sein!« Da sie ihm keine Antwort gab, redete er immer schneller. »Sieh doch mal – du hast keine Mitgift, um dich anständig einzukaufen. Und –«

Gret stieß ein helles Lachen aus. Das brachte Hans noch mehr aus der Fassung. »Lach du nur«, sagte er verärgert, »das vergeht dir schon, wenn du erst drin bist!«

»Schafskopf«, schnaufte Gret und wischte sich die Tränen der Heiterkeit aus den Augen, »ich will ja nur Mutter Imma besuchen! Du kriegst deine Hose geflickt. Mach' ich doch gern. Nur nicht heute!«

Hans lief dunkelrot an. »Muß auch nicht sein«, stotterte er und schämte sich deutlich wegen seines komischen Ausbruchs, »kann ich dann morgen wiederkommen?«

»Aber sicher.«

»Ich geh' dann jetzt.«

»Wiedersehen, Hans.«

»Gret, was ich noch sagen wollte –«

»Ja?«

»Ach … nichts.« Er trat durch die Gartenpforte auf die Straße hinaus. »War nicht so wichtig … ich sag's dir morgen …« Damit verschwand er um die Hausecke.

Gret schlüpfte in ihr Häuschen. Dieser Hans Stellmacher! Immer kam er nur, wenn er irgend etwas wollte! Nicht, daß er nicht auch mal aushalf – im Gegenteil. Gret konnte sich jederzeit fest auf ihn verlassen. Er war zur Stelle, wenn das Dach ausgebessert werden mußte oder wenn ein Fensterladen klemmte – aber …

Gret ließ sich auf den Strohsack fallen, der ihr als Bett diente, und wußte wieder einmal nicht, warum sie sich eigentlich so über den Kerl ärgerte. Sie kannte ihn ja nun schon seit drei Jahren, und von Anfang an war da immer diese unbeschreibliche, gehemmte Stimmung zwischen ihr und Hans gewesen. Sie brachte es einfach nicht fertig, frei mit ihm zu reden –, außer, wenn es sich um eine Arbeit handelte, die sie für ihn oder er für sie übernehmen sollte.

Sie stand auf und nahm die Haube ab, um sich das Haar neu zu ordnen. Dann stellte sie sich mürrisch vor den Wandspiegel aus poliertem Messing; Doctor Minutus hatte ihr den geschenkt – er war ihr kostbarster Besitz.

Das Spiegelbild, da sie da anschaute, war an sich nicht zu verachten: Große, hellgraue Augen mit dunklen Wimpern und zierlichen, geschwungenen Brauen; eine hübsche kleine Nase und ein voller, gutgeformter Mund, dessen Lippen jetzt allerdings fest zusammengepreßt waren … Gret bleckte die Zähne, mußte über diese wüste Grimasse lachen und zog die Nadeln aus ihrem festgedrehten Nackenknoten.

Ihr Haar – das war das einzige, was sie an sich selbst nicht leiden mochte. Es war sehr üppig und hatte auch einen prächtigen Seidenglanz – aber die Farbe! »Mausgrau«, murmelte Gret, »da beißt dieselbe keinen Faden von ab!«

Sie löste die dicke Flechte auf, bückte sich, schüttelte ihre Mähne aus und fuhr dann ein paarmal mit dem Kamm durch die schimmernde Pracht. Vor dem Spiegel wurde ein schnurgerader Mittelscheitel gezogen, danach der Zopf neu geflochten, gedreht und festgesteckt – schön stramm, damit der Knoten auch hielt. Aschblond hatte Mutter Immaculata dieses Haar immer genannt –

»Ha, ha, ha«, murmelte Gret, während sie die Nadeln in den Knoten rammte, »schön wär's. Ab damit unter die Haube, damit es niemand sieht!«

Wenigstens war das Haar unter der Haube – wenn auch nicht die Besitzerin. Gret fletschte noch einmal ihre schönen weißen Zähne vor dem Spiegel. »Alte Jungfer«, zischte sie sich an, »du landest ja doch irgendwann bei den Beginen – Mutter Imma muß gar nicht mehr so lange bei dir für's Klosterleben werben! Und dann wird die mausgraue Pracht sowieso abgeschnitten ...«

Sie zupfte ihr weißes Schultertuch zurecht. Im Kloster gab es außerdem keine Hänse und Fränze, über die man sich grundlos ärgern mußte ...

Das Zisterzienserinnen-Kloster Sankt Maria Magdalena lag am anderen Ende der Stadt. Gret hatte sich die zum Gehen in der Stadt gebräuchlichen Holzsohlen unter die Schuhe geschnallt, damit sie nicht in dem Schmutz versank, der überall die Straßen bedeckte, und wanderte den wohlbekannten Weg. Sie hätte das Kloster, in dem sie ihre Kindheit verbracht hatte, auch mit verbundenen Augen finden können: die Herzogstraße hinunter, dann die Schildergasse überqueren, wo viele berühmte Maler wohnten; an Sankt

Agatha vorbei und über die Cäcilienstraße, wo man beim Überqueren immer auf Fuhrwerke achten mußte, die vom Neumarkt kamen oder dorthin wollten. Cäcilienkloster, Kämmergasse, Griechenmarkt, Färbergasse. Bei der alten Stadtmauer gab es ein Brückchen; es führte über den Blaubach, in den die Färber ihre Abwässer leiteten. Und auf der anderen Seite, im freien Feld, lag Sankt Maria Magdalena.

Gret war hier gut bekannt; von überall her kamen grüßende Rufe, während sie auf ihren Holzbrettchen vorüberklapperte. »Na, Jriet – wie isset?« »Wie soll et sein«, rief sie dann zurück, »jut!« Sie liebte ihre Heimatstadt; es gab nur wenige Viertel, in denen sie sich nicht auskannte und zu Hause fühlte.

Die Holzsohlen polterten über die kleine Brücke; noch ein kurzer, kiesbestreuter Pfad, dann stand Gret an der Klosterpforte. Sie betätigte den eisernen Ring, der als Türklopfer diente. Das vergitterte Fensterchen in der dicken Bohlentür klappte auf, ein freundliches junges Gesicht im schwarzweißen Habit erschien.

»Gelobt sei Jesus Christus, Schwester Pförtnerin. Darf ich Mutter Immaculata besuchen?«

»In Ewigkeit, Amen. Einen Augenblick – ich öffne!«

Der Schlüssel klirrte, der schwere Riegel wurde weggeschoben, die Klosterpforte tat sich knarrend auf – wie schon unzählige Male. »Du findest selbst zu ihr?« Die Frage der Schwester Pförtnerin war eher eine Feststellung; sie kannte Gret schon seit vielen Jahren.

Gret dankte für den Einlaß, bekreuzigte sich vor der Statue der heiligen Maria Magdalena, die, hölzern und schon etwas verblaßt in der Farbe, neben der Pforte auf ihrem Sockel stand, und ging gleich zur Apotheke.

Dieser Ort der Wunder lag abseits von der Klausur in einem Seitenflügel des Klosters, nah bei den Gärten und Krankenzimmern. Noch immer – selbst nach so vielen Jahren – betrat Gret Mutter Immas Alchimistenküche mit der Spannung und Ehrfurcht eines Laien. Hier gab es Retorten und Tiegel, in denen undefinierbare Substanzen brodelten; hier kochten auf kleinem Feuer Salben, tröpfelten Essenzen aus den langen, dünnen Schnäbeln der Destillierrohre. Hier duftete es nach Kräutern oder es stank nach Schwefel. Dämpfe durchzogen den niedrigen Raum, kräuselten sich unter den Kreuzrippen des Gewölbes und umwallten die beiden kurzen, dicken Säulen, die den Himmel dieser geheimnisvollen Welt trugen.

Auch heute sah Gret die Herrscherin über all diese Dinge erst nach einem Augenblick des angestrengten Suchens. Die Mutter Apothekerin hockte zusammengekauert wie ein kleiner, alter, schwarzweißer Vogel vor einem Topf, der auf einem Dreifuß über dem Feuer sanft köchelte und Wolken von scharfriechendem Dampf in die Luft entließ. Sie spähte aufmerksam und konzentriert in die kochende Substanz, die mit einem Lappen umwickelte Hand bereit, den Topf im richtigen Moment von Feuer zu nehmen. Gret wußte aus langjähriger Erfahrung, daß Mutter Imma jetzt auf keinen Fall gestört werden durfte, sonst war unweigerlich verdorben, was immer sie da braute.

Im Topf wallte und schäumte es. Mit tausendmal geübtem Schwung zog die Apothekerin das Gefäß von der Feuerstelle, wickelte den Lappen von der Hand und blickte auf. Sie sah Gret – ihr altes, von unzähligen Fältchen durchzogenes Gesicht zerknitterte sich zu einem erfreuten Lächeln. »Mein Kind«, sagte sie mit einer energisch tiefen Stimme, die man bei einer so zierlich gebauten und dazu noch steinalten Frau nicht vermutet hätte, »das ist schön, daß du kommst! Es waren viele Tage seit deinem letzten Besuch!«

»Ich weiß. Heute mußte es einfach sein. Trotz der vielen Arbeit, die mir der Doctor aufbürdet.« Gret bahnte sich einen Weg zwischen Tiegeln und Geräten zu der kleinen alten Nonne hinüber und nahm sie fest in die Arme. »Du bist mir nicht böse – oder?«

»Solange du mich nicht ganz vergißt«, sagte die Klosterfrau und erwiderte die Umarmung mit liebevoller Herzlichkeit.

»Wie könnte ich das? Du bist ja die einzige Mutter, die ich je hatte! Die andere, die mich abgelegt hat – die zählt wohl kaum.«

Die alte Nonne blickte streng. »Das darfst du nicht sagen, Margarete. Du mußt verzeihen können. Siebenmal siebzig Mal. Als ich dich damals kurz vor dem Heiligen Abend auf der Klosterschwelle fand – ein neugeborenes Kind in schmutzigen Lumpen –, da habe ich der Frau, die dich ausgesetzt hatte, auch verziehen. Wer ohne Sünde ist –«

»Der werfe den ersten Stein«, vollendete Gret den wohlbekannten Satz. »Du bist so gütig, Mutter Imma – ich glaube, das schaffe ich nie!«

Die Klosterfrau lachte leise. »Ich habe auch viele Jahre gebraucht, um die Weisheit zu erkennen, die in diesen Worten liegt«, sagte sie und schaute Gret zärtlich an. Ihre Augen waren von dem gleichen leuchtenden Grau wie die Augen ihrer Ziehtochter, und sie funkelten genauso jung und lebendig. »So«, wechselte sie das Thema und bot Gret den angestammten Platz auf dem Faß neben der Feuerstelle an, »nun erzähl mir, was du auf dem Herzen hast, Kind. Ich sehe dir an, daß dir eine Frage auf den Nägeln brennt. Ich koche uns derweil einen schönen warmen Tee.«

Gret wußte natürlich, was jetzt kam, und schmunzelte. Mutter Imma nahm eine große Retorte aus Steinzeug, füllte sie mit Wasser aus dem Eimer und stellte sie auf dem Dreifuß ans Feuer. Dann gab sie Pfefferminzblätter in einen Schaumlöffel und balancierte das langstielige Ding über einem sauberen Tiegel.

Das Wasser in der Retorte begann schnell zu kochen. Nun kam das Kunststück: Die Apothekerin faßte mit einer großen Greifzange den Bauch der Retorte, kippte sie und goß das siedende Wasser aus dem schräggestellten Dampfrohr des Gefäßes über die Teeblätter in den Tiegel – ganz ohne sich dabei zu verbrühen. Gret staunte auch heute wieder. Sie wußte aus Erfahrung, wieviel Geschick dazu nötig war. Denn das Wasser stand in der Retorte unter Druck und sprudelte und spritzte, wenn man beim Ausgießen nicht höllisch aufpaßte.

»Fertig«, sagte Mutter Imma. Zwei kleine Mörser dienten als Tassen. Gret schenkte den Tee aus dem Tiegel ein und fügte für jeden einen Löffel Honig hinzu. Honig – ein seltener Genuß. Aber Mutter Imma hatte immer einen Topf davon vorrätig, wenn auch in erster Linie für ihre Arzneien.

Einen Augenblick lang nippten sie schweigend Pfefferminztee aus dem Mörser und genossen ihr Beisammensein. Dann schaute die Apothekerin Gret scharf an. »Nun deine Frage«, sagte sie.

Gret berichtete von dem Unglücksturnier, dessen Zeuge sie am Vormittag gewesen war. »Mutter«, schloß sie, »Gernot Farrenschildt ist wahrscheinlich nicht an einem Herzschlag gestorben – Doctor Minutus irrt sich da! Aber eine Verwundung war auch nicht zu finden. Was kann ihn umgebracht haben?«

Die alte Nonne fuhr sich mit dem dürren Zeigefinger sacht über den Nasenrücken. »Gift«, murmelte sie und antwortete sich leise, wie im Selbstgespräch, »nein – denn er hatte ja noch keine Speisen zu sich genommen. Das Festmahl sollte erst nach dem Turnier stattfinden ...« Sie richtete ihre scharfsichtigen grauen Augen auf Gret. »Sag – hast du überhaupt keine Wunde an ihm entdeckt, Kind?«

»Nicht, daß ich wüßte ...«

»Die Krämpfe, die du mir beschrieben hast«, murmelte Mutter Imma, »könnten doch auf eine Vergiftung hindeuten; es müßte eine Substanz gewesen sein, die das noch unentdeckte Organ beschädigt, welches die Muskeln bewegt und auch das Herz zum Schlagen bringt ...« Sie betrachtete nachdenklich ihre Hände.

»Welches Organ sollte das sein?«

»Ich weiß es nicht, es war nur so ein Gedanke. Aber das Organ ist vorhanden – ich glaube fest daran.«

»Kann es nicht doch eine geheimnisvolle Krankheit gewesen sein, die Gernot Farrenschildt dahingerafft hat? Gift scheidet ja aus ...«

Die Apothekerin schaut mit weit geöffneten Augen an Gret vorbei ins Leere. »Als ich noch jung war«, sagte sie langsam, »da habe ich einmal gesehen, wie eine Kreuzotter eine Maus tötete.« Sie fuhr sich noch einmal über den Nasenrücken, wie immer, wenn sie nachdachte. »Nach dem Biß«, setzte sie leise ihren Monolog fort, »da begann die Maus wie wild herumzuspringen und laut zu pfeifen. Dann taumelte sie, fiel zu Boden, zuckte noch ein paarmal, zitterte und haute ihr Leben aus.«

Gret fuhr von ihrem Sitz hoch. »Genauso war es«, rief sie aufgeregt,»genauso hat sich auch Gernot Farrenschildt vor seinem Tod benommen!«

Mutter Imma schien wie aus weiter Ferne zurückzukommen. »Es war nur eine rein hypothetische Überlegung«, sagte sie und atmete tief auf, »denn erstens hat du keine Bißwunde an dem Toten gefunden – und zweitens: Es gibt zwar Schlangen in Asien oder Afrika, deren Gift auch für Menschen tödlich ist –, aber wie sollte ein solches Tier hierhergelangen und dazu noch einen Menschen unbemerkt beißen können? Tut mir leid, mein Kind – ich kann dir leider auch nicht weiterhelfen.«

Gret war sprachlos, aber nicht vor Enttäuschung. »Doch«, sprudelte sie heraus, »du hast es schon getan!« Sie sah den kleinen roten Stich an Gernot Farrenschildts Hals wieder deutlich vor sich. »Er hatte eine Wunde! Aber sie war so klein und unscheinbar, daß ich sie für bedeutungslos hielt! Mutter, Gernot Farrenschildt hatte eine winzige Stichverletzung – direkt auf der Halsschlagader!«

Die Apothekerin lächelte nachsichtig. »Und die Schlange? Liebes Kind, selbst wenn ein derartiges Gift ihn getötet hätte: Du hättest die Schlange sehen müssen. Und sie wäre sicher auch den Blicken der anderen Gäste nicht entgangen.«

»Ja«, sagte Gret ernüchtert, »die Schlange hätte in der Nähe sein müssen.«

»Zurück also zum Möglichen«, meinte Mutter Immaculata. »Könnte es sein, daß Gernot an der Fallsucht litt – was ihr nicht wußtet –, und daß ein heftiger Anfall, ausgelöst durch die Aufregung des Turniers, seinem Leben so plötzlich ein Ende gemacht hat?«

Gret nickte unschlüssig. »Fallsucht ... daran hatte ich nicht gedacht. Allerdings – er hatte keinen Schaum vor dem Mund ...«

»Vielleicht ging alles zu schnell?«

»Ja. So wird es gewesen sein.«

Gret und ihre Ziehmutter wandten sich anderen Gesprächsthemen zu. Im altvertrauten, kräuterduftgeschwängerten Dämmerlicht des Laboratoriums tranken sie ihren Tee, und Mutter Imma erklärte Gret die Zusammensetzung ihres neuen Mittels, das schwache Herzen kräftigen sollte. Sie wollte es bald einer Mitschwester geben, die an Angst und Atemnot litt. Gret genoß wie immer das Zusammensein mit der klugen Frau, die ihr soviel bedeutete, und nahm all die Lehren und Erkenntnisse wie ein Schwamm in sich auf. Die Stunden bei Mutter Imma waren nach wie vor die kostbarsten in ihrem Leben, und Gret ließ sich bereitwillig von dem sonderbaren Todesfall ablenken.

Dennoch – auf dem Heimweg kreisten ihre Gedanken um das, was ihr die Apothekerin über Schlangengifte gesagt hatte; die offenstehenden Fenster der kleinen Fachwerkhäuser in der Färbergasse schauten sie an wie Augen voller dunkler Fragen.

Zwei arbeitsreiche Wochen lagen hinter Gret, und die dritte hatte begonnen. Der Gemüsegarten, in dem sie heute wieder jätete, hatte den größten Teil ihrer Zeit in Anspruch genommen – wie immer im Frühsommer. Drei, vier Mal hatte sie mit dem Doctor Kranke besucht, um dem Arzt beim Aderlassen »die Blutschale zu halten«, wobei sie aber, wie das in den letzten Jahren manchmal vorgekommen war, den ganzen Eingriff allein durchgeführt hatte. »Du wirst das schon richtig machen«, hatte der gute Doctor einfach gesagt; demnächst, wenn das so weiterging, würde er ihr auch noch das Diagnostizieren überlassen und nur noch die Honorare kassieren …

Gret hatte ihn über die Fallsucht ausgefragt. Aber die Auskünfte, die Minutus ihr geben konnte, waren recht dürftig und unbefriedigend. Die Epilepsia entstehe dadurch, daß die vier Säfte des Körpers – Blut, Schleim, gelbe und schwarze Galle – aus dem rechten Gleichgewicht geraten seien, dozierte er. Gelbe und schwarze Galle gewönnen die Oberhand und bekämpften einander. Die Anfälle würden durch einen Dämon ausgelöst, der in den Körper des Kranken führe. »Diese Besessenheit aber«, schloß der Doctor seine gelehrten Ausführungen ab, »die kann nur ein Priester heilen. Er muß den bösen Geist austreiben.«

Gret fielen bei diesem Vortrag die Ansichten Mutter Immaculatas ein. »Die Lehre von den vier Säften ist falsch – wenigstens in der Form, wie die Medizin sie darstellt. Ich habe in den langen Jahren meiner Erfahrung niemals einen Beweis dafür gefunden, daß es eine schwarze Galle überhaupt gibt. Und die gelbe Galle findet sich lediglich in den Eingeweiden, nicht aber im ganzen Körper, wie das Blut. Ich fürchte, in der Medizin wird man noch viele Irrtümer aufklären müssen ...«

»Litt eigentlich der verstorbene Farrenschildt an der Fallsucht?« hatte Gret den Doctor ganz direkt gefragt.

»Nein. Wieso?«

»Hmm. Auch kein anderer aus der Familie?«

»Nein. Ich müßte es schließlich wissen als Hausarzt! Sie sind alle kerngesund – bis auf die kleinen Übel, die jeden befallen können. Für mich war es göttliche Fügung, daß Gernot so plötzlich sterben mußte. Die Hand Gottes hat ihn niedergestreckt – vielleicht wegen einer alten Sünde.«

Diese Unterredung hatte vor ein paar Tagen stattgefunden. Gret ließ die Hacke sinken, mit der sie gerade ein neues Kohlbeet vorbereitet, und wischte sich mit dem Zipfel ihrer verschossenen blauen Gartenschürze über den Haaransatz. Die Sonne brannte heute schon am frühen Morgen ziemlich heiß und trieb einem den Schweiß auf die Stirn.

Sie schob die weiße Leinenhaube tiefer ins Gesicht und wollte eben weiterarbeiten, als das Gartenpförtchen knarrte. Jemand war hereingekommen.

Gret hob überrascht den Kopf. »Tag«, sagte Bätes fröhlich und hüpfte zu ihr herüber, »da bin ich!«

Gret musterte das Kind lächelnd. Der Junge bot einen wunderlichen Anblick. Er trug eine viel zu große gewirkte Wollhose in verwaschenem Rot; das Kleidungsstück, das für einen ausgewachsenen Mann gemacht war, hing in schlaffen Falten um seine knochigen Kinderbeine. Unten war es auf die richtige Länge hochgekrempelt, und in der Taille wurde es von einer Hanfkordel zusammengehalten.

»Tolle Hose, was?« sagte Bätes stolz, »hab' sie von unserem Hufschmied. Ich wachs' noch rein.«

»Bestimmt.« Gret legte die Hacke aus der Hand. »Du bist heute günstig dran, Bätes. Gerade heute ist der Doctor nicht zu Hause.« Sie zwinkerte ihm verschwörerisch zu.

»Du meinst, wir könnten uns tatsächlich reinschleichen?« Der Junge bekam leuchtende Augen.

»Klar. Ich glaube, außer Schinken ist auch Brot und Honig da.« Beim Gedanken an diese himmlischen Genüsse sprang Bätes wie ein junges Ziegenböckchen neben Gret her. Gret schloß die Seitentür auf und führte ihn durch einen schmalen, dunklen Flur in die Küche des Doctorhauses.

Ein mächtiger, dachartiger Rauchfang, auf dessen Sims ein paar Steinzeugteller aufgestellt waren, beherrschte den Raum. Das Kochfeuer auf dem gemauerten Herd war fast erloschen, nur ein dünner Rauchfaden kräuselte sich in den Kamin hinauf. Neben dem Herd, über der Tür, die zum Keller führte, hingen an Wandhaken einige blankgescheuerte Kupferkessel, Siebe, Kochlöffel und Messer.

Bätes nahm an dem klobigen Tisch Platz, der vor dem Fenster stand, und schaute begehrlich auf die von geschnitzten Rosetten durchbrochenen Türen des Brotschrankes, die Gret jetzt öffnete. Ein kleiner Laib Butter, eingeschlagen in ein feuchtes Tuch, ein Topf Honig, ein angeschnittenes Brot – all diese Herrlichkeiten wanderten auf den Tisch. Ein Schinken, der versteckt im Rauchfang gehangen hatte, wurde heruntergeholt. Gret nahm ein scharfes Messer von der Wand und säbelte ein paar ordentliche Scheiben von der duftenden weißrosa Kostbarkeit herunter. Dem Jungen stand vor Staunen der Mund offen.

»Einen Schluck Buttermilch dazu? Ganz frisch!«

Bätes nickte wortlos.

Gret holte einen Teller vom Sims und füllte ihn aus dem Milchkrug bis zum Rand. »Nun iß aber auch«, forderte sie den Jungen auf, »und laß dir ruhig Zeit. Der Doctor kommt erst heute abend wieder.«

Bätes zögerte – jetzt, wo es wirklich ernst wurde mit dem Küchendiebstahl. Gret mußte lachen. »Im Vertrauen, du kannst unbesorgt zugreifen. Ich teile nur mit dir das Mittagessen, das zu meiner Entlohnung gehört – was wir hier machen, ist nicht geklaut!«

Einen Moment starrte Bätes mit dunklen, staunenden Augen. Dann begriff er. Keine weitere Aufforderung war mehr nötig; er begann die guten Dinge, die ihm aufgetischt worden waren, so hastig in sich hineinzustopfen, daß er in Schweiß geriet. Gret wunderte sich über die Menge an Nahrung, die in kürzester Zeit in dem schmalen kleinen Kerlchen verschwand. Hunger mußte bei ihm ein Dauerzustand sein; heute nutzte er die Gelegenheit, um einmal richtig satt zu werden.

»Bei euch zu Hause gibt es wohl nicht so reichlich«, bemerkte sie nach einer Weile, als Bätes sich eben ein neues Stück Brot mit Honig einverleibte. Der Junge schüttelte den Kopf. »Das Essen muß für zu viele reichen«, sagte er, »da kriegt man nicht immer was ab.«

Gret schenkte im noch einmal den Becher voll. »Bist du eigentlich heute zu Fuß hergekommen?«

»Nein. Mein Vater ist mit dem Wagen hier. Er soll Leute für das Begräbnis abholen. Ich hab mich hinten auf die Achse gehockt. Keiner hat was gemerkt.« Bätes grinste mit vollem Mund.

»Begräbnis?« Gret schüttelte den Kopf. »Aber Gernot Farrenschildt ist doch vor vierzehn Tagen bestattet worden.«

»Schon«, Bätes unterbrach seine Mahlzeit, »aber diesmal kommt der Herr selbst in die Gruft. Das konntest du ja nicht wissen.« Er kniff die Augen zusammen. »Heute rot – morgen tot«, fügte er altklug hinzu.

»Herr Eberhard? Das ist doch nicht möglich!« Gret schaute den Jungen ungläubig an. Bätes zuckte die Achseln. »Den hat auch der Schlag getroffen – genau wie seinen Bruder«, erklärte er, »meine Mutter sagt, es waren die Wege Gottes oder sowas Ähnliches.«

»Weißt du, wie es passiert ist?« Gret spürte, wie sich all ihre Aufmerksamkeit auf den Jungen konzentrierte. Die Fragen, die beim Tod des ersten Farrenschildt aufgetaucht waren, traten wieder in den Vordergrund.

»Da gibt's nicht viel zu erzählen«, sagte Bätes kauend, »gestern ist der Herr ausgeritten und wollte den neuen Falken ausprobieren, den Frau Bernhild ihm geschenkt hatte. Unterwegs ist er vom Pferd gestürzt – und das war's.« Er machte eine abschließende Handbewegung.

»War er ganz allein auf der Jagd?«

»Sein Neffe hat ihn begleitet. Dann war noch Guntram

dabei – und Frau Bernhild ist auch mitgeritten, obwohl sie doch bald das Kind kriegt.« Bätes schob sich ein Stück Schinken in den Mund und spülte genüßlich mit Buttermilch nach. »Meine Mutter sagt, sie ist unvernünftig. Und Frau Bernhild hat den Herrn dann auch gefunden. Er hatte sich den ganzen Hinterkopf eingeschlagen und den Arm aufgerissen – und dann ist ihr schlecht geworden. Aber jetzt geht es ihr wieder besser.«

»Die Arme!« Gret sah die zarte junge Frau wieder vor sich – ein halbes Kind noch, und viel zu schwach, um solche Schicksalsschläge unbeschadet zu überstehen. »Hat deine Mutter dir die böse Geschichte erzählt?«

Bätes schüttelte langsam den Kopf. Er setzte eine verschmitzte Miene auf; Gret verglich ihn unwillkürlich wieder mit einem kleinen, listigen Raubtier. »Ich habe den Unfall zwar nicht selbst gesehen«, sagte er mit geheimnisvoll-gedämpfter Stimme, »aber ich war in der Nähe. Hab' unsere Ziegen gehütet. Und hinterher, als sie den Herrn weggebracht haben, da hab' ich mir die Stelle angesehen, wo er vom Pferd gefallen war.«

»Und?«

»Alles plattgewalzt – das ganze Gras. Der Stein, an dem er sich den Schädel eingeschlagen hatte, war etwas verschmiert. Aber sonst hab' ich kein Blut gesehen. Es war nicht besonders gruselig, nur irgendwie komisch.«

»Kein Blut?« Gret umfaßte mit beiden Händen die Tischkante. »Aber bei so schweren Verletzungen hätte er doch in Strömen bluten müssen!«

»Dachte ich auch. Nicht mal an seinem Wams war Blut. Ich hab' die Kleider gesehen – mein Vater hat sie nämlich geschenkt bekommen.«

»Sehr eigenartig.«

»Ja. Vielleicht ist alles so schnell gegangen, daß er keine Zeit mehr zum Bluten hatte ...«

»Da könntest du recht haben«, murmelte Gret. »Und heute ist die Bestattung?«

»Ja.« Bätes nickte heftig. Seine dunklen Strubbelhaare flogen. »Er kommt in die kleine Kapelle in Eichen. Da liegen schon mehrere Farrenschildts. Jeder hat seinen eigenen Sarg, und der Name steht drauf.«

»Sehr vornehm.« Gret schloß einen Moment die Augen. Sie überlegte. Dann sah sie den Jungen forschend an. »Kann jeder in die Kapelle hinein?«

»Warum?« Bätes war verwundert.

»Sie ist also nur für die Familie bestimmt.« Gret ging nicht auf seine Frage ein.

»Der Hofmeister hat den Schlüssel«, sagte Bätes. Seine blanken schwarzen Knopfaugen blickten verständnislos.

»Hör zu, Hubertus«, Gret wählte bewußt seinen Taufnamen, »kannst du schweigen?«

»Wie ein Grab«, murmelte der Junge, »aber warum –«

»Hubertus – ich finde, du bist schon ziemlich erwachsen für dein Alter. Und deshalb verrate ich dir ein Geheimnis.« Sie richtete entschlossen den Blick auf den Jungen. »An den beiden Todesfällen ist was faul – Gernot und Eberhard Farrenschildt sind auf unnatürliche Weise ums Leben gekommen.«

»Du meinst, sie sind ermordet worden? Aber wer sollte denn –«

»Ruhig Blut«, unterbrach Gret den aufgeregten Einwurf des Jungen, »ich habe nur einen Verdacht.« Sie schwieg einen Augenblick. »Du könntest mir helfen, herauszufinden, ob er berechtigt ist«, fügte sie nachdenklich hinzu.

Bätes' Augen begannen zu funkeln. Abenteuerlust strahlte aus seinem Gesicht. »Und was hast du vor? Für dich tu' ich alles ...«

»Ich brauche Zugang zur Kapelle«, sagte Gret, »ich müßte mir den zweiten Toten mal ansehen.«

»Ooh«, Bätes atmete erschrocken aus. »Aber die Särge sind ganz aus Stein – die kriegt man nicht mehr auf, wenn erst mal der Deckel drauf ist.«

»Ja, ich weiß. Außerdem ist die Kapellentür immer abgeschlossen, und der Hofmeister hat den Schlüssel.« Gret stand auf und ging zum Brotschrank. Sie nahm eine neue Wachskerze heraus.

»Die Leute sagen, bei Nacht spukt es in der Gruft«. Bätes war plötzlich nicht mehr ganz so mutig. Er vergaß sogar zu kauen.

»Hier ist Wachs«, sagte Gret nüchtern und reichte ihm die Kerze, »kannst du mir vom Schlüsselloch an der Mauerpforte und an der Kapellentür einen Abdruck machen?«

Bätes räusperte sich. »Ich bin natürlich dabei«, sagte er und bekam wieder den abenteuerlustigen Blick. »Wachs brauche ich nicht. Ich mach' dir die Mauerpforte von innen auf. Und den Kapellenschlüssel – den klau' ich einfach. Der Hofmeister achtet nicht besonders drauf, weil's ja nicht wichtig ist, ob einer in die Kapelle geht.« Er starrte einen Augenblick vor sich hin. »Stell dir vor, es war wirklich Mord«, flüsterte er aufgeregt, »suchen wir dann nach dem Mörder?«

»Alles zu seiner Zeit«, dämpfte Gret den Tatendrang des Jungen, »und alles der Reihe nach.«

»Wann willst du in die Gruft?«

»Morgen nacht – sobald es ganz dunkel ist. Damit uns niemand überrascht. Kannst du dich aus dem Haus schleichen, ohne daß deine Eltern oder Geschwister etwas merken?«

»Kein Problem.« Bätes schob sich den letzten Brocken Brot in den Mund. »Ich schlafe ja bei den Pferden im Stall. Da ist mehr Platz als mit vier Geschwistern auf einem Strohsack.«

»Dann treffen wir uns nach Einbruch der Dunkelheit an der hinteren Mauerpforte – abgemacht?«

»Zähl auf mich. Aber wie soll ich wissen, daß du da bist?« Bätes' Augen waren ganz schwarz und rund vor Grausen und Begeisterung.

»Drei Käuzchenschreie hintereinander – und du antwortest mit zwei Käuzschenschreien.« Gret verspürte selbst eine gewisse kindliche Abenteuerstimmung, aber auch eine vage Furcht. »Weißt du, wie sich der Ruf anhört?«

Bätes legte die Hände um den Mund und imitierte gekonnt den Schrei des Waldkauzes: »Kiii-witt, Kiii-witt!«

»Genau richtig! Und jetzt: Kein Wort zu irgendeinem – egal, wer es ist. Hörst du?«

»Ehrenwort«, betonte Bätes, »sonst könnte ja der Mörder Wind davon kriegen …«

»Falls es einen gibt. Ich hoffe immer noch, daß ich mir umsonst Sorgen mache«, sagte Gret.

»Ja. Hoff' ich auch«, wiederholte Bätes ernsthaft. Aber es klang nicht sehr überzeugend aus seinem Mund. Den kleinen Marder hatte das Jagdfieber gepackt.

Erst als Bätes, restlos gesättigt und in gespannter Hochstimmung, das Haus verlassen hatte, fiel Gret ein, daß sie vielleicht gar nicht in der Lage sein würde, den Sarkophag zu öffnen. Der Deckel mußte sehr schwer sein – besonders, wenn er aus dem hellgrauen Stein gemeißelt war, den die Baumeister der Dombauhütte verwendeten. Möglicherweise reichten ihre Kräfte nicht aus, ihn anzuheben – selbst wenn der Junge mit anpackte.

Den ganzen Nachmittag, während sie die Wohnstube des Doctors auf Glanz brachte und der chaotischen Unordnung in seinem Studierzimmer zu Leibe rückte, grübelte Gret über dieses Problem nach. Eine Lösung mußte gefunden werden; denn je länger sie über die beiden ungewöhnlichen Todesfälle nachdachte, desto klarer meldete ihr Instinkt, daß ihr Verdacht begründet war. »Verdammt«, murmelte sie vor sich hin und schob einen Stapel Papiere auf Doctor Minutus Schreibpult zusammen, »wie mach' ich es nur? Ein paar kräftige Arme könnte ich jetzt brauchen, so wie die von –«

Hans Stellmacher. Der war stark wie ein Pferd. Und er hatte ihr noch nie Hilfe verweigert. Andererseits, bei einer so heimlichen und vor allem so ungesetzlichen Angelegenheit ...

Gret wischte sich ein aschblondes Strähnchen aus der Stirn. Der Doctor kam nicht in Frage. Sie hatte keine Wahl – Hans mußte es einfach sein, daran führte kein Weg vorbei.

»Heilige Muttergottes«, sagte Hans Stellmacher und legte Fäustel und Beitel, mit denen er eine Radspeiche geglättet hatte, aus der Hand. »Was du da vorhast – das ist ... das ist ...« er kam vor Entrüstung ins Stottern, »Störung der Totenruhe ist das! Da steht Strafe drauf. Das kann dich ins Loch bringen!«

»Du versteht mich ganz falsch.« Gret seufzte gequält. »Wir wollen überhaupt niemanden stören. Wenn ich die Leiche gesehen habe, kommt ja der Deckel wieder drauf!«

Hans starrte sie sorgenvoll an. »Wie du es auch drehst und wendest – es bleibt doch Störung der Totenruhe, und der Büttel –«

»Ach, der Büttel, der Büttel!« Gret war jetzt wirklich wütend. »Der erfährt es gar nicht – es sei denn, du verrätst mich!«

Hans' Blick war betroffen. »Glaubst du wirklich, ich könnte sowas tun?«

Sie ballte die Fäuste. »Wer weiß?«

»Aber Gret – ich würde doch nie ...«

»Hilf mir nur noch dieses eine Mal, Hans. Dann belästige ich dich nie wieder!«

»Sowas darfst du nicht sagen!« Er schluckte mehrmals, als sei ihm etwas in der Kehle steckengeblieben.

»Ich würde ja allein hingehen«, sagte Gret, »aber ich bin einfach nicht stark genug, um es zu erledigen! Und wen sollte ich denn um Hilfe bitten außer dir?«

»Allein im Dunkeln nach Junkersdorf«, Hans bekam einen ganz roten Kopf bei dem Gedanken, »du gehst mir auf keinen Fall allein! Wenn dir was zustoßen würde – das könnte ich mir nie verziehen.«

»Du kommst also mit?«

»Willst du es dir nicht anders überlegen?«

»Nein.«

»Schön. Aber mir ist nicht wohl bei der Sache.« Er stand von seinem Schemel auf und trat an das kleine Fensterchen seiner Werkstatt. Ein Sonnenstrahl traf auf sein kurzgeschnittenes blondes Haar und ließ es aufleuchten. Gret bewunderte mit einem leisen Neidgefühl den schönen Goldglanz seines üppigen Schopfes und betrachtete genauso bewundernd seine kraftvolle Gestalt. Breite Schultern spannten sich unter dem Hemd aus blauem Leinen; die langen Beine in den hirschledernen Arbeitshosen waren muskulös und tadellos geformt. Er sah schon sehr gut aus, der Stellmacher ...

Sturer Maulesel, dachte Gret. »Tust du's nun – oder nicht?« fragte sie.

»Was bleibt mir anderes übrig«, seufzte er.

»Bring die Brechstange mit – oder besser: einen kurzstieligen Kuhfuß. Hörst du?«

»Ja, ja – was immer du willst.« Seine Stimme klang sanft, aber auch ein wenig ärgerlich. Er hatte nachgegeben. Wie immer.

Gret hatte den Vormittag und den größten Teil des Nachmittags im Garten verbracht; in der dämmrigen Stille des Hauses hatte sie es vor innerer Anspannung einfach nicht ausgehalten.

Der Doctor würde erst heimkommen, wenn es dämmerte; er hielt heute Vorlesungen am medizinischen Kolleg. Gret hatte sich entschlossen, ihn diesmal nicht um Ausgang zu bitten; schließlich war alle Arbeit erledigt, und sie war ja auch schon lange kein Kind mehr. Eigentlich hatte sie sang- und klanglos über Nacht wegbleiben wollen. Aber jetzt, kurz vor der Aufbruchszeit, kamen ihr doch Bedenken. Sie würde dem Doctor einen Zettel hinlegen, damit er sich ihretwegen keine Sorgen machte. Wie gut, daß Mutter Imma ihr Lesen und Schreiben beigebracht hatte!

Gret fischte einen schmalen Streifen Papier aus der Lade in Doctor Minutus' Pult. In der Küche fand sie ein Stückchen Holzkohle. »Bin morgen zurück«, stand kurz darauf in dicken schwarzen Buchstaben auf dem Blättchen.

Er würde es auf jeden Fall finden; sein erster Gang, wenn er nach Hause kam, war immer in die Küche, um an den Kochtöpfen zu schnuppern. Heute würde er sich mit Speck und Brot begnügen müssen, der Gute …

Die Sonne stand schon tief. Hans Stellmacher wartete wie abgesprochen am Hahnentor. Neben ihm auf dem Boden stand ein Felleisen; daraus klirrte es metallisch, als er es aufhob und Gret begrüßte. »Du hast es dir nicht vielleicht doch anders überlegt?« fragte er schüchtern.

»Laß uns gleich losgehen«, unterbrach Gret, »bis Eichen brauchen wir fast eine Stunde, und ich möchte noch vor Sonnenuntergang dort sein. Du weißt ja, wie unsicher die Straßen sind, wenn es erst mal dunkel ist.«

Gehorsam schwang Hans sein Felleisen auf den Rücken. Jetzt gab es kein Zurück mehr; wenn Gret sich etwas in den Kopf gesetzt hatte, dann blieb sie hart.

Während sie das mächtige Stadttor durchschritten, stahl sich sein Blick immer wieder zu der zierlichen, kleinen Person hinüber, die da mit energischen Schritten neben ihm ging. Er hatte in den sechsundzwanzig Jahren seines Lebens noch nie ein Mädchen getroffen, das Gret das Wasser hätte reichen können; sie war einmalig – sie vereinte in sich alle Eigenschaften, die Hans bewunderte: Mut, Verstand, ein liebenswürdiges Wesen und sehr viel Handfestigkeit. Dazu war sie auch noch wunderhübsch ... wie ein flinker, putziger Sperling. Und manchmal genauso frech. Sie mochte ihn wohl nicht besonders ...

»Was hast du denn alles eingepackt?« wollte Gret wissen. Ihre Worte rissen Hans aus seinen träumerischen Gedanken.

»Zwei Kuhfüße und eine zweiteilige Brechstange – wie du gesagt hattest. Dann hab' ich noch eine Sturmlaterne und ein Talglicht dabei. Es wird in der Gruft so dunkel sein wie in einem Sack.«

»Wunderbar.«

»Was?«

Gret lachte über sein verständnisloses Gesicht und knuffte ihn in die Seite. »Nicht die sackfinstere Gruft, du Esel – ich meine, es ist gut, daß du an Licht gedacht hast!«

Sie hatten sich, um die Nacht abzuwarten, ein stilles Plätzchen in der Nähe der Umfassungsmauer von Eichen ausgesucht. Jetzt lagerten sie in einem dichtbelaubten Gebüsch aus Haselsträuchern und ruhten von dem Fußmarsch aus. Die Sonne war bereits untergegangen, aber noch war der wolkenlose Himmel vom letzten Abendlicht rosig überhaucht.

Durch die Haselsträucher schimmerte die aus Feldsteinen gebaute Mauer mit der kleinen Seitenpforte, die Bätes für sie öffnen würde. Gret, die sich neben Hans im Gras zusammengerollt und den Kopf auf das neben ihm liegende Felleisen gebettet hatte, schaute tief in Gedanken versunken zur Pforte hinüber. Was würde sie tun, falls wirklich zwei Morde geschehen waren? Sie kaute nachdenklich auf der Unterlippe. »Wir werden ja sehen«, murmelte sie vor sich hin, »es wird sich alles finden ...«

Hans streckte das linke seiner langen Beine aus, um es Gret bequemer zu machen. »Was meinst du?«

»Wie?«

»Du hast da was gesagt von »alles finden« oder so ... Was wird sich alles finden?«

»Ich hab' nur laut nachgedacht.« Gret setzte sich auf. »Nicht mehr lange, dann ist es soweit. Ich hoffe nur, daß der Junge Wort hält.«

Hans nickte. Er hoffte das Gegenteil. Und dann würde er Gret gegen die kühle Feuchte der Nacht seine Jacke anbieten ... vielleicht ließ sie sich sogar von ihm warmhalten – bis morgen früh, wo sie wieder nach Köln zurückwandern würden. Eine ganze Nacht mit ihr allein!

»Rück mir nicht so dicht auf die Pelle«, zischte Gret. »Ich kann mich ja kaum noch rühren!«

Ernüchtert zog Hans sein Bein ein Stückchen zurück. Die Wirklichkeit hatte ihn wieder. »Entschuldige!«

Schweigend warteten sie, bis die letzte Farbe vom Himmel verschwunden war und der Mond heraufzog. Seine breite Sichel gab gerade genug Licht.

Gret stand auf. »Komm«, flüsterte sie, »es ist Zeit!« Sie schob sich mit Hans durch die Sträucher dicht an die Mauer heran und legte die Hände um den Mund. Dreimal zitterte, täuschend ähnlich von ihr nachgeahmt, der Schrei des Käuzchens durch die Dunkelheit, und einen Augenblick später kam die Antwort – zwei genauso echt klingende Waldkauzrufe. Ein schabendes Geräusch an der Pforte verriet, daß ein Balkenriegel weggeschoben wurde. Dann schwang die niedrige, aus dickem Eichenholz gezimmerte Tür leise knarrend auf.

»Bätes?« flüsterte Gret.

»Ja, hier!« Der Junge war im schwachen Mondlicht nur als schmaler Schatten auszumachen, aber Gret erkannte an seiner tonlosen Flüsterstimme, daß er sehr aufgeregt war. »Hat das mit dem Schlüssel geklappt?« fragte sie leise.

»Ja! Keiner hat was gemerkt.« Bätes schien gespannt wie eine Bogensehne.

»Sehr gut.« Gret trat durch die kleine Pforte in den Burghof und zog Hans Stellmacher mit.

Der Junge drückte sich in den tiefen Schatten der Mauer. »Wer ist das?« fragte er schreckensbebend.

»Keine Angst, Bätes. Ich hab' jemanden mitgebracht, der mir hilft, den Sarg aufzustemmen. Allein hätten wir's vielleicht nicht hingekriegt.«

»Ach so.« Tiefe Erleichterung klang aus seiner gehauchten Antwort heraus. »Dann muß ich nicht mit in die Gruft?«

»Nein. Du sollst uns nur hinführen.«

»Gott sei Dank! Da unten soll es nämlich –«

»Psst!« Gret ließ ihn seinen Satz nicht vollenden. Es konnte ja sein, daß auch Hans abergläubisch war und sie im letzten Moment doch noch im Stich ließ. »Laß uns gehen – wir wollen es so schnell wie möglich hinter uns bringen!«

Der Junge ging voran. Er bewegte sich elegant und geräuschlos wie das kleine Raubtier, mit dem Gret ihn immer wieder vergleichen mußte. Sie hielten sich dicht an der Mauer, umliefen geduckt das kleine Backhaus, dessen schwarzweißes Fachwerk im Mondschein überdeutlich leuchtete, und standen endlich vor der Kapelle, die an das steinerne Herrenhaus angebaut war. Bätes atmete laut aus. Es schien, als habe er die ganze Zeit die Luft angehalten.

Hastig angelte er in seiner viel zu weiten Hose nach dem Schlüssel, reichte ihn Gret und wisperte: »Da. Paß auf, vielleicht quietscht das Schloß.«

»Laß mich machen«, flüsterte Hans Stellmacher. Er nahm Gret den Schlüssel ab, führte das angerostete eiserne Monstrum vorsichtig ins Schlüsselloch ein und legte die linke Hand breit über das Schloß, während er sachte und mit Gefühl den Schlüssel umdrehte. Fast ohne Geräusch, nur mit einem leisen, rauhen Knirschen sprang die Kapellentür auf.

Hans gab Gret den Schlüssel zurück. Wie zufällig berührten sich dabei ihre Hände. Hans zögerte, seine Finger wieder wegzunehmen, und suchte ihren Blick.

»Los, los –«, stieß Gret hervor, »hinein in die Kapelle! Hier stehen wir doch so ungeschützt wie auf einem Präsentierteller!« Sie packte den Schlüssel und ließ ihn in ihre Rocktasche fallen. »Bätes«, befahl sie dem Jungen, »du bleibst in der Nähe und sagst uns Bescheid, falls jemand kommt!«

Bätes nickte stumm.

»Also dann!« Gret verschwand in der tiefen Dunkelheit des kleinen Gotteshauses. Hans schlüpfte hastig hinterher. Drinnen war stockfinstere Nacht.

»Ich mache Licht«, murmelte Hans. Gret hörte ihn in seinem Felleisen herumkramen; ein leiser Schlag, Stahl auf Stein – ein blauer Funke, dann ein winziger, glimmender Glutpunkt, und ein Flämmchen zuckte auf. Hans zündete mit dem brennenden Feuerschwamm den Docht des Talglichtes an und steckte es in die Halterung der kleinen Sturmlaterne, die er ausgepackt hatte.

Gret bewunderte die Geschwindigkeit, mit der er das Feuer zum Brennen gebracht hatte; sie brauchte immer viel länger dazu, selbst am hellichten Tag. Er war schon ein wunderbares Mannsbild, wie er sie so anschaute. Und jetzt sagte er: »Gret – weißt du – daß du –«

»Mach hin«, flüsterte sie zurück und raffte ihren Mantel um die Brust zusammen, »jetzt ist keine Zeit für lange Reden! Oder willst du die ganze Nacht an diesem ungemütlichen Ort verbringen?«

Er schüttelte den Kopf. Mit festem Griff hob er Felleisen und Laterne vom Boden auf.

Das flackernde Licht konnte die Kapelle kaum erhellen. Gret sah sich um; in den schwankenden Schatten erkannte sie einen schlichten kleinen Altar, flankiert von zwei schmalen Säulen und gekrönt von einem alten hölzernen Kruzifix, dessen verblaßte farbige Bemalung im Schein der Blendlaterne nur zu ahnen war. Auf dem Altar lag ein Strauß verwelkter Feldblumen, der Gekreuzigte darüber hielt in stummer Leidensmiene die Augen gesenkt.

Gret knickste und bekreuzigte sich. Einen Augenblick lang war sie nicht mehr sicher, ob sie das Recht hatte, in die Gruft hinunterzusteigen. Aber dann holte sie tief Luft und besann sich nicht länger. Es galt, die Wahrheit herauszufinden – daran konnte nichts Sündiges sein.

Sie suchte nach der Tür zur Gruft. Und da war sie – neben dem Altar. Ein offener Torbogen, hinter dem eine Treppe nach unten führte. »Komm«, sagte Gret und stieß Hans an, der wie erstarrt neben ihr stand. Hans fuhr zusammen und räusperte sich nervös. Dann hob er die Laterne höher und leuchtete ihr.

Die Stufen waren alt und ausgetreten. Sie führten, einem leichten Bogen folgend, in das Untergeschoß der Kapelle. Das flackernde Licht der Laterne zeigte rauhe, unverputzte Wände, an denen sich riesengroß und ungeschlacht ihre beiden Schatten bewegten. Am Fuß der Treppe war eine aus Eisen geschmiedete Tür; Hans stieß sie zaghaft an. Sie war nicht verschlossen und drehte sich quietschend in den Angeln.

Die Gruft war ein schmuckloser, rechteckiger Raum – nicht sehr hoch, und überspannt von einem massigen, sparsam gegliederten Kreuzrippengewölbe. Der Schein der Blendlaterne beleuchtete zwei dicke, aus Steinquadern aufgerichtete Pfeiler, die die Decke trugen; an der Stirnwand, unter dem breiten Bogen des Gewölbes, standen nebeneinander aufgereiht sechs Sarkophage. Alle hatten die gleiche schlichte Form – einfache steinerne Kisten mit dachförmigen Deckplatten. Die beiden Sarkophage rechts hoben sich deutlich von den anderen ab. Sie waren neu.

Gret atmete mühsam, die Luft war stickig. Ein Geruch von Moder und feuchtem Staub hing erdrückend in diesem Raum der Toten. Unwillkürlich packte sie ein Schauder, und sie mußte sich beherrschen, um die Treppe nicht wieder hinaufzulaufen.

Hans schien ähnlich zu empfinden; er stand da wie ein Stock und hielt die Finger fest um Felleisen und Laterne gekrampft. »Laß uns wieder gehen«, flüsterte er mit steifen Lippen, »dies ist ein böser Ort ...«

»Ja«, murmelte Gret, »aber das liegt nicht an den Toten, sondern an der Art, wie sie möglicherweise gestorben sind.« Sie holte noch einmal heftig Atem. »Ich muß es einfach wissen, sonst kann ich selber nicht mehr ruhig schlafen!«

Hans bewegte sich hölzern wie eine Gliederpuppe, als er zu den Sarkophagen hinüberging. »Ich hab' versprochen, daß ich dir helfen werde«, flüsterte er, »und ich halte mein Wort – egal, wie ich mich fühle.« Er reichte Gret die Laterne und packte mit fahrigen Bewegungen Brechstange und

Kuhfüße aus dem Ranzen aus. »Welchen Sarg soll ich öffnen?«

Gret deutete auf den letzten in der Reihe. »Diesen, Hans.«

»Bist du sicher, daß es der von Eberhard Farrenschildt ist?«

»Ja. Da ist sein Name eingemeißelt.« Gret beleuchtete mit der Laterne den Schriftzug am Fußende des Sarkophages. »Everhart Farenschilt von Eichen«.

»Du kannst lesen?« Hans warf Gret einen bewundernden Blick zu. Gret nickte angespannt. »Wirst du ihn aufkriegen?«

»Sicher.« Hans hatte den Kuhfuß mit den Greifzacken bereits in der Ritze zwischen Abdeckung und Sarkophag angesetzt. Nun spannte er seine Muskeln an. Der Stein knirschte, der Deckel ruckte, hob sich langsam ...

Zoll für Zoll rückte Hans das steinerne Dach zur Seite, bis es schräg über dem Rand des Sarges zu liegen kam. Ein Dunst der Kälte und des Todes stieg aus der Öffnung auf. Gret spürte, wie das Grauen sie von neuem befiel. Sie fühlte sich eisig, fröstelte von innen heraus. »Das hast du gut gemacht«, preßte sie zwischen zusammengebissenen Zähnen heraus. Der scharfe Klang ihrer eigenen Stimme brachte sie noch einmal zum Schaudern.

»Gib mir die Lampe«, sagte Hans. Seine Stimme klang ebenfalls schrill vor Erregung. Wortlos reichte Gret ihm die Laterne. Er trat dicht neben sie und hielt das Licht hoch, so daß ein dünner Schein in den Sarg fallen konnte.

Eberhard Farrenschildts Gesicht hatte den ruhigen, friedlichen Ausdruck aller Toten, denen Mund und Augen geschlossen worden sind. Der Anblick war Gret keineswegs fremd. Schon oft hatte sie mit Doctor Minutus am Bett eines verstorbenen Patienten gestanden. Dennoch – im zuckenden Licht der kleinen Laterne schien das Antlitz dieses Toten zum Leben zu erwachen; die Flamme der Lampe erweckte die Illusion eines Mienenspiels ...

Gret mußte sich zwingen, hinzuschauen und nach dem zu forschen, was sie suchte. Gernot Farrenschildt hatte eine winzige Stichwunde am Hals gehabt – da, wo der Puls schlägt. Grets Blick riß sich von dem starren und doch so lebendig wirkenden Gesicht des Toten los und wanderte abwärts.

Da war sie, die unbedeutend kleine Einstichstelle – direkt am Ansatz des linken Halsmuskels! Sie saß fast an der gleichen Stelle wie bei Gernot, vielleicht geringfügig höher.

»Hans«, flüsterte Gret und nahm plötzlich die unheimliche, bedrückende Atmosphäre des Raumes nicht mehr wahr, »ich bin auf dem richtigen Weg! Dieser Mann ist vergiftet worden, genau wie sein Bruder.«

»Aber Gret! Sein Schädel, schau doch richtig hin! Der halbe Hinterkopf fehlt ihm ja!« Aus Hans' Worten klang Entsetzen. »Der ist an seinen schweren Verletzungen gestorben, aber doch nicht an Gift!«

Gret war wieder ganz sie selbst. »Ich wünschte, ich könnte ihn entkleiden und umwenden«, sagte sie nüchtern und beugte sich über den Leichnam. »Leider geht das nicht. So muß ich mich behelfen.« Während Hans starr vor Grauen die Lampe hielt, streifte sie den Ärmel des Toten zurück. Ein klaffender Riß im Arm wurde sichtbar – eine Wunde, die den Knochen freigelegt hatte.

Gret hob den Arm der Leiche an. Es knirschte, aber er bewegte sich, und Gret konnte die Rückseite sehen. Hier war die Haut nicht wächsern, sondern dunkelblau verfärbt.

Gret nickte. »Dachte ich mir«, murmelte sie und legte den Arm wieder auf den Leib des Toten zurück.

»Was?« fragte Hans mit kreidebleichem Gesicht.

»Später«, antwortete Gret, »jetzt schieb den Deckel wieder drüber. Wir müssen hier raus!« Sie übernahm die Lampe, und Hans begann die Deckplatte Stückchen für Stückchen über die Sargöffnung zu rücken. Plötzlich entdeckte Gret etwas. »Halt«, sagte sie scharf, »Augenblick!« Sie griff noch einmal in den Sarkophag hinein. Dicht neben dem Kopf des Toten in der linken oberen Ecke steckte, halb unter dem Kissen verborgen, ein zusammengefaltetes Stückchen Papier. Gret zog es heraus und schob es in ihre Rocktasche. Dann bedeutete sie Hans, den Sarkophag zu verschließen. Nach wenigen Rucken war es geschehen, und er packte sein Werkzeug wieder in das Felleisen.

Sie gingen schnell zur Treppe. Hans hielt sich dicht an ihrer Seite; Arm an Arm stiegen sie die krummen Stufen zur Kapelle hinauf. Ober war die Luft nicht viel frischer als in der Krypta, dennoch sog Gret sie tief in die Lungen, als sei sie am Ersticken gewesen. Nach dem Moderdunst im Gemach der Toten war ihr der Geruch nach verwelkten Blumen und kaltem Weihrauch willkommen wie Frühlingsduft.

Das niedergebrannte Talglicht in der Laterne verlöschte mit leisem Zischen. Der Mond war gewandert; seine matten Strahlen fielen jetzt durch das runde Rosettenfenster über dem Eingang und füllten den kleinen Kirchenraum mit einem gespenstischen, bläulichen Licht. Der hölzerne Christus über dem Altar schien Gret mit strengen, strafenden Blicken anzustarren.

Gret bekreuzigte sich vor dem Kruzifix. Ihr Anfall von Furcht verging genauso schnell, wie er gekommen war. Sie suchte in der Rocktasche nach dem Kapellenschlüssel. Dann tappte sie mit leisen Schritten zum Ausgang, legte die

Hand auf die Klinke und öffnete die Tür einen Spalt. Mehr Mondlicht fiel in die Kapelle. Fetzen von gedämpft ausgesprochenen Worten drangen an Grets Ohr.

Gret, die gerade ins Freie hatte treten wollen, verharrte mitten in der Bewegung. Sie drehte sich zu Hans um, der dicht hinter ihr stand, und legte den Finger an die Lippen.

»Glaub mir«, kam es von draußen, »er liebt sie. Er ist schon seit langem in sie verliebt.« Es war eine nicht mehr ganz junge Frauenstimme, die da sprach.

»Ich meine, die Erbschaft interessiert ihn mehr«, antwortete die Stimme eines Mannes, »aber erben wird ja das Kind, das sie kriegt. Er selbst steht in der Reihe ganz hinten. Erst das Kind, dann die Schwester vom Herrn – dann er.«

»Und wenn er sie heiratet?«

»Dann darf er das Vermögen verwalten. Bis das Kind volljährig ist. Außerdem wäre ja auch noch Guntram da.«

»Ach – der zählt doch nicht!«

»Ich glaube, da verrechnest du dich. Der läßt sich nicht die Butter vom Brot nehmen.«

Die Stimmen entfernten sich. Gret konnte nicht mehr verstehen, was sie sprachen. Sie wartete noch einen Augenblick, bis wieder völlige Stille herrschte. Dann verließ sie die Kapelle, Hans dicht auf den Fersen.

Bätes hockte, für Uneingeweihte so gut wie unsichtbar, im tiefen Schatten des Winkels zwischen Kapelle und Umfassungsmauer. Als er Gret und Hans wiederkommen sah, sprang er auf die Füße. »Das ging ja schnell«, flüsterte er, »hätte ich nicht gedacht ...«

»Mir kam es wie eine Ewigkeit vor«, hauchte Gret zurück. »Sag, was waren das eben für Leute?«

»Der Verwalter«, sagte Bätes, »der trifft sich manchmal mit der Milchmagd – wenn's keiner sehen soll. Du weißt schon ...« er fuhr sich mit den Fingern durch sein Strubbelhaar und spitzte den Mund zu einem übertriebenen, feuchtlippigen Kuß.

»Aha.« Gret mußte über die Grimasse lächeln. »Und wer ist Guntram?« – »Unser Stallmeister. Kommt aus Junkersdorf. Die Leute sagen, Herr Eberhard soll sein Vater sein.«

»Wirklich?«

»Weiß ich nicht.« Bätes zuckte die Achseln. »Ähnlich sieht er ihm schon ein bißchen.«

»Na – es ist wahrscheinlich nicht wichtig.« Gret reichte Hans Stellmacher den Kapellenschlüssel. Nachdem dieser die Tür geräuschlos abgeschlossen hatte, gab er dem Jungen das rostige Ding zurück.

»Jetzt bring uns nur noch sicher durch die Mauerpforte«, sagte Gret. Bätes huschte los. Der gleiche Weg, den sie gekommen waren, mußte noch einmal zurückgelegt werden. Der Hof, von der hoch am Himmel stehenden Mondsichel matt erleuchtet, lag menschenleer. Ungesehen und unbehelligt erreichten sie das kleine Tor.

Der Junge ließ Gret und Hans hinaus. »Du weißt ja, wo ich zu finden bin«, sagte Gret zum Abschied, »melde dich bei mir, sobald du kannst!« Bätes strahlte, das war sogar in der Dunkelheit des Mauerschattens zu erkennen.

»Du warst großartig«, sagte Hans. Er drückte dem Jungen ein Dickmännchen in die Hand. Bätes konnte einen Jubelschrei kaum unterdrücken. »Soviel Geld«, hauchte er, »wenn das so weitergeht, bin ich reich!«

»Nun werde nicht übermütig«, brummte Hans, »sag uns lieber, wo wir übernachten können. Unter freiem Himmel wird es nämlich bestimmt taufeucht.«

»An der Straße nach Köln steht eine Scheune«, flüsterte Bätes, »die gehört zum Hof Eichen. Vorige Woche ist frisches Heu eingefahren worden. Wenn euch das recht ist ...«

Die Scheune war neu, höchstens ein Jahr alt. Vier stabile Balken trugen ein breites Strohdach, und die Wände bestanden aus roh gesägten Brettern, deren gelbes Holz eben erst angefangen hatte, zu Silbergrau zu verwittern. Es gab kein Tor; eine Stirnwand war einfach weggelassen worden.

Das Heu vom ersten Schnitt des Jahres lag in dicken Wächten unter dem Schutzdach aufgeschichtet. Es duftete herrlich, fast betäubend süß. Gret stieg hinein und wühlte sich eine Mulde in den weichen Berg. Sie breitete ihren Mantel darin aus, rollte sich zusammen und war schon eingeschlafen – kaum, daß sie Hans noch gute Nacht sagen konnte. Sie bemerkte nicht mehr, daß er noch lange neben ihr hockte und versuchte, in der Dunkelheit ihr schlafendes Gesicht zu betrachten, und daß es sehr spät wurde, ehe er selbst zur Ruhe ging.

Gret erwachte, als die Sonne gerade aufgegangen war. Hans hockte neben ihr und lächelte sie an. »Es gibt Frühstück«, begrüßte er sie.

»Frühstück ...?« Sie brauchte einen Augenblick, um zu sich zu kommen. Hans hielt ihr ein Ei hin. »Ich hab's eigens mitgenommen, damit wir nicht mit leerem Magen nach Hause gehen müssen.«

»Und du? Was ißt du?« Sie griff hungrig nach dem Ei, denn ihr Magen knurrte jämmerlich.

»Bin schon fertig.« Er grinste wie ein kleiner Junge, dem ein Streich geglückt ist. »Ich wollte dich doch nicht wecken, bloß weil ich Hunger hatte!«

Zu dieser frühen Stunde herrschte auf der Straße dichter

Verkehr. Bäuerinnen, adrett in ihren grauen Leinenkleidern und weißen Hauben und schwer mit Kiepen voller Obst und Gemüse beladen, trugen ihre Ware nach Köln auf den Markt. Eine Frau führte einen Esel, der auf seinem schmalen Rücken in zwei riesigen Taschen aus Strohgeflecht Käselaibe, Butterrollen, Milchkrüge und Eierkörbe schleppte. Bauernjungen trieben Kälber vorüber; sogar einen Töpfer sah Gret mit einer Kiepe Tonkrüge Richtung Köln ziehen. Er ging neben einem Scherenschleifer, der seinen Karren mit dem Schleifstein vor sich herschob und dabei aus voller Kehle ein Lied schmetterte.

Gret und Hans kamen schneller voran als die Händler und Bauersleute. Schon nach kurzer Zeit war das Hospital Melaten erreicht, in dem die Aussätzigen der Stadt lebten und starben. Es gab einen Hauptbau für die Schwerkranken und mehrere kleine Häuschen für diejenigen, die sich noch selbst helfen konnten. Gret schnitt das Elend dieser armen Seelen immer wieder ins Herz. Sie waren wie Tote, die zufällig noch unter den Lebenden weilten, aber dennoch nicht am Leben teilnehmen durften. Während sie mit Hans an Melaten vorüberkam, warf sie einen Blick zu den Elendshäuschen hinüber. Auch die Kranken waren schon auf; in den Gemüsebeeten innerhalb des eingefriedeten Bezirks arbeiteten einige Männer und Frauen, soweit sie das mit ihren verbundenen Händen noch vermochten.

Gret richtete den Blick geradeaus. Sie machte größere Schritte. Den Ort, an dem sie jetzt vorbeigehen mußte, wollte sie besonders schnell hinter sich lassen. Sogar am hellen Tag flößte er ihr Schrecken ein. Und heute wie gestern war sie froh, daß Hans an ihrer Seite war.

Der Richtplatz lag verlassen – wie immer, wenn nicht gerade ein Urteil vollstreckt wurde. Aber an dem großen, im

Dreieck errichteten Galgen baumelten noch die Überreste zweier armer Sünder, die vor drei Wochen wegen Straßenraubes gehenkt worden waren. Ihr Anblick war schauerlich. Dennoch zogen sie mit ihren teilweise schon skelettierten Schädeln Grets Blicke magisch an, und sie mußte sich zwingen, nicht hinzuschauen, um böse Träume zu vermeiden.

Was die Menschen am meisten entsetzt, das sehen sie sich am liebsten an, dachte sie. Ich bin da keine Ausnahme ...

Mitten in diese Gedanken hinein hörte sie das Rollen einer Kutsche, die sich von hinten näherte. Gret wandte sich um. Es war ein kleiner, zweispänniger Reisewagen mit tonnenartig gewölbtem Dach; auf dem Schlag leuchtete in bunten Farben aufgemalt das Wappen der Farrenschildts.

Der Wagen polterte vorüber. Im Seitenfenster erkannte Gret ein blasses, süßes Mädchengesicht mit riesigen blauen Augen; ein schwarzer Witwenschleier konnte das leuchtende Blondhaar nicht ganz verbergen.

Bernhild von Eichen. So jung und so verlassen ...

Als der Wagen am Richtplatz vorbeifuhr, hob sich auf einmal ein leichter Wind. Eine Bö brachte die Reste der Gehenkten am Galgen zum Schwingen, als ob sie einen makabren Tanz aufführen wollten. Die schmutzigen Lumpen, die verwittert und verblichen an den dürren Gerippen hingen, flatterten in der Brise.

Gret würgte es. Sie mußte die Augen schließen. Hans, der ihren Blick verfolgt und ihr Grauen bemerkt hatte, legte beruhigend den Arm um ihre Schulter.

Da kam Gret wieder zu sich. »Laß das«, fauchte sie, »ich bin schließlich kein kleines Kind mehr!«

Er nahm die Hand weg. Schweigend gingen sie den Rest des Weges nebeneinander her, bis die Stadtmauer und das Hahnentor erreicht waren.

Was hast du denn jetzt eigentlich herausgefunden«, brach Hans das Schweigen, als sie die Hahnenstraße entlanggingen, »wir haben doch nur gesehen, daß Eberhard Farrenschildt mehrere tödliche Wunden am Körper hatte.«

»Allerdings«, Gret sah ihn im Gehen bedeutungsvoll an, »aber eigentlich war nur eine einzige Verletzung tödlich.«

»Du meinst die am Schädel? Aber durch die Wunde am Arm hätte er doch auch verblutet sein können.«

Gret schüttelte den Kopf. »Weder die eine noch die andere hat ihn das Leben gekostet«, sagte sie. »Als ihm der Schädel eingeschlagen und der Arm aufgerissen wurde, war er bereits tot.«

»Woher willst du das wissen?« Hans glaubte offenbar kein Wort von dem, was sie da behauptete.

»Du hast doch die Verfärbungen an seinem Arm gesehen«, sagte Gret, indem sie die Röcke raffte und mit einem langen Schritt über eine schillernde Pfütze stieg, die sich mitten auf der Straße angesammelt hatte. »Diese Flecken wären nicht vorhanden gewesen, wenn der Arm vor dem Tod stark geblutet hätte. Sie entstehen nur, wenn reichlich Blut in schon totem Fleisch vorhanden ist.«

Das leuchtete Hans ein. Er gab keine Antwort, sondern nickte nur. Ein paar Schritte weiter, am Neumarkt, wo die Stände schon aufgestellt waren, sagte er: »Aber wer sollte Eberhard Farrenschildt und seinen Bruder aus dem Weg schaffen wollen? Beide waren doch sehr beliebt. Ich kann mir nicht vorstellen, daß sie Feinde hatten. Die Morde kommen mir so sinnlos vor!«

»Irgendeinen Grund hat ein Mörder immer«, sagte Gret und wich einem Schwein aus, das am Markt in einem Haufen Gemüseabfälle gewühlt hatte und jetzt mit schnüffelndem Rüssel weiterwanderte, »und wenn es nur die Lust am Töten ist. Ich werde den Grund schon herauskriegen.«

»Gret«, Hans heftete beschwörend den Blick auf sie, »sowas ist Sache des Untersuchungsrichters! Wir sollten einfach melden, was wir wissen, und dann dem Gericht die Angelegenheit überlassen!« Er war auf einmal wieder ganz aufgeregt. »Wenn du recht hast, dann wäre es viel zu gefährlich für dich, weiterzuforschen! Stell dir vor, der Mörder erfährt davon – dann bringt er vielleicht auch dich um!«

Gret blies die Wangen auf. Aber seine blauen Augen schauten so entsetzt, daß ihr aufkeimender Ärger verblaßte. »Angsthase«, spottete sie, »noch bin ich sehr lebendig, und das gedenke ich auch zu bleiben!«

Sie ließen den Neumarkt hinter sich, gingen ein Stück die Schildergasse entlang und bogen dann nach links in die

Kreuzgasse ein. Hans hatte sein Haus und seine Werkstatt an der Ecke zur Streitzeuggasse, neben einer Waffenschmiede. Als Gret sich bei ihm für seine Hilfe bedankte und sich verabschiedete, versuchte er noch einmal, sie von ihrem gefährlichen Vorhaben abzubringen. »Du bist ein Mädchen«, sagte er und legte all seine Überzeugungskraft in seine Stimme, »sieh doch ein, daß Frauen für solche Dinge nicht geeignet sind – schon, weil ihnen die Körperkraft fehlt, falls sie sich wehren müssen! Bitte, Gret, bring dich nicht unnötig in Gefahr! Du kannst vielleicht gar nicht recht übersehen, was alles auf dich zukommen könnte, und –«

»Moment«, schnitt Gret ihm das Wort ab, »an Verstand kann ich es, glaube ich, mit jedem Mann aufnehmen.« Sie spürte, wie Zorn und Trotz in ihr hochwallten. Dieser männliche Überlegenheitswahn! Sie waren doch alle gleich, die Kerle!

»Ja, ich weiß«, sagte Hans besänftigend, »aber ich mach' mir trotzdem Sorgen um dich.«

»Ach so.« Grets Wut schmolz dahin. »Na schön, wenn ich kräftige Arme brauche, dann werde ich schon wen finden, der sie mir leiht. Deine Sorgen sind überflüssig.«

»Gret –«, es fiel ihm sichtlich schwer, weiterzusprechen, »du weißt genau, daß ich mich noch nie geweigert habe, dir zu helfen, und –«

Grets gute Laune war wieder da. »Natürlich würde ich dich zuerst fragen, Hans. Du bist ja immer so was wie ein großer Bruder für mich gewesen!«

Bei dem Wort »Bruder« zuckte Hans zusammen. Aber Gret bemerkte das nicht. »Bis bald«, verabschiedete sie sich, »und es war wirklich lieb, daß du mich diese Nacht begleitet hast!«

Sie stapfte die Kreuzgasse hinauf – von Trittstein zu Trittstein, Richtung Glockengasse. Hans schaute gedankenverloren der kleinen Gestalt nach, die energische Schritte machte und in dem Braun, Grau und Weiß ihrer schlichten Kleidung so hübsch und frisch wirkte. Hans sah noch immer ihre Augen vor sich – diese wundervollen, wachen, hellgrauen Augen, denen anscheinend nichts entging, und die so lustig und streitbar funkeln konnten. »Spätzchen«, flüsterte er vor sich hin, »warum kriegst du einfach nicht mit, wieviel du mir bedeutest? Ich wünschte ...«

Er dachte den Gedanken für heute nicht zu Ende, sondern hob nur hilflos die Schultern, schloß seine Haustür auf und verschwand in seiner Werkstatt.

Gret hatte das Haus des Doctors fast erreicht, als ihr Rosa, die Sau, entgegengaloppiert kam, gefolgt von einem wutschäumenden Minutus.

»Dreckschwein«, schrie der Doctor in hysterischem Falsett, »alles, was du kannst, ist, dich in der Gosse herumzutreiben! Warte – wenn ich dich erwische!«

Gret blieb stehen. Die Sau kam schnurstracks auf sie zu, bremste abrupt, hielt an und schnüffelte.

Der Doctor keuchte heran. »Mistvieh, jetzt kannst du was erleben!«

»Meint Ihr mich oder das Schwein?« fragte Gret lachend.

Er hob den Kopf, starrte sie an, schnappte nach Luft. »Grundlin – du? Da soll mich doch ...« Sein ohnehin schon gerötetes Gesicht färbte sich noch eine Spur dunkler. »Grundlin! Einfach bei Nacht und Nebel durchzubrennen – wirklich! So etwas gehört sich nicht!«

»Das macht Rosa aber doch schon, seit wir sie haben«, führte Gret ihren Scherz weiter, »sie ist eben ein Schwein.

Und sie mag doch die Abfallhaufen vor den Häusern so gern.«

Die Sau grunzte zärtlich und rieb ihren langen, schmalen Kopf an Grets Hüfte. Der Doctor rang um die passenden Worte. »Ich weiß«, stotterte er verunsichert, »Schweine tun das eben. Aber ich meinte ja auch –«

»Ist irgend etwas Wichtiges passiert, während ich außer Hause war?« wechselte Gret schnell das Thema.

Nun war der gute Doctor ganz aus dem Konzept gebracht. »Nein, nein«, kam verwirrt seine Antwort, »nur –«

»Na, dann ist ja alles in bester Ordnung.« Gret tätschelte der Sau den feisten Nacken. »Jetzt ab in den Pferch, Rosa. Du mußt den Doctor nicht so ärgern, sonst kommst du noch in die Wurst. Wo sind denn deine Frischlinge – etwa auch ...?«

»Das letzte Mal, als ich die anderen Schweinebiester gesehen habe, waren sie im Garten«, sagte der Doctor ärgerlich. Gret hörte aus seinen Worten heraus, daß seine Wut längst verraucht war. Aber sie erschrak trotzdem. »Ach du lieber Gott«, sagte sie, »hoffentlich kann ich noch was retten!« Damit rannte sie in den Garten und ließ den Doctor einfach auf der Straße stehen. Rosa trottete hinter ihr her.

Die Ferkel waren gnädig gewesen. Sie hatten nur das Radieschenbeet umgewühlt und sich an den noch kleinen, aber schon würzigen Pflänzchen gütlich getan. Die jungen Kohlsetzlinge hatten sie verschont. Jetzt schliefen sie, eng aneinandergekuschelt, in süßer Eintracht unter dem Apfelbaum.

Gret nahm den Futtereimer und rasselte damit. Das riß die Tiere augenblicklich aus ihrem Verdauungsschlaf. Sie hoben die Köpfe, grunzten begeistert und stürmten den Pferch. Gret schüttete ihren Lieblingen die Morgenportion in den Trog.

Während die Schweine zufrieden schmatzten, fiel Gret etwas ein. Sie ließ die Hand in ihrer weiten Rocktasche umherwandern, bekam das Zettelchen zu fassen, das sie aus dem Sarkophag mitgenommen hatte, und zog es hervor.

Das Papier war gelb und ziemlich dick. Gret faltete es auseinander, setzte sich unter den Apfelbaum und glättete es auf den Knien. Es war eng beschrieben; mehrere Zeilen auffallend schöner Buchstaben in tiefbrauner Tinte bedeckten es fast völlig. Gret las:

IN NOMINE OMNIUM TENEBRARUM DAEMONIORUM
QUAE IN AQUA AUT IN AERIBUS AUT IN FLAMMA SUNT:
NE SEPULCRUM TUUM RELIQUERIS, SPIRITUS INFELIX,
ET INIURIAS ACCEPTAS NON PERSECUTUS SIS.

Das mußte Latein sein. Nur wenige Worte kamen Gret bekannt vor – daemoniorum und flamma. Ärgerlich.

Mutter Imma um Übersetzung zu bitten, das stand außer Frage. Denn dann würde sie erklären müssen, woher sie das Papier hatte; und Mutter Imma würde den Einbruch in die Gruft vielleicht mißbilligen. Aber der Doctor ...?

Gret hatte gar nicht bemerkt, daß Theophilus Minutus hinter ihr den Garten betreten hatte und bereits seit einigen Atemzügen mit verschränkten Armen bei den Gemüsebeeten stand und sie mit finsterer Miene betrachtete. »Schreibst du mir einen neuen Zettel?« wollte er jetzt wissen und gab sich große Mühe, bärbeißig zu klingen.

Gret schreckte aus ihren Gedanken hoch. »Was? Nein, den hier hab' ich nicht geschrieben. Ich kann ihn nicht mal lesen, weil er lateinisch ist.«

Doctor Minutus stelzte durch das Erbsenreisig heran. »Wieso Latein? Etwa ein Liebesbrief von einem Scholaren?« Er streckte die Hand nach dem Papier aus. »Gib einmal her!« Eifersucht brachte seine Stimme zum Schwirren.

Gret gab ihm das Blättchen. »Was steht denn drauf?«

Minutus übersetzte murmelnd: »Im Namen aller Geister der Finsternis ... die im Wasser oder in den Lüften oder in der Flamme sind ... Du sollst dein Grab nicht verlassen, unseliger Geist ... und dich nicht rächen für empfangene Ungerechtigkeiten ...«

Schon während der letzten Worte war seine Stimme sehr leise geworden, so daß Gret Mühe gehabt hatte, sein Geflüster zu verstehen. Jetzt ließ er den Zettel ins Gras fallen, als habe er sich daran verbrannt. »Sag mal«, stieß er entsetzt hervor, »weißt du eigentlich, was das für ein Ding ist?«

Gret schnappte das Blättchen, knüllte es zusammen und schloß die Finger fest darum. »Klingt wie ein Zauberspruch«, sagte sie nüchtern.

»Zauberspruch? Es ist eine höchst wirksame Beschwörungsformel«, würgte der Doctor heraus, »falls du sie behalten willst – daraus wird nichts! So was dulde ich nicht in meinem Haus!« Er schien ganz außer sich. »Woher hast du den Wisch?«

Gret setzte ihre Madonnenmiene auf. »Gefunden«, sagte sie. »Doctor, der Spruch kommt mir wie reiner Blödsinn vor.«

»Blödsinn!« Doctor Minutus schlug sich an die Stirn. »Damit kann man Tote in ihren Gräbern bannen, damit sie nicht wiederkommen und sich an den Hinterbliebenen rächen – aus welchem Grund auch immer!«

»Ach ...?« Gret stand auf und bedachte den Doctor mit dem Lächeln »holder Unschuldsengel«. »Dann wär's wohl am besten, wenn ich das gefährliche Sprüchlein verbrenne?«

»Jaja«, stimmte Minutus eifrig zu, »und in Zukunft hebst du mir keine magischen Formeln mehr vom Boden auf – hörst du?«

Gret zerbiß ein Lachen zwischen den Zähnen und nickte in gespielter Reue.

»Was sollte wohl aus dir werden, Kindchen, wenn du mich nicht hättest?« Minutus war gerührt über seine eigene väterliche Anwandlung.

Sein letzter Ausspruch, vorgebracht in tiefer Überzeugung, raubte Gret den Rest ihrer Beherrschung. Sie wandte den Kopf ab, damit der Doctor ihre Belustigung nicht sehen konnte, und rannte ins Haus. Das Quietschen der Heiterkeit, daß ihr im Flur doch noch entschlüpfte, bekam er nicht mehr mit.

In der Küche wischte sie sich die Lachtränen aus den Augen und machte sich an die Zubereitung des Mittagessens. Es würde Graupen mit Speck geben, eins der Leibgerichte des Hausherrn.

Während sie ein Klümpchen Salz ins Kochwasser gab und die trockenen Gerstenkörner zum Quellen dazuschüttete, ließ sie sich den Spruch auf dem Zettel noch einmal durch den Kopf gehen. Sie würde den Teufel tun und ihn verbrennen – im Gegenteil. Nein, der Zettel mußte sorgsam gehütet werden. Mit Sicherheit hatte der Mörder ihn geschrieben und in den Sarg gelegt – und wahrscheinlich enthielt auch der andere Sarkophag einen solchen Bannspruch …

Der Doctor schlenderte in die Küche. »Hmmm – riecht das gut«, brummte er und schnupperte genießerisch.

Gret hatte sich nach dem Mittagessen auf einen ruhigen Nachmittag eingestellt. Doctor Minutus saß in seinem Studierzimmer, vertieft in eine Abhandlung der neuartigen Seuche, die in den letzten Jahren immer wieder nach dem Besuch von Badehäusern bei Männern und Frauen auftrat. Eine anerkannte Behandlungsmethode dieser »Franzosenpocken« gab es noch nicht; der Doctor selbst experimentierte mit einer Quecksilberkur.

Gret wollte Flickarbeiten erledigen. Hans hatte ihr wieder einmal ein Hemd mit einem Winkelriß gebracht – und Hans wollte sie auf keinen Fall warten lassen. Sie hatte sich gerade auf ihrer Kleidertruhe am offenen Fenster niedergesetzt und die Nadel eingefädelt, als es klopfte. »Grundlin«, polterte der Doctor, »heraus! Krankenbesuch!«

Gret schluckte eine ärgerliche Bemerkung. Also doch kein ungestörter Nachmittag. »Komme sofort«, rief sie, legte das Flickzeug wieder hin, rückte vor dem Spiegel ihre Haube zurecht und verließ ihr Häuschen.

Der Doctor hatte jemanden bei sich, einen jungen Mann, der ihn abholen sollte. Gret konnte nicht umhin, den Boten eingehend zu betrachten, denn er wirkte neben dem in würdevolles Schwarz gekleideten Doctor wie ein bunter Vogel aus einem gemalten Paradiesgärtlein.

Er bot wirklich einen ungewöhnlichen Anblick. Von Statur war er mittelgroß, und er hatte einen zierlichen Körperbau. Hellblaue, strumpfenge Hosen umschlossen seine langen, eleganten Beine; seine dunkelbraune Brokatjacke entsprach mit den üppig gefältelten, an den Handgelenken schmal zusammenlaufenden Schinkenärmeln der allerneuesten Mode – ebenso das hüftkurze, an der linken Schulter geschlossene Mäntelchen aus goldgelber Seide.

Der Bote trug die dunkel schimmernden Locken schulterlang; sie umrahmten ein feingeschnittenes, aber markantes Gesicht mit glühenden schwarzen Augen und einem sinnlichen Mund, der sich jetzt zu einem unwiderstehlich faszinierendem Lächeln teilte. »Buon di, Signorina«, sagte der fremde junge Mann und verbeugte sich mit unglaublicher Grazie.

»Wie bitte?« Gret wußte nicht recht, wie sie sich verhalten sollte. Das strahlende Perlenzahn-Lächeln des Mannes verwirrte sie völlig.

»Das ist Pierangelo Contini«, sagte der Doctor, »Lautenspieler im Haus Farrenschildt. Frau Bernhild fühlt sich nicht wohl und hat ihn hergeschickt, um mich zu holen.«

»Guten Tag«, sagte Gret steif und deutete einen Knicks an.

Pierangelo Continis eindrucksvoll schönes Gesicht lächelte noch einmal. Er wiederholte seine Verbeugung.

»Ihr seid wohl nicht von hier«, mutmaßte Gret, während sie sich zusammen auf den Weg machten.

»Si, Signorina«, kam es melodisch zurück, »sono da Firenze – aus Florenze.«

»Aha.« Der junge Mann hatte fast denselben Akzent wie ... wer? Wie der Mönch, der ihnen am Tag des Turniers begegnet war. »Und Ihr seid Spielmann«, fügte Gret hinzu, um irgend etwas zu sagen.

»Ma no, Signorina!« Sein Lachen war einfach unbeschreiblich charmant. »Isch bin eine Artista – eine Künstler, und nicht eine Spielmann! Isch habe schon gesungen a Roma – für die Heilige Papa!«

»Für den Papst in Rom?« Gret glaubte ihm fast, so überzeugend klangen seine Worte. »Was Ihr nicht sagt!«

»Davvero – es ist wirklich wahr«, bestätigte er und warf ihr im Gehen einen flammenden Blick zu. »Vielleischt isch auch singe eine Mal für Signorina ... come ti chiami?«

»Wie?«

»Deine Name, Signorina?«

»Margarete Grundlin.«

»Ah ... bella Margherita!«

Gret nickte unbeholfen. Verdammt, es war wirklich schwer, sich dem Zauber seiner dunklen, lebendigen Augen zu entziehen! Gott sei Dank, daß das herrschaftlich Farrenschildtsche Haus am Perlenpfuhl erreicht war und sie die Unterhaltung mit dem aufregenden Menschen abbrechen konnte! Sie verstand plötzlich, warum Mutter Immaculata sie sooft vor den Welschen gewarnt hatte ...

Gret warf einen letzten Blick auf die elegante Erscheinung des Lautenspielers, der sich mit einer zierlichen Reverenz entfernte. »Pierrrangelo Contini da Firrrenze« murmelte sie mit rollendem R den fremdartigen Namen vor sich hin. Schöne, klingende Sprache ...

»Vorsicht, Grundlin!« Der Doctor warf ihr einen eifersüchtigen Blick zu. »Diese Kerle haben es faustdick hinter den Ohren!«

»Kann ich mir gut vorstellen«, gab sie zurück, »aber keine Angst – ich bin nicht anfällig für Komplimente.«

Eine junge Magd ließ Gret und Doctor Minutus in die weitläufige Diele des Hauses ein. Gret hatte es noch nie von innen gesehen, aber der Reichtum seiner Besitzer zeigte sich schon daran, daß die Spitzbogenfenster zur Straßenseite alle vollständig mit kleinen bunten Scheiben verglast waren – anders als zum Beispiel die Fenster des Doctorhauses, deren untere zwei Drittel nur mit hölzernen Läden geschlossen wurden. Glas war eben teurer als Gold, und nur wenige Leute konnten es sich leisten.

Die Wände der Diele waren in einem strahlenden Grün gestrichen; den Abschluß unter der Balkendecke bildete ein gemalter Fries aus bunten Blumen und Blätterranken, deren leuchtende Farbigkeit durch das zart getönte Licht der Fenster noch vertieft wurde. Der Fußboden war mit schwarzweißen Fliesen belegt, und am mittleren Deckenbalken hing ein mächtiger runder Eisenleuchter, dessen pfundschwere Wachskerzen ein Vermögen gekostet haben mußten.

Das Gemach, in dem die junge Hausherrin sich aufhielt, lag im oberen Geschoß am Ende eines langen, schmalen Korridors. Gret bewunderte das Blau der Wände, die blankgewachsten Bodendielen und das glänzend schwarzbraune Eichenholz der Türen mit ihren schön gearbeiteten Klinken und Beschlägen – herrschaftliche Pracht, geboren aus Reichtum, der wiederum aus erfolgreichem Handel entstanden war. Eberhard Farrenschildts Witwe würde sich niemals Sorgen machen müssen – selbst wenn sie das Vermögen nur als Treuhänderin ihres Kindes verwalten durfte.

Im Frauenzimmer sprang der Reichtum noch deutlicher ins Auge. Gret ließ staunend und überwältigt die Blicke wandern. Dicke, weiche, leuchtendbunte persische Teppiche bedeckten hier die Dielen und machten die Schritte fast geräuschlos. Drei rostrot gestrichene Wände trugen Malereien in Blau, Gelb und Grün und bildeten einen reizvollen Kontrast zu dem glänzenden Holz der deckenhohen Täfelung an der hinteren Wand. An den beiden Fenstern hingen tiefrote Vorhänge aus Damast, befestigt an blanken Messinghaken mit Löwenköpfen.

Bernhild von Eichen ruhte, bequem gestützt von dicken Kissen, auf einer breiten Polsterbank am Fenster. Ihre Füße steckten in zierlichen Seidenpantöffelchen und lagen auf einer kleinen, zum Sitzmöbel passenden Fußbank. Das offene Blondhaar fiel, nur von einem blauen Band gehalten, in goldenen Wellen über ihre Schulter bis zur Taille hinab, und das weitgeschnittene hellblaue Hauskleid schmeichelte mit seiner sanften Farbe ihrer lichten, frühlingshaften Schönheit.

Wieder rührte Gret das kindlich unschuldige an Bernhild. Wie mußte Bernhild – ein süßes kleines Mädchen, das mit sechzehn bereits Witwe war und zu aller Trauer demnächst auch noch Mutter werden würde – unter dem Verlust ihres Mannes und väterlichen Beschützers leiden! Und was für ein Teufel mußte das sein, der sie ihrer Stütze beraubt hatte!

»Nun, gnädige Frau«, der Doctor verbeugte sich tief, »wo fehlt es denn?«

»Ich kann nicht schlafen«, sagte Bernhild weinerlich und griff sich mit ihrer schmalen weißen Hand an die Stirn. »Der Kopf bereitet mir Schmerzen, Doctor – und das Kind in meinem Leib ist gar zu wild und lebendig! Gibt es keine Medizin, mit der man es zur Ruhe zwingen kann?«

Doctor Minutus trat an sie heran, um ihr den Puls zu fühlen. Gret, die mit der Magd an der Tür stehengeblieben war, bemerkte erst jetzt, daß sich noch eine weitere Person im Zimmer befand. Eine ältliche Frau in Grau und Schwarz, die auf einem Schemel neben der Sitzbank hockte, hob nun dem Doctor besorgt ihr ausgemergeltes, verhärmtes Gesicht entgegen: »Werdet Ihr helfen können? Frau Bernhild hat nämlich auch Alpträume – und sie redet im Schlaf.«

»Das ist nicht wahr«, sagte Bernhild und richtete sich auf. »Gisberta – du bist meine liebste Freundin, aber manchmal machst du dir zu viele Sorgen.« Sie maß die Frau mit einem Blick, der Gret verwunderte und verwirrte. Ihre Jungmädchenstimme hatte plötzlich einen gereizten, scharfen Unterton. »Was habe ich denn deiner Meinung nach geredet?«

Die Frau legte die Stirn in grämliche Falten. »Das konnte ich nicht verstehen«, murmelte sie demütig wie ein zurechtgewiesener Hund, »lauter zusammenhanglose Worte ...«

»Herzschlag kräftig«, sagte Doctor Minutus befriedigt, »vielleicht ein wenig zu schnell ... aber kräftig. Auch Fieber scheint Ihr nicht zu haben, gnädige Frau.« Er bückte sich, kramte in seiner Tasche, fischte ein Papier und einen Silberstift heraus. »Ich werde Euch ein Receptum aufschreiben – das müßt Ihr vom Apotheker zubereiten lassen. Es ist ein Pulver, aufzulösen in heißem Wein. Damit werdet Ihr gut schlafen können.« Er schaute sich nach einer Schreibunterlage um und wählte die Fensterbank, wo er hastig den Zettel bekritzelte. »So. Aber seht zu, daß der Pillendreher es nicht verändert! Auf keinen Fall soll er seinen eigenen Senf dazutun, sonst kriegt er es mit mir zu tun!«

Gret schmunzelte. Seit Ewigkeiten stand der Doctor mit allen Apothekern auf dem Kriegsfuß und schob ihnen die Schuld an jeder mißlungenen Kur in die Schuhe. Für ihn waren sie samt und sonders Hilfsarbeiter, die der heiligen Kunst der Medizin so fern standen wie Maurer und Schreiner.

»Eine kleine Prise auf einen Becher Wein«, schloß der Doctor seine Anweisungen. Bernhild nahm das Rezept entgegen und gab es sofort an die ältliche Frau weiter, die kein Wort mehr gesagt hatte und sorgenvoll auf ihrem Schemel hockte. »Du wirst es für mich besorgen, liebe Schwägerin – nicht wahr?« Bernhilds Stimme klang jetzt wieder sanft und ein bißchen wehleidig – so, wie am Anfang.

»Natürlich«, sagte die Frau versöhnlich und stand auf.

»Geh sofort«, forderte Bernhild, »und Pierangelo soll kommen, er hat mir heute überhaupt noch nicht vorgespielt! Wofür bezahle ich ihn denn!«

Das war jetzt keine gramgebeugte junge Frau mehr, sondern ein verwöhntes Kind, das sich seiner Befehlsgewalt bewußt war. Gret staunte, wie schnell doch bei einem adligen Fräulein die Stimmungen wechseln konnten.

Der Doctor verabschiedete sich mit einem formvollendeten Kratzfuß. »Ich empfehle mich, gnädige Frau. Wünsche Euch einen guten Tag und eine ruhige Nacht.«

Die kleine Edelfrau hielt ihm huldvoll graziös die Hand zum Kuß hin; Doctor Minutus beugte sich tief darüber. Mit dieser Geste waren er und Gret entlassen. Gisberta Farrenschildt selbst begleitete sie zur Haustür. Im Hinausgehen sah Gret noch aus den Augenwinkeln, daß ein Mann die Treppe zum Obergeschoß hinaufstieg – der Neffe der Hausherrin, wie sie sofort erkannte. Dann trat sie mit dem Doctor auf die Straße hinaus.

Ein Dominikaner, der die schwarze Kapuze seiner Kutte tief in die Stirn bezogen hatte und ein dickes Buch an die Brust gepreßt hielt, näherte sich gesenkten Hauptes mit eiligen Schritten dem Haus. Er schien Gret und den Doctor gar nicht zu bemerken. Gret wollte schnell zur Seite ausweichen, aber es war schon zu spät; der Mönch prallte hart gegen sie.

»Verzeihung, ehrwürdiger Vater«, murmelte Gret verlegen.

Der Mönch zischte ein leises, wütendes »Maledetto!« und senkte den Kopf noch tiefer, so daß sein Gesicht nicht zu sehen war. Aber Gret hatte seine Stimme erkannt.

Der italienische Pater bediente den Klopfring an der Tür, die sich bereits wieder geschlossen hatte. Die Magd öffnete von neuem. »Guten Tag, Pater Laurentius«, sagte sie, »die Frau erwartet Euch schon!«

Mönch und Magd verschwanden im Haus. Doctor Minutus war einfach weitergegangen; er hatte von dem kleinen Zwischenfall gar keine Notiz genommen. Gret lief ihm nach. »Kennt Ihr einen Pater Laurentius, Doctor?«

Er blickte verwundert auf. »Allerdings. Lorenz ist Beichtvater im Haus Farrenschildt. Wir stammen beide aus Frechen.« Er lachte kichernd. »Lorenz wurde Mönch – ich wurde eine wissenschaftliche Kapazität. Dabei waren wir beide so nichtsnutzige Bengel, als wir noch klein waren. Ist das nicht lustig?«

Gret lachte auch ein bißchen, um sein Scherzlein zu würdigen. Aber den Rest des Weges grübelte sie über den Italiener nach, der sich als Pater Laurentius im Haus Farrenschildt aufhielt. Wer mochte ihn bestellt haben? Sicher nicht Frau Bernhild. Wer also sonst …?

Den restlichen Nachmittag, während sie ihre Flickarbeiten doch noch zu Ende brachte, war Gret in Gedanken bei dem falschen Dominikaner. Sie hatte sich ihre erste Begegnung mit ihm noch einmal genau ins Gedächtnis gerufen. »Gegrüßt sei Jesus Christus«, hatte der Doctor zu ihm gesagt, und seine Antwort war gewesen: »und mit deinem Geiste.« Gret erinnerte sich noch genau an das sonderbare Gefühl, daß sie bei dieser ersten Begegnung gehabt hatte – das Gefühl, daß irgend etwas nicht stimmte. Nun wußte sie, was es gewesen war: Jeder echte Ordensmann hätte die richtige Erwiderung gekannt und ausgesprochen – »in Ewigkeit, Amen!«

Sie mußte herausfinden, was dieser Italiener im Haus Farrenschildt zu suchen hatte und auf wessen Betreiben er überhaupt dort erschienen war. Aber wie? Es würde schwer sein, Licht in die Sache zu bringen. Gret kannte keinen von den Dienstboten, die in dem Prachtgebäude am Perlenpfuhl arbeiteten.

Sie faltete das grobe Wollhemd zusammen, das sie gerade für Hans Stellmacher repariert hatte, und stand von der Kleidertruhe auf. Vielleicht ergab sich morgen auf dem Markt die Gelegenheit, ein paar Worte mit der jungen Magd aus dem Haus Farrenschildt zu wechseln – diese hatte Gret dort schon beim Einkaufen gesehen. Vielleicht konnte man das Mädchen sogar ein bißchen verhören, ohne daß ihr Mißtrauen geweckt wurde.

Aber zuerst sollte Hans sein Hemd wiederbekommen – als kleines Dankeschön für die geleistete Hilfe.

Gret warf einen Blick in den Spiegel und musterte finster ihr Spiegelbild. Nein – es war ganz unmöglich, daß er für diese graue Maus je etwas anderes empfinden konnte als so eine Art brüderliche Hilfsbereitschaft. Als Gegenleistung flickte ihm die Maus eben gelegentlich ein Hemd oder eine Hose …

Sie seufzte. Hans war so ein begehrenswertes Mannsbild – so brav und tüchtig! Glückliches unbekanntes Mädchen, das ihn einmal kriegen würde. Sie packte das Hemd, preßte es einen Augenblick fest an die Brust. Dann lachte sie leise. »Keine Sentimentalitäten, Grundlin«, befahl sie sich und schob das Kinn vor, »eine alte Jungfer kann sich so was nicht leisten, sonst macht sie sich lächerlich.«

Obwohl es spät geworden war blieb immer noch genügend Zeit für ein Schwätzchen mit Hans. Gret trat mit der Fußspitze ihre Tür auf, während sie den Schlüssel vom Gürtel nestelte, um von außen abzuschließen. Sie stieß fast mit der jungen Küchenmagd zusammen, an die sie gerade noch gedacht hatte.

»Der Doctor soll kommen«, keuchte das Mädchen atemlos, »es ist ein Unglück passiert!« Sie begann hemmungslos zu heulen. »O Gott – die arme Frau Gisberta ... und die arme Frau Bernhild!«

»Hast du denn schon mit dem Doctor gesprochen?«

»Nein«, die Magd schluchzte noch lauter, »ich trau' mich nicht! Der sieht mich immer so grimmig an!«

»Was ist denn überhaupt passiert?« Lieber Himmel, Mädchen, dachte Gret, nimm dich doch zusammen!

»O Gott, o Gott!« Die Küchenmagd schien nicht in der Lage zu sein, Auskunft zu geben.

»Na gut. Geh nach Hause. Ich sage dem Doctor selbst Bescheid.« Gret legte Hans Stellmachers Hemd auf ihre Truhe und trommelte Minutus aus seinem Studierzimmer, während die Magd sich trollte.

Die große Diele des Hauses am Perlenpfuhl glich einem Bienenstock kurz vor dem Schwärmen. Mägde, Knechte, Stallburschen und Hausdiener wimmelten durcheinander, redeten in erregtem Flüsterton aufeinander ein und liefen ziellos hin und her. Als Gret und der Doctor eintraten, bildete sich wie von selbst eine Gasse in der Menge der verstörten Menschen. Wolfrat, der Neffe des verstorbenen Hausherrn, kam eilig auf Doctor Minutus zu. »Meine Muhme Gisberta«, sagte er mit schwankender Stimme, »ich glaube, sie stirbt ...!«

»Wo ist sie?« Doctor Minutus blieb ganz gelassen und geschäftsmäßig. Gret wunderte sich, daß er in dieser Situation so unbeteiligt bleiben konnte. Sie selbst spürte, wie sich ihr die Haare sträubten; die Atmosphäre in dem großen, mit Menschen überfüllten Raum brachte sie zum Schwitzen.

Der Doctor wurde zum hinteren Teil der Diele durchgelassen. Gret hielt sich in seinem Kielwasser und drängte sich gewaltsam an seine Seite. Gisberta Farrenschildt lag flach auf den schwarzweißen Fliesen, die Augen weit aufgerissen zur Decke gerichtet. Nur ein kaum wahrnehmbares Beben ihres hageren Körpers verriet, daß noch Leben in ihr war.

Der Doctor kniete nieder, fühlte den Puls, schüttelte den Kopf. Er schob mit Daumen und Zeigefinger die Augenlider der Frau noch weiter auseinander, räusperte sich, klickte mit der Zunge. »Sehr bedenklich«, murmelte er. Nun tastete er suchend Gisbertas Schädel ab. Grets scharfem Blick entging ebensowenig wie seinen suchenden Fingern, daß da über der Schläfe eine große Beule war und daneben eine Platzwunde, aus der langsam Blut sickerte. »Ah«, sagte der Doctor.

»Wir haben sie am Fuß der Kellertreppe gefunden«, erklärte Wolfrat Farrenschildt mit belegter Stimme, »sie wollte den Wein holen – für den Schlaftrunk, den Ihr Frau Bernhild verordnet hattet.«

»Sie ist gestürzt«, stellte der Doctor mit unbewegter Stimme fest, »ich judiziere, daß das die Causa für ihren Zustand ist.« Schnaufend erhob er sich wieder, glättete seinen Mantel und zuckte die Achseln. »Um ihren Schädel zu trepanieren, dazu sind jetzt nicht die richtigen chirurgischen Instrumenta zur Hand – abgesehen davon, daß die Frau Operationen ohnehin nicht überleben würde. Ich fürchte –«, er sah Wolfrat bedauernd an, »in wenigen Augenblicken wird es mit ihr zu Ende gehen. Mors est incurabilis – leider.«

Wolfrat Farrenschildt schien den Tränen nah. »Sie wird also wirklich sterben? Aber sie ist doch erst zweiundvierzig und war noch niemals krank!«

»Ein solcher Sturz von einer Steintreppe könnte sogar

Euch das Leben kosten – jung und kräftig, wie Ihr seid«, erwiderte der Doctor, »laßt einen Priester rufen, der Eure Muhme aussegnet. Ich kann nichts mehr für sie tun.«

Gret hatte während des Wortwechsels kein Auge von der Sterbenden oder vielleicht schon Gestorbenen abgewandt. Sie tastete mit Blicken Gisberta Farrenschildts Hals nach einer verräterischen kleinen Stichwunde ab, aber sie konnte nichts finden. Es drängte sie, weiterzuforschen, genauer zu prüfen, an anderen Körperstellen zu suchen, vielleicht am Handgelenk oder in der Armbeuge. Denn ihre Intuition sagte ihr, daß sie dort mehr Erfolg haben würde.

Die dichtgedrängte Menge der Dienstboten kam in Bewegung. Schluchzer klangen auf, leise, kummervolle Stimmen murmelten Gebete.

Gret nutzte diese Chance. Sie kniete bei der Frau nieder und wiederholte die Untersuchung, die der Doctor bereits vorgenommen hatte. Unter ihren Finger verebbte das schwache Zittern des Pulses. Kein Herzschlag mehr. Tot. Die Pupillen in den leblosen Augen waren riesengroß und schwarz; sie verdeckten fast den farbigen Teil. Blutung im Innern des Schädels, wie der Doctor annahm ... oder Gift?

Am Hals war keine Wunde – weder rechts noch auf der linken Seite. Das Handgelenk. Gret schob den rechten Ärmel hoch. Nichts. Den anderen noch – zur Sicherheit. Nichts ... oder doch? Eine Hautabschürfung. Und darüber, deutlich abgesetzt, ein dünner, blau verfärbter Einstich – wie von einer winzigen Messerklinge. Gret zog die Luft so scharf durch die Zähne, daß es fast wie ein Pfeifen klang.

»Was macht denn Eure Magd noch da, Doctor?« Das war Wolfrat Farrenschildts Stimme, schneidend und überreizt. »Schafft das Weibsbild fort, sie steht uns im Weg!«

Gret drückte der Toten sanft die starrenden Augen zu und

stand auf. »Verzeiht, Herr Wolfrat«, sagte sie in ebenso scharfem Ton, »die Augen habe ich Eurer Muhme gerade geschlossen – jetzt sollte ihr aber auch noch das Kinn hochgebunden werden, damit der Mund nicht im Tode offensteht. So ist es Sitte bei ehrenwerten Christenmenschen.«

»Ja«, murmelte Wolfrat und wischte sich über die Augen. Er akzeptierte die Erklärung, die Gret ihm für ihr Tun geboten hatte. Plötzlich war Frau Bernhild bei der Leiche ihrer Schwägerin.

Sie beugte sich über die Tote, preßte die Hände an die Lippen, stieß einen herzzerreißenden Schrei aus. »Gisberta – laß mich nicht allein! Bitte Gisberta, nicht auch noch du!«

Sie war deutlich außer sich vor Angst und Grauen. Sie bebte am ganzen Leib, Tränen rannen in Strömen über ihr blasses Engelsgesicht. Gret überwältigte das Mitleid. Sie konnte nicht anders – sie mußte dem armen, von Furcht geschüttelten Wesen ein paar tröstende Worte sagen. »Gnädige Frau«, begann sie und suchte nach dem passenden Ton, »man wird Euch nicht allein lassen, auch wenn –«

Mit einem Ruck hob Bernhild von Eichen den Kopf und starrte Gret an, so daß sie verstummte. Die großen, himmelblauen Augen in dem tränenüberströmten Jungmädchengesicht waren ohne jeden Ausdruck. Namenlose Angst oder namenlose Leere – Gret konnte nicht ergründen, was sich darin spiegelte. Aber sie fühlte sich von diesem Blick zurückgestoßen und in ihre Schranken verwiesen. Bernhild lehnte jeden Trost ab – das war deutlich. Gret zog sich zurück und knickste verlegen.

Eine Magd kam vorüber. Gret stieg ein starker Duft nach frischen Zwiebeln in die Nase, und sie mußte niesen. Zwei Hausknechte trugen die Tote ins obere Geschoß. Bernhild, noch immer heftig weinend, folgte mit Wolfrat und zwei

Mägden der Leiche. Die vielen Dienstboten, die die Halle bevölkert hatten, zerstreuten sich.

»Wir sollten gehen, Grundlin«, meinte der Doctor, »hier sind wir jetzt überflüssig.«

Gret stimmte wortlos zu. Ihre Gedanken kreisten um die geheimnisvolle kleine Stichwunde, die sich auch bei Gisberta Farrenschildt gefunden hatte. »Doctor«, sagte sie, als sie wieder auf dem Weg in die Glockengasse waren, »kommt es Euch nicht auch ungewöhnlich vor, daß die Familie Farrenschildt in so kurzer Zeit jetzt schon den dritten Toten zu beklagen hat?«

»Es waren Unfälle. Was ist daran so ungewöhnlich?«

»Ich glaube nicht, daß das Unfälle waren.«

Er blickte überrascht. »Aber, was den sonst?«

»Mord. Mit Gift.«

Einen Augenblick lang starrte der Doctor Gret verständnislos an. Dann brach er in Gelächter aus. »Gift ... also wirklich! Kindchen, du hast zuviel Phantasie. Aber so seid ihr Frauen – wo ihr die Zusammenhänge nicht verstehen könnt, seht ihr immer gleich Mörder und Gespenster!«

Gret gab auf. Alter Trottel, dachte sie verärgert, ich weiß, was ich weiß. Nur den Grund muß ich noch herausfinden – und die Methode – und den Täter ...

Vor dem Haus in der Glockengasse wartete jemand. Gret hatte ihn schon von weitem vor der Tür stehen sehen – einen schlaksigen, in enge schwarze Hosen und ein schwarzes Mäntelchen gekleideten halbwüchsigen Jungen, der mit seinen dünnen, knochigen Beinen entfernt einem unterentwickelten Storch ähnelte. Als er Gret und den Doctor kommen sah, begann er ihnen mit langen Schritten, vorsichtig Pfützen und Unrat umgehend, entgegenzustelzen.

»Heinrich«, rief der Doctor und streckte erfreut die Hand zur Begrüßung aus, »schön, daß du meine Einladung angenommen hast!« Er umarmte den jugendlichen Storch wie einen Sohn. Dann wandte er sich knapp an Gret: »Grundlin, in die Küche! Mach uns eine Kleinigkeit zu essen und vergiß nicht, Bier aus dem Keller zu holen! Das muß gefeiert werden!«

Der dürre Jüngling ließ den Doctor los und bedachte Gret mit einer eckigen Verbeugung. »Gestatten, daß ich mich vorstelle«, sagte er mit erstaunlich tiefer, aber gelegentlich noch ins Falsett umkippender Stimme, »Heinrich Cornelius aus Nettesheim.«

Gret fand den anscheinend sehr wohlerzogenen Jungen sympathisch, aber komisch. Sie bedankte sich mit einem übertrieben tiefen Knicks. »Margarete Grundlin aus Köln«, sagte sie todernst.

Der Doctor wußte nicht recht, was er zu dieser Begrüßungszeremonie sagen sollte. »Grundlin«, sagte er irritiert, »steh hier nicht so untätig herum!«

»Wie wär's mit ein paar schönen, knusprigen Eierkuchen?« lockte Gret und lächelte den schlaksigen Jungen an. Dieser leuchtete auf wie eine Laterne. »Wunderbar«, kiekste er und machte eine zweite hölzerne Verbeugung.

Doctor Minutus führte seinen Besuch erst einmal ins Studierzimmer, während Gret in der Küche den Teig für die Pfannkuchen rührte. Sie grinste vor sich hin. Mein Gott, war der Junge häßlich! Aber schöne Augen hatte er, die machten alle anderen Mängel wett. Hellbraune, intelligente, freundliche Augen ...

Gret stellte die Pfanne aufs Feuer, tat Schmalz hinein und schöpfte Teig in das brutzelnde Fett. Es zischte. Was der Junge wohl für eine Bekanntschaft war? Für einen Studenten schien er noch ein bißchen jung. Der war doch höchstens dreizehn oder vierzehn …

»Hmmm – riecht das wieder gut!« Der Doctor betrat mit seinem Gast die Küche. Er hatte wie immer nicht abwarten können.

Sie saßen alle zusammen am Tisch. Heinrich Cornelius hatte – ungehörigerweise, wie der Doctor meinte – darauf bestanden, daß auch Gret mitaß und sich an der Unterhaltung beteiligte.

Das fand der Doctor nun ganz unmöglich. »Heinrich«, grollte er, »sie ist doch nur die Magd in diesem Haus. Was hätte sie schon zu einer Disputatio unter Gelehrten beizutragen?«

»Nun«, sagte der Junge trocken und wirkte auf einmal sehr erwachsen, »ich meine gehört zu haben, wie Ihr einmal Margaretes Verstand gelobt habt.«

»So, hab' ich das? Kann mich eigentlich nicht recht erinnern.«

»Ihr sagtet – ich zitiere: Sie ist meine rechte Hand. Ohne Grundlin wäre meine Kunst nur die Hälfte wert.»In Heinrich Cornelius' Augen lag ein ironisches Funkeln. Er warf Gret einen unauffälligen Blick zu und zwinkerte sie an.

Gret lächelte.

»Da muß ich wohl gescherzt haben«, meinte der Doctor und lachte verlegen, »eins sage ich dir, Heinrich: Du bist mein begabtester Student, und eines Tages wirst du auch noch ein berühmter Rhetor werden, wenn du so weitermachst!«

Heinrich Cornelius antwortete diesmal todernst. »Darauf arbeite ich hin«, sagte er, »und ich werde den Zunamen Agrippa wählen, wenn ich soweit bin.«

»Ein Mann der Antike – mit vielen Tugenden und Fähigkeiten«, murmelte Doctor Minutus, »ich fürchte, mein Junge, das wäre etwas zu dick aufgetragen.«

»Jetzt vielleicht noch«, sagte Heinrich Cornelius nachdenklich, »aber irgendwann werde ich mir den Namen verdienen.«

Sie aßen schweigend. Aber nach einem weiteren Pfannkuchen kam das Gespräch auf die Ereignisse im Haus Farrenschildt. Doctor Minutus schilderte dem Jungen, welche Begleitumstände er am heutigen Tag bei Gisberta vorgefunden hatte. »Und nun, mein lieber Heinrich« sagte er, als er mit seiner Beschreibung fertig war, »erzähle mir, welche Todesursache du diagnostiziert hättest.«

Heinrich Cornelius hatte sehr aufmerksam zugehört. Jetzt antwortete er ohne Zögern. »Ich sehe, oberflächlich betrachtet, drei Möglichkeiten, verehrter Doctor«, sagte er. »Primo: eine Blutung in das Gehirn aufgrund der Concussio des Sturzes. Secundo: eine spontane Blutung. Tertio: eine Vergiftung.«

Der Doctor richtete sich kerzengerade auf. »Wie kommst du auf Gift?«

»Nun«, meinte Heinrich Cornelius gedehnt, als denke er beim Sprechen, »Ihr sagtet, sie sei die Kellertreppe hinuntergestürzt. Aber Ihr habt an ihrem Körper nur eine Beule und eine geringfügige Platzwunde gefunden – seitlich am Schädel. Wenn jedoch eine Frau von immerhin zweiundvierzig Jahren eine lange, steile Treppe mit steinernen Stufen hinunterstürzt, so finden sich im allgemeinen Blutergüsse, Prellungen, Schürfwunden, vielleicht sogar Knochenbrüche. Es bleibt nicht bei einer Beule. Da stimmt Ihr mir doch zu?«

Er schaute den Doctor scharf an. »Jaja«, sagte Minutus

hastig, »bis jetzt hast du keinen Denkfehler gemacht. Fahre fort, ich höre!«

Gret bemerkte, daß der Doctor Mühe hatte, seine wachsende Aufregung vor seinem Schüler zu verbergen. Heinrich Cornelius fiel das anscheinend nicht auf. Er spreizte seine knochigen, fetttriefenden Finger auf der Tischplatte, wie um sich zu konzentrieren. »Ich nehme daher einmal an«, führte er seine Überlegungen fort, »daß Gisberta Farrenschildt vor dem Gang in den Keller ein Gift verabreicht wurde, daß sie die Treppe hinunterging, im Keller schwindlig wurde, zusammenbrach und dabei mit dem Kopf gegen die Wand oder auf den Fußboden prallte – daher die Beule und die Platzwunde. Nun kam jemand, fand sie am Fuß der Treppe im Sterben liegend und ließ Euch rufen.«

Einen Augenblick schwieg der Doctor. Dann räusperte er sich. »Sehr phantasievoll und außerordentlich klug und glaubhaft begründet. Nur, Heinrich, ich habe keinen Hinweis auf eine Vergiftung gefunden. Die richtige Diagnose muß deshalb lauten ... wie?«

»Spontane Blutung zwischen die Häute des Gehirns während des Aufenthaltes im Keller«, kam mühelos die Antwort des Jungen.

»Brav gelöst – das war auch mein Ergebnis«, log der Doctor. Er hatte sich wieder beruhigt.

Gret biß sich auf die Lippen. Sie äußerte sich nicht. Aber sie würde versuchen, mit Heinrich Cornelius ein paar Worte unter vier Augen zu wechseln, wenn er nach Hause ging.

Er blieb bis zum Einbruch der Dämmerung. Bei Gret, die seiner Unterhaltung mit dem Doctor fasziniert lauschte, verwischte sich der erste Eindruck, den er auf sie gemacht hatte, mehr und mehr. Heinrich Cornelius wurde in ihren Augen von einem dürren Halbwüchsigen mit altklugem Benehmen zu einem jungen Genie, das kräftig dabei war, sich zu einer Kapazität auf vielen Gebieten zu mausern.

Als es anfing zu dunkeln, verabschiedete sich Heinrich Cornelius. Gret begleitete ihn vor die Haustür. »Ich bedanke mich noch einmal für das wunderbare Essen«, sagte der Junge und zog die Schulterschnalle an seinem Mäntelchen fest, »so eine köstliche Mahlzeit habe ich lange nicht mehr genossen. Ich wünsche dir eine besonders gute Nacht.«

Gret umging alle Höflichkeitsfloskeln. »Danke. Ein Wort noch, ehe du gehst, Agrippa ...«

»Agrippa?« Er zog die Augenbrauen hoch.

»Ich meine, diesen Ehrennamen hast du dir jetzt schon verdient. Was ich sagen wollte«, sie schaute ihm offen ins Gesicht, »als Gisberta Farrenschildt starb, da war ich ebenfalls anwesend. Und im Gegensatz zu Doctor Minutus habe ich an der Leiche Hinweise auf eine Vergiftung gefunden.«

Der Junge spitzte die Ohren. »Welche?«

»Gisberta hatte einen kleinen Einstich oberhalb des Handgelenks«, sagte Gret. »Übrigens – auch bei den anderen beiden Toten dieser Familie habe ich solche Stichwunden gesehen. Eberhard und Gernot Farrenschildt hatten sie in der Halsbeuge. Und die beiden Brüder sind unter ähnlichen Umständen gestorben wie Gisberta.«

»Du meinst, das Gift ist ihnen durch eine Verletzung in der Haut beigebracht worden?« Heinrich Cornelius schüttelte den Kopf. »Von einem solchen Fall habe ich noch nie gehört.«

»Ich kann mir ja selbst keinen Reim darauf machen«, sagte Gret ungeduldig, »aber ich möchte das Rätsel gern lösen.«

Heinrich Cornelius dachte laut nach. »Was kann ich also tun? Ich werde morgen einem klugen Mann einen Besuch abstatten, der mehr Licht in dieses Dunkel bringen wird.«

»Wer sollte das sein?«

»Jehuda Ben Israel.«

»Ein Jude? Ist es nicht verboten, mit Juden zu verkehren?«

Heinrich Cornelius hatte ihren erschrockenen Einwand überhört. »Er wohnt in Deutz«, sagte er, »du solltest mitkommen, damit du ihm selbst deine Beobachtungen schildern kannst.«

»Was, ich?«

Der Junge heftete seinen hellwachen Blick auf Gret. »Fähre nach Deutz – sagen wir, Schlag neun. Abgemacht?«

Gret kreuzte die Arme über der Brust. »Ich hab' von Juden noch nie etwas Gutes gehört«, sagte sie widerwillig, »sie glauben nicht an Gott und sind verstockte Bösewichter. Außerdem haben sie den Heiland gekreuzigt.«

Heinrich Cornelius lachte laut auf. »Die Kreuzigung war vor tausendfünfhundert Jahren«, sagte er, »ich möchte bezweifeln, daß Rabbi Jehuda schon so alt ist. Er frißt auch keine Säuglinge und vergiftet keine Brunnen – falls du das über die Juden hast sagen hören. Du hast doch Verstand, da solltest du nicht jedes Märchen glauben!«

»Also gut«, Gret nickte widerstrebend. »Bis morgen dann, Agrippa.«

»Bis morgen!«

Gret schaute ihm nach, wie er mit seinen dünnen, schwarz behosten Beinen die Straße hinabstakste. Wirklich wohl war ihr bei der morgigen Verabredung mit dem Jungen nicht. Einen Juden besuchen, das tat ein anständiger Christ doch nicht! Dennoch – irgendwie hatten Agrippas Worte ihr eingeleuchtet.

Und am Ende hatte auch ihre Neugier gesiegt. Sie wollte

dem Mörder im Haus Farrenschildt auf die Spur kommen, und dazu war ihr jede Information recht – selbst wenn sie von einem Juden stammte.

Das Boot nach Deutz hatte bereits angelegt und wurde beladen. Einige Passagiere stiegen ein. Gret stand am Landungssteg und wartete ungeduldig auf Heinrich Cornelius. Endlich sah sie ihn kommen; er bahnte sich halb rennend, halb stolpernd zwischen Kisten und Warenstapeln den Weg zur Fähre. »Wunderschönen guten Morgen«, begrüßte er Gret atemlos, »hab' verschlafen, weil ich ja heute die Vorlesung schwänzen wollte. Dann fiel mir siedendheiß ein, daß du hier auf mich wartest.«

»Ein Glück, daß du's noch geschafft hast. Das Boot legt gleich ab!«

Sie gingen schnell an Bord und zahlten den Fährpreis. Dann zog einer der beiden Schauerleute, die für das Laden und Entladen zuständig waren, die Planke weg. Das Boot stieß vom Ufer ab und drehte auf den Strom hinaus. Langsam, von kräftigen Ruderschlägen getrieben, ließ es die Uferbefestigung hinter sich und bewegte sich in schräger Linie zum anderen Ufer hinüber, wo die bescheidene Silhouette von Deutz zu sehen war.

Gret war noch nie auf der anderen Seite des Rheins gewesen. Als die Fähre in Deutz landete, schien es ihr, als sei sie jetzt in der Fremde. Denn hier war nicht mehr ihre stark ummauerte, prächtige Heimatstadt Köln – dies war ein kleines, fast ungeschützt daliegendes Städtchen, das zu einem fremden Herrschaftsbereich gehörte.

Heinrich Cornelius führte Gret hinein in das winklige Gewirr der engen Gassen, deren Häuser weit bescheidener aussahen als die in Köln. Aber das Judenviertel wirkte regelrecht fremdartig.

Hier waren die Gassen noch enger und dunkler und bevölkert von viel zu vielen Menschen. Sie schienen auf engstem Raum zusammengepfercht. Heinrich Cornelius nickte, als Gret diesen Eindruck in Worte faßte. »Anno vierzehnhundertvierundzwanzig«, sagte er, »als der Rat die Juden aus Köln ausgewiesen hatte, da sind sie mit dem Wenigen, was sie mitnehmen durften, nach Deutz geflüchtet. Auch aus Neuß kamen Flüchtlinge. Seitdem gibt es hier eine sehr große jüdische Gemeinde.«

»Und sie wohnen alle in diesen engen Gassen?« Gret konnte es kaum glauben. »Aber ich hatte gehört, die Juden seien reich!«

Heinrich Cornelius lachte. »Bei einigen mag das stimmen«, sagte er, »aber für einen Juden wäre es gefährlich, seinen Wohlstand zu zeigen. Es könnte sonst sein, daß ein Christ neidisch wird und ihm sein Geld einfach wegnimmt.«

»Raub wird, soweit ich weiß, ziemlich hart bestraft.«

»Du bist vielleicht naiv!« Heinrich Cornelius schüttelte den Kopf. »Unsere Gesetze gelten doch nicht für Juden!«

Gret schluckte. Sie wollte gerade nachfragen, als Agrippa vor einem schmalen, zweistöckigen Haus stehenblieb. »Hier wohnt Rabbi Jehuda«, sagte er, »er wird hoffentlich zu Hause sein!«

Er klopfte. Jemand kam und öffnete – erst einen Spalt, dann ganz weit. »Heinrich«, sagte eine warme, tiefe Stimme, »welche Freude! Ich sehe, du hast noch jemanden mitgebracht – willkommen!«

Heinrich Cornelius grüßte und verbeugte sich tief. Rabbi Jehuda war ein steinalter Mann – mindestens siebzig, schätzte Gret. Er trug ein schlichtes schwarzes Gewand, das bis zum Boden reichte; seinen Hinterkopf bedeckte ein kleines rundes Käppchen aus schwarzer Seide, das mit blauer Stickerei verziert war. Gepflegte weiße Locken wallten dem alten Gelehrten bis auf die Schulter, und ein mächtiger Bart bedeckte den größten Teil seiner Brust.

»Wie darf ich dich ansprechen?« fragte Rabbi Jehuda und schaute Gret freundlich an.

»Margarete Grundlin«, stotterte Gret, der peinlich bewußt wurde, daß sie weder gegrüßt noch sich vorgestellt hatte.

»Sie möchte einen weisen Mann um Rat fragen«, rettete Heinrich Cornelius die Situation, »sie hat eine Frage wissenschaftlicher Art, und deshalb habe ich sie zu dir geführt, verehrter Meister!«

Jehuda Ben Israel lächelte. Was für ein Lächeln! Es erleuchtete sein ganzes altes Gesicht und strahlte aus seinen milden, klugen dunklen Augen. Gret spürte, daß all ihre Bedenken sich in nichts auflösten. So wie diesen alten Mann hatte sie sich immer Gottvater vorgestellt – allwissend und von umfassender Freundlichkeit.

»Wer ist schon weise, außer Gott«, sagte der Rabbi. »Ich will sehen, ob ich mit meinem bißchen Verstand und der Erfahrung meiner Jahre eine Antwort finden kann. Kommt herein. Rachel soll uns eine Erfrischung bringen.«

Er klatschte in die Hände. Aus der Dämmerung des Hausflurs tauchte ein junges Mädchen auf. Ein grüner Schleier bedeckte sein dunkles Haar, große, scheu blickende braune Augen unter breiten schwarzen Brauen verliehen ihm eine fremdländische Schönheit.

»Ja, Großvater?«

»Bewirte unsere Gäste.«

Rachel verneigte sich und verschwand so geräuschlos, wie sie gekommen war.

Das Wohnzimmer war ein behaglicher, mit Tisch, zwei Polsterbänken und einer Truhe eingerichteter Raum, der dennoch mehr einem Studierzimmer oder Laboratorium glich. Das lag an den Unmengen von Büchern und Schriftrollen, die in deckenhohen Regalen in scheinbarer Unordnung aufgestapelt waren. Tiegel, Kolben und kostbare gläserne Apothekergefäße standen auf einem besonderen Tisch am Fenster und glänzten im Sonnenlicht, das durch farbige Scheiben hereinströmte.

Sie nahmen Platz auf den beiden Bänken, und Rachel brachte ein Messingtablett mit kleinen runden Kuchen, dazu dampfenden Kräutertee und drei kleine henkellose Tassen. Sie schenkte ein, lächelte einladend und ging gleich wieder – ein stummer, schöner Schatten. Jehuda Ben Israel, der Grets fragenden Blick bemerkt hatte, sagte lächelnd: »Bei uns erfordert es die gute Sitte, daß die Frauen nur erscheinen, wenn ihre Anwesenheit erforderlich ist.« Er deutete auf das Gebäck. »Stärkt euch. Und laßt mich hören, welche Frage euch bewegt.«

Heinrich Cornelius kam der freundlichen Aufforderung gern entgegen. Auch Gret probierte der Höflichkeit halber von dem Gebäck. Es schien aus Mandeln und Honig zu bestehen und schmeckte unbeschreiblich gut. »Köstlich«, sagte sie beeindruckt, »wirklich köstlich.«

»Das wird Rachel freuen«, sagte Jehuda Ben Israel.

Nach einem Augenblick des stillen Genießens kam Gret zur Sache. Mit Heinrichs Unterstützung berichtete sie dem alten Gelehrten von den Geschehnissen im Haus Farrenschildt. »Ich bin zu dem Schluß gekommen«, beendete sie ihre Schilderung, »daß als Todesursache in allen drei Fällen nur eine Vergiftung in Frage kommen kann. Aber ich habe keine Ahnung, welches Gift es gewesen sein könnte.«

»Mir ist auch kein Fall bekannt«, warf Heinrich Cornelius ein, »bei dem Gift über eine Stichwunde verabreicht worden wäre –«

»Außer bei Schlangenbissen«, fügte Gret hinzu und dachte an die Bemerkungen Mutter Immas.

Jehuda Ben Israel strich sich sacht über den gepflegten weißen Bart und schloß die Augen. Nach einem Moment des Nachdenkens sagte er langsam: »Es gibt in Afrika und Indien eine Schlangenart, deren Gift so stark ist, daß es einen Menschen in wenigen Augenblicken tötet. Das unglückliche Opfer verfällt in Krämpfe, bricht zusammen und stirbt, noch ehe es seinen Frieden mit Gott machen kann.« Er richtete den Blick seiner ernsten Augen auf Gret. »Die Schlange wird Naja genannt; ihr Gift wirkt zerstörend auf das Gehirn und die Organe, die die Muskeln und das Herz bewegen.«

Gret fielen wieder Mutter Immas Worte ein. Der alte jüdische Gelehrte glaubte also offenbar auch an die Existenz solcher Organe.

»Das Tier trägt auf der Rückseite seines Halses eine Zeichnung, die einer Brille ähnelt«, fuhr Jehuda Ben Israel fort, »vor Jahren habe ich einmal einen Gaukler an ihrem Gift sterben sehen. Es ging so schnell, daß ich nicht einmal Zeit hatte, ihn zu fragen, was geschehen sei. Erst seine Witwe konnte es mir sagen.«

Gret spürte, wie all ihre Muskeln sich anspannten. Sie richtete sich auf, und ihre Finger drückten das Mandelplätzchen, das sie gerade zum Mund hatte führen wollen, so stark, daß es zerkrümelte. »War das in dieser Gegend«, fragte sie, »ich meine, hat der Gaukler die Najaschlange vielleicht auf dem Jahrmarkt gezeigt?«

Jehuda Ben Israel nickte ruhig. »Er war einer von den umherziehenden Fremden, die Ägypter oder Zigeuner oder Heiden genannt werden. Sie selbst nennen sich Sinti. Ihre Heimat ist Indien.«

Gret war plötzlich so aufgeregt, daß sie heftig den Atem ausstieß. Sie wollte eine weitere Frage stellen, aber der Rabbi nahm die Antwort vorweg, als ob er Gedanken lesen konnte. »Gaukler, die solche gefährlichen Tiere zum Klang einer Flöte tanzen lassen, entfernen ihnen gewöhnlich zuvor die Giftzähne. Jener Gaukler, der vor meinen Augen am Najabiß starb, hat bewußt mit seinem Leben gespielt. Daß er starb, ist aber ein Beweis dafür, daß es andere Najas in diesem Land geben könnte, die noch im Besitz ihrer tödlichen Waffen sind.«

»So weit, so gut«, mischte sich Heinrich Cornelius in das Gespräch »aber Gret hat bei dem Turnier, als Gernot Farrenschildt starb, nicht die Spur einer Schlange gesehen. Das Tier hätte den Mann auch nicht unbemerkt beißen können. Jedem wäre das aufgefallen.«

»Aber du sagst, du hast bei jedem der drei Toten kleine

Stichwunden gesehen«, vergewisserte sich der Rabbi bei Gret.

»Ja.«

Jehuda Ben Israel dachte wieder einen Augenblick nach. Dann sagte er mit schleppender Stimme: »Von einem weitgereisten Freund weiß ich, daß es möglich ist, einer Schlange das Gift abzuzapfen. Man packt sie im Genick und läßt sie in den Rand eines Gefäßes beißen, das zuvor mit einer Schweinsblase bespannt wurde. Das Gift tropft dann in das Gefäß und verliert nichts von seiner todbringenden Kraft. Gesetzt den Fall, man träufelt es jetzt in eine Wunde ...«

»Teuflisch«, flüsterte Gret entsetzt.

»Aber«, mischte sich Heinrich Cornelius noch einmal ein, »ich sehe nicht, wie man den Opfern Wunde und Gift gleichzeitig beibringen könnte.«

»Genau das wäre herauszufinden«, sagte der alte Mann lakonisch und schaute Gret an. »Es wird nicht leicht sein. Ein Mörder, der eine solche Methode wählt, um Unfälle vorzutäuschen und die Ärzte zu narren – der ist sehr gerissen. Vor allem stellt sich auch die Frage: Warum mordet er – und warum gerade die Mitglieder dieser Familie? Hast du dir dazu schon einmal Gedanken gemacht?«

Gret nickte. »Ich nehme an, es geht ihm um das große Vermögen der Farrenschildts.«

»Alleinerbe wäre das noch ungeborene Kind Eberhards und Bernhilds«, sagte Heinrich Cornelius.

»Dann schwebt es schon vor seiner Geburt in Lebensgefahr«, bemerkte der Rabbi, »vorausgesetzt, daß Margarete recht hat.«

Gret stockte plötzlich der Atem. »Und der Mörder wäre demnach unter denjenigen zu suchen, die nach dem Tod des Kindes Anspruch auf das Erbe hätten«, flüsterte sie angestrengt.

»Ganz recht«, meinte Rabbi Jehuda.

Schnell wie Blitze durchzuckten Gret Fetzen ihrer Erinnerung. Wolfrat Farrenschildt war bei jedem der unnatürlichen Todesfälle in der Nähe gewesen. Er hatte von seinem Vater nichts geerbt außer einem bescheidenen Anwesen bei Müngersdorf. Geschwister waren zwar keine da – auch keine Mutter, die er noch versorgen mußte, aber das Gütchen brachte sicher kaum genug ein, um ihm ein standesgemäßes Leben zu sichern.

Andererseits würde er das ganze Vermögen seines Onkels erben, falls das Kind starb. Gret fiel die Unterhaltung wieder ein, die sie bei der Kapelle in Eichen belauscht hatte. Die schöne junge Witwe war sicher eine willkommene Zugabe zu dem reichen Erbe ...

»Verehrter Meister«, sagte Gret mit der scharfen, klaren Stimme, die sie immer bekam, wenn sie aufgeregt war, »Ihr habt mir mehr geholfen, als ich zu hoffen gewagt hatte. Wie kann ich Euch nur danken?«

»Behalte mich in freundlicher Erinnerung«, sagte er und zeigte sein Gottvaterlächeln. Er lud Heinrich Cornelius und Gret ein, noch zu bleiben und ihm Gesellschaft zu leisten. Der Junge nahm begeistert an. »Auf diese Weise«, sagte er strahlend, »kann ich noch ein wenig von dem großen Wissen profitieren, über das du verfügst. Jede Stunde mit dir ist mehr wert als ein Jahr an der Universität!«

Jehuda Ben Israel hob lachend die Hände. »Du übertreibst wie ein Jude«, sagte er.

Gret lehnte die Einladung ab. »Leider kann ich nicht bleiben. Ich bin Magd bei Doctor Minutus. Er erwartet, daß ich ihm sein Mittagessen koche, anstatt mich selbst anderswo bewirten zu lassen.« Sie verabschiedete sich mit Bedauern. »Ihr habt mein Denken verändert, Rabbi Jehuda«, sagte sie an der Haustür, »von nun an werde ich vieles mit anderen Augen betrachten.«

»Das ist gut«, der alte Gelehrte schenkte ihr ein letztes strahlendes Lächeln, »nur wer sich weiterbewegt, kann einen Weg zurücklegen. Ein letzter Hinweis noch: Finde den Fehler, den jeder Verbrecher begeht. Denn kein Verbrechen kann vollkommen sein. Das liegt in der Natur der Sache.«

Gret fand den Doctor murrend und mißmutig in der Küche vor. »Ich arbeite den ganzen Tag wie ein Pferd«, schimpfte er, »und die Magd, die ich mir für schweres Geld leiste, treibt sich herum und macht mir nicht mal pünktlich das Essen!«

Gret besänftigte ihn dadurch, daß sie ihm eine dicke Biersuppe mit Rosinen kochte. Und während er mit seinem persönlichen Silberlöffel das Essen in sich hineinschaufelte und mit jedem Bissen mehr von seiner guten Laune wiedergewann, dachte sie die ganze Zeit über Schlangenbisse nach.

Wie zum Kuckuck hatte der Mörder die Wunde geschlagen und unauffällig das Gift ins Fleisch seiner Opfer gebracht? Sosehr sich Gret auch den Kopf zermarterte, sie fand keine Antwort.

Nachdem der Doctor endlich wieder aus der Küche gewichen war und sie die tägliche Hausarbeit abgetan hatte, entschloß sie sich, Hans Stellmacher heute sein Hemd zurückzubringen und mit ihm zu reden. Sie hatte die einfache Leinenhaube abgenommen und eine schöne neue aus blauem Musselin aufgesetzt. Aber vor dem Spiegel kamen ihr doch wieder die alten, selbstironischen Gedanken. »Das Prachtding macht dich auch nicht schöner, alte Jungfer«, verspottete sie ihr Spiegelbild, »Hans weiß das, und du weißt es auch. Wozu also der überflüssige Putz?«

Dennoch nahm sie die Festtagshaube nicht wieder ab, sondern packte energisch das Hemd und machte sich auf den kurzen Fußweg zur Streitzeuggasse.

Als Gret in seine Werkstatt eintrat, überzog sich Hans Stellmachers Gesicht wie immer mit feiner Röte. »Ich dachte schon, du hättest mich ... ich meine, mein Hemd ... ganz vergessen«, stotterte er.

»Wie kommst du denn darauf? Keiner weiß besser als ich, daß du nur zwei Hemden besitzt. Soll ich das andere zum Waschen mitnehmen?«

»Nein, nein –«, Hans wußte nicht recht, wie er das Gespräch auf ein anderes Thema lenken sollte.

Aber Gret kam im zu Hilfe. »Weißt du, daß es jetzt schon drei Tote im Haus Farrenschildt zu beklagen gibt?«

»Drei?« Hans machte ein entsetztes Gesicht.

»Ja. Gisberta wird morgen bestattet. Auch sie ist ermordet worden.« Gret setzte sich ohne Umstände auf eine Kiste, die neben der Werkbank stand. »Und nun wollte ich dich fragen: Fällt dir nicht eine Möglichkeit ein, wie man einem Menschen einen Schlangenbiß beibringen kann, ohne daß eine Schlange beteiligt ist? Ich weiß, es klingt verrückt. Aber genau das ist bei allen drei Morden geschehen.«

»Gret – du sagtest doch, die Brüder Farrenschildt seien vergiftet worden ...«

»Ja«, erwiderte sie ungeduldig, »aber mit Schlangengift! Andere Gifte kommen kaum in Frage.«

Er schluckte und fuhr sich mit den Fingern durch sein dichtes Haar. Es dauerte eine Weile, bis er antwortete. »Um einen Schlangenbiß zu imitieren«, sagte er gedehnt, »müßte man einen mechanischen Schlangenkopf nachbauen.«

»Wie sollte das wohl gehen!« Gret schaute enttäuscht drein.

»Nun – ich denke mir, jeder Uhrmacher könnte eine Sprungnadel entwerfen, die ...«

Gret begriff sofort. Sie sprang auf und umarmte ihn impulsiv. »Hans – das wäre die Lösung!«

Er stand stocksteif, wie ein Besenstiel. Gret ließ ihn auf der Stelle los. »Entschuldige«, murmelte sie verlegen, »aber mit deiner Idee könntest du genau ins Schwarze getroffen haben.«

Hans faßte sich. »Wir könnten ja mal den Matheis fragen«, murmelte er, »zwei Häuser weiter. Der ist ein erstklassiger Mechaniker. Einen künstlichen Schlangenkopf baut der dir jederzeit.«

»Wie wär's mit einer Sprungfederahle, um Löcher in Leder zu stechen«, überlegte Gret. »So ein kleines mechanisches Gerät, das mir die Arbeit erleichtert.«

Hans musterte sie verwirrt. »Aber ich dachte ...«

Gret gab ihm keine weitere Erklärung. »Gehen wir zu Matheis« sagte sie. »Aber überlaß mir das Reden, hörst du?«

Matheis, der Uhrmacher, und Hans schienen nicht nur gut bekannt, sondern befreundet zu sein. Und Gret kannte den krummbeinigen kleinen Mann mit den kurzsichtigen Augen auch von flüchtigen Begegnungen auf der Straße. Der Uhrmacher freute sich über den Besuch in seinem dämmrigen Arbeitsraum; er stand gleich von seinem Werktisch auf und bot Gret und Hans aus seinem einzigen Becher einen Schluck Most an.

Aber Gret kam sofort zur Sache. »Matheis, ich hätte gern einen Vorstecher für Leder«, sagte sie, »weißt du – ein kleines, mechanisches Gerät, das einem die Mühe der Handarbeit abnimmt. Vielleicht mit einer starken Sprungfeder ...«

»Für Frauenhände geeignet«, ergänzte Matheis.

»Ja, so ist es«, sagte Hans und lief rot an.

»Da bist du bei mir genau richtig«, sagte Matheis und warf Hans einen lachenden Seitenblick zu. »So was habe ich nämlich erst neulich erfunden und gebaut. Das Ding hatte eine schmale Schneidenadel, die durch leichten Druck ausgelöst werden konnte und dann das Leder durchdrang wie Butter.« Er zwinkerte Gret zu. »Funktionierte wunderbar«, fügte er voller Stolz auf seinen Erfindungsgeist hinzu, »der Taschenmacher, der es bestellt hatte, war ganz begeistert!«

»Wie groß war das Gerät denn«, forschte Gret nach.

»Etwa so lang und breit wie dein kleiner Finger«, erklärte Matheis, »sehr einfach zu handhaben, dabei aber genau und äußerst durchschlagskräftig.«

Gret mußte erst den Kloß schlucken, der ihr plötzlich in die Kehle gestiegen war. Nach einem Augenblick sagte sie heiser: »Hört sich gut an, Matheis. Würdest du den Vorstecher noch einmal für mich herstellen – genau nach dem Vorbild des ersten?«

»Sicher. Aber für dich müßte die Nadel wohl nicht an ein Röhrchen angesetzt sein – oder? Es war nämlich viel Mühe, die Nadel hohl zu arbeiten – und sie kostet dann natürlich auch mehr.«

»Hohl?« Gret fiel es wie Schuppen vor den Augen. Hohler Schlangenzahn ... hohle Nadel ... Ausgerechnet von Matheis hatte der Mörder sich sein tödliches Instrument bauen lassen!

»Ja. Der Taschenmacher wollte in einem Arbeitsgang die gestochenen Löcher mit Farbe markieren. Sehr praktisch. Die Farbe fließt beim Einstich von selbst aus dem Röhrchen in das Loch und färbt es ein.«

»Genau so ein Ding hat Gret sich schon lange gewünscht«,

mischte Hans sich hastig ein, »mach es ihr, Matheis, und hohl – genau wie das erste! Ich bezahle, auch wenn es mehr kostet!«

Der Uhrmacher grinste vielsagend. »Hänschen, Hänschen«, kicherte er, »mir scheint –«

»Ach, sei doch nicht so albern«, brauste Hans auf. »Was du immer meinst! Gret hat mir schon sooft die Hosen und die Hemden repariert oder gewaschen – da muß ich mich ja schließlich auch mal bedanken, oder?« Er schien vor Verlegenheit zu dampfen.

Matheis bohrte anstandshalber nicht weiter nach. »Schön«, brummte er, »ich mach' mich gleich an die Arbeit. Weil du's bist. Und morgen kannst du das Teufelsding für deine –«, er korrigierte sich, »für Gret abholen. Noch eine Warnung«, fügte er hinzu und schaute Gret mit gehobenen Augenbrauen an, »die Nadel ist zwar winzig klein, aber äußerst scharf. Und der Auslösemechanismus braucht nur ganz wenig Druck. Ungeübte können sich also leicht mit dem Gerät verletzen.«

»Ach, ich bin schon geschickt genug«, sagte Gret eine Spur zu schnell. Sie hatte Mühe, ihre Aufregung nicht durchblicken zu lassen. »Nur der Neugier halber: Kann es sein, daß ich den Taschenmacher kenne, der das erste Instrument bestellt hat?«

Matheis blickte erstaunt. »Das glaube ich kaum«, sagte er, »der Mann war Ausländer. Konnte kaum Deutsch. Außerdem wohnte er auf der Schmierstraße in so einer üblen Absteige. Haus zum Bock, glaub ich. Der war sicher nur auf der Durchreise.«

»Ach ja.« Gret traute sich nicht, Matheis nach dem Aussehen des Fremden zu fragen. Das wäre dem Mechaniker sicher verdächtig vorgekommen, und er hätte seinerseits angefangen, Fragen zu stellen. Statt dessen nahm sie den Becher mit dem Most, trank einen Schluck und reichte ihn dann an Hans weiter. Hans wartete, bis Gret wegschaute, und setzte dann die Lippen genau an der Stelle an, wo ihr Mund den Becher berührt hatte.

Gret entging das. Aber Matheis registrierte die heimliche Geste mit der geschärften Aufmerksamkeit eines alten Junggesellen. Er konnte nicht anders: Er mußte Hans doch noch einmal zuzwinkern. »Bis morgen abend dann«, verabschiedete er seinen Freund und Gret, »und einen schönen Tag noch!«

Es fiel Gret heute besonders schwer zu warten. Den ganzen Vormittag packte sie sich voll Arbeit, damit die Stunden schneller vergingen. Denn erst am Abend würde sie die Nachbildung des Mordinstrumentes in der Hand halten und die Probe aufs Exempel machen können.

Gegen Mittag entschloß sie sich, auf dem Alter Markt ein paar Einkäufe für den Haushalt zu tätigen. Schon seit Jahren ließ der Doctor ihr dabei freie Hand und vertraute ihr das Geld dazu an. Milch und Butter mußten besorgt werden; außerdem traf man vielleicht um diese Zeit die Küchenmagd aus dem Haus Farrenschildt. Gret kannte sie jetzt persönlich – möglicherweise war Neues von ihr zu erfahren.

Der Alter Markt war nicht sehr bevölkert. Und der Zufall

begünstigte Gret: Sie entdeckte gleich das Mädchen, das sie suchte. Die Küchenmagd stand bei einer Bäuerin, die Gemüse feilbot, und handelte um einen Korb junger Möhren.

Zielstrebig marschierte Gret zum Stand der Bauersfrau hinüber. »He, du«, begrüßte sie die Magd, »wie geht's dir? Schön, dich mal nicht in Aufregung zu erleben!«

Das Mädchen war überrascht, freute sich aber offenbar über die vertrauliche Begrüßung. »Viel Arbeit«, seufzte sie, »aber sonst geht's.«

»Da hast du was Wahres gesagt.« Gret rollte theatralisch die Augen. »Ich bin auch für den Doctor unterwegs – du sieht es ja. Muß später noch allerhand Laufereien erledigen. Und was machst du nach dem Einkaufen?«

»Ich hab' einen Brief zu besorgen«, sagte die Magd und runzelte die Stirn. »Der verdammte Lautenschläger sollte ihn eigentlich wegbringen, aber er war zu faul dazu. Nun hat er mich dazu überredet.« Sie stöhnte wenig überzeugend. »Immer wieder kriegt der Kerl mich rum – nur, weil er so schöne Augen hat!«

»Ach, du meinst den Italiener!« Gret hatte den gutaussehenden Musiker mit dem gefährlichen Charme sofort wieder vor sich. »Ja, der hat das gewisse Etwas ... Wohin soll denn der Brief?«

»Schmierstraße. Haus zum Bock. Ausgerechnet diese miese Gegend. Ich frage mich, was anständige Leute da zu suchen haben. Aus unserem Haus schickt bestimmt keiner Briefe in so ein Viertel. Weißt du, was ich glaube?«

»Nein. Was?« Gret gelang es, ihr wachsende Hellhörigkeit zu verbergen.

»Also, ich glaube, Pierangelo hat den Brief selbst geschrieben – an irgendeins von den Weibern, die in der Absteige verkehren. Und ich blöde Gans spiele noch den Liebesboten!«

»Hör mal«, sagte Gret so gelassen, wie sie es fertigbrachte, »wenn du willst, bring' ich den Brief für dich hin. Muß sowieso bei den Dominikanern vorbei – da wäre die Schmierstraße kaum ein Umweg.«

»Du bist eine echte Freundin«, sagte die Küchenmagd erleichtert. Sie zog den Brief aus dem Einkaufskorb und drückte ihn Gret in die Hand. »Also – Haus zum Bock. Und sag mir, wenn ich mal was für dich tun kann!« Sie hatte es plötzlich eilig. »Muß weiter. Keine Zeit – du weißt ja, wie es ist.« Ein flüchtiges Winken, dann war sie zwischen den Ständen verschwunden – als habe sie Angst gehabt, Gret könne es sich doch noch anders überlegen.

Gret stand da und starrte den Brief an. Er war aus dickem gelbem Papier, in tiefbrauner Tinte adressiert und mit einem dicken Klecks rotem Siegellack verschlossen. Gret mußte einen Augenblick die Luft anhalten, um nicht laut aufzuschreien. Tinte, Schrift und Papier waren die gleichen wie bei dem Zettel aus dem Sarkophag – ein neues, greifbares Zeichen vom Mörder.

Hatte der Ausländer, der den Vorstecher bei Matheis bestellt hatte, nicht in der Schmierstraße gewohnt? Aus welchem Land mochte er wohl stammen? War er vielleicht Italiener, wie der Lautenspieler aus dem Haus Farrenschildt oder der falsche Dominikaner?

Die Einkäufe konnten warten. Es gab Wichtigeres zu tun. Gret stopfte den Brief in die Rocktasche und verließ den Alter Markt. Zuhause würde sie den Brief öffnen und lesen – egal, ob das verboten war oder nicht ...

Als sie die Materiallager der Dombauhütte erreicht hatte, hielt sie es nicht mehr aus. Der Brief schien in ihrer Tasche zu brennen. Sie blieb stehen und sah sich um. Mauerblöcke und roh behauene Quader lagen hier und warteten auf die

Steinmetze, die an den unteren Geschossen der noch unfertigen Domtürme bauten. Im Augenblick klang kein Hämmern von dort herüber – Mittagspause.

Gret setzte sich auf einen der hellgrauen Quader, stellte den Korb ab und zog den Brief aus der Tasche. Wieder sprangen ihr die schön geschriebenen Buchstaben der Aufschrift ins Auge: »Domenico Calvertin« ... glänzende braune Tinte auf stumpfem Gelb ...

Der Siegellackklecks trug kein Zeichen. Mit zitternden Fingern brach Gret ihn auf und entfaltete das Blatt Papier. Dieselbe Schrift. Und nur wenige Worte: »Das Buch für W. – morgen.«

Was für ein Buch? Ein Buch für W. ... etwa Wolfrat? Der Satz sagte ihr gar nichts. Gret stand auf. Sie würde in die Schmierstraße gehen und mehr über diesen Domenico Calvertin herausfinden müssen. Den aufgebrochenen Brief konnte sie natürlich nicht mehr abgeben. Also würde sie die Nachricht mündlich übermitteln. Sie steckte das Blatt Papier wieder in die Tasche.

Vom Dom aus waren es nur wenige Schritte bis zur Schmierstraße. Am hellen Tag konnte man unbeschadet hier entlanggehen; die meisten der vielen Kneipen, Absteigen und billigen Komödien- und Animierlokale waren jetzt geschlossen. Erst gegen Abend erwachte hier das Leben; dann kamen die Huren, Faulpelze und kleinen Gauner aus ihren Löchern und machten die Gegend unsicher.

Das Haus zum Bock war ein heruntergekommenes, zweistöckiges Fachwerkgebäude. Zu beiden Seiten wucherten wie Krebsgeschwüre verschachtelt angebaute, verwahrloste Bretterbuden. Das ganze schien eines der unzähligen zweifelhaften Gästehäuser zu sein, wo Leute absteigen, die gern ungesehen bleiben möchten.

Die Kneipe im Erdgeschoß war geöffnet. Gret faßte sich ein Herz und trat mutig ein. Im schmuddeligen Halbdunkel und in der verbrauchten bierdunstigen, staubdurchzogenen Luft der Gaststube erkannte sie den Wirt, der hinter einem ungeputzten Tresen stand und in einem Eimer Becher spülte. Auf einem angeschlagenen Stuhl davor hockte eine nicht mehr ganz junge Frau. Beide starrten Gret an wie ein Weltwunder.

»Wohnt hier ein Domenico Calvertin?« fragte Gret und sah sich angewidert im Raum um.

»Der is jetzt nich da«, knurrte der Wirt, »weiß auch nich, wann der wiederkommt.«

»Ich habe eine Nachricht für ihn«, beharrte Gret, »es ist wichtig.«

»So.« Der Wirt musterte sie mit schwindendem Interesse. »Kannst sie mir geben. Ich reich sie dann weiter.«

»Das geht nicht. Ich soll sie persönlich ausrichten, unter vier Augen.«

»Dann hau wieder ab«, raunzte der Wirt, »ich sag doch, der is nich hier!«

Die Frau mischte sich ein. »Sie kann doch in seiner Bude warten«, sagte sie mit einer Stimme, die wie ein Reibeisen klang, »beklauen wird die den nich, so, wie die aussieht.« Sie lachte krächzend. »Bist aus 'nem juten Stall – wat, Mädchen?«

»Halt deine unjewaschene Klappe, Bell«, brummte der Wirt die Frau an. Dann, zu Gret gewandt, fragte er: »Willste warten?«

»Wenn ich darf ...«

»Dann heb deinen Hintern, Bell – zeig dem Mädchen, wo der welsche Kerl wohnt.« Der Wirt warf erst Gret, dann der Frau einen drohenden Blick zu. »Dat du ja nix anrührst! Dat is hier 'n anständijes Haus!«

Bell kicherte. Es klang, als ob trockene Erbsen in einer Blechschüssel geschüttelt wurden. Sie winkte Gret und ging voran.

Die Stiege zum Obergeschoß, die steil wie eine Leiter an der hinteren Wand der Gaststube nach oben führte, quietschte und knarrte bei jeder Stufe. Bell trug feuerrote Unterröcke. »Wat guckste denn so«, sagte sie, als sie Grets Blick bemerkte, »noch nie 'ne Jewerbsmäßige jesehen? Tja, Süße – et jibt uns wirklich!«

»Entschuldige, Bell«, murmelte Gret befangen, »aber dein Unterrock – er ist so ...«

»Schön rot«, ergänzte die Hure gereizt, »aber vorjeschrieben. Von Amts wegen. Wat dajejen?«

»Nein, nein«, stotterte Gret, »tut mir leid, wenn ich dich durch mein Hingucken geärgert habe.«

»Laß jut sein, Süße«, die Hure lachte ihr raspelndes Lachen, »von so Leuten wie dir bin ich dat jewöhnt. Aber ich hab auch nix jejen dich.«

Sie waren im Obergeschoß angekommen. Bell führte Gret durch einen kurzen, dunklen Gang und stieß dann am hinteren Ende eine Tür auf. »Da drin haust er«, sagte sie, »da kannste warten. Und falls et dir doch zu lang dauert, komm einfach wieder runter und red mit mir. Ich hab Zeit.«

»Vielleicht. Je nachdem, wie lange der Mann noch ausbleibt.«

Die Hure ging. Gret hörte sie die Treppe hinuntersteigen. Als ihre Schritte verklungen waren, sah sie sich in der erbärmlichen Unterkunft um. Bis auf einen unsauberen Strohsack und eine fest mit Hanfstricken zugebundene Kiste war das Zimmer völlig leer. Es gab nicht einmal einen Tisch oder einen Stuhl. Nur eine Schüssel mit angetrockneten Breiresten, ein leerer Wasserkrug und ein Nachttopf aus braunem Steinzeug standen beim Fenster auf dem schmutzstarrenden Bretterfußboden.

Hier gab es wirklich nichts zu entdecken. Gret ließ noch ein letztes Mal die Blicke durchs Zimmer gehen – zur Sicherheit. Und nun sah sie das Buch, das zwischen der Kiste und der Wand eingeklemmt war.

Das Buch für W. ...?

Gret spürte, wie ihre Aufregung wieder anstieg. Sie zog das alte, zerlesene Ding hervor und schlug es auf. Es hatte einen Hohlraum, mit scharfem Messer eingeschnitten in den Block seiner dicht bedruckten Seiten! Das Buch konnte dazu benutzt werden, um einen kleinen Gegenstand zu verstecken – vielleicht ein Giftfläschchen ...

Noch während Gret fassungslos darauf starrte, hörte sie jemanden die Treppe heraufkommen. Nicht die Hure – diesmal waren die Schritte schwerer und näherten sich schneller. Gret stopfte in Windeseile das Buch wieder hinter die Kiste, suchte nach einem Versteck, wo sie sich verbergen konnte ... fand keins ...

Das Fenster war offen. Gret ließ ihren Korb einfach auf dem Boden stehen und kletterte, so schnell sie konnte, hinaus. Die kleinen Pflöcke in den Fachwerkbalken boten genug Halt, um auf das Dach einer der angebauten Bretterbuden zu gelangen. Von da aus hangelte sich Gret über die Dachschräge und ließ sich auf den Erdboden hinab.

Geschafft. Ihre Hände waren aufgeschürft, der Rock war verschmutzt und hatte einen langen Riß, aber sie war um einen wichtigen Hinweis reicher, auch wenn sie noch immer nicht wußte, wer Domenico Calvertin war.

Oben streckte jemand den Kopf aus dem Fenster, von dem sie sich eben in einer halsbrecherischen Klettertour heruntergearbeitet hatte. Gret preßte sich an die morsche

Wand der Bretterhütte und spähte vorsichtig hinauf. Es gelang ihr gerade noch, einen leisen Schrei der Überraschung zu unterdrücken. Das Gesicht des Mannes, der da angestrengt nach allen Seiten Ausschau hielt, gehörte dem falschen Dominikaner, den sie schon zweimal gesehen hatte. Sie erkannte ganz genau die scharfgeschnittenen Züge, die funkelnden Augen und das blendendweiße Gebiß, das er jetzt wie ein Wolf gebleckt hatte!

Gret hielt still wie eine Katze vor dem Mauseloch – oder vielmehr wie eine Maus, die von der Katze belauert wird. Es schien ihr unendlich lange zu dauern, bis endlich der Kopf über ihr wieder verschwand und sie sich durch eines der verwinkelten Seitengäßchen davonmachen konnte.

»Herrgott«, murmelte Gret, als sie wieder zu Hause in ihrem Gadem war. Erst jetzt war ihr bewußt geworden, in welche Gefahr sie sich begeben hatte. Sie konnte nur hoffen, daß der Wirt im Bock oder die Hure dem Italiener keine Beschreibung von ihr gaben. Ab sofort mußte sie auf der Hut sein – auch wenn sie einen Riesenschritt weitergekommen war.

Der Italiener mußte Wolfrat Farrenschildts Komplize sein. Er hatte das Mordgerät beschafft und lieferte vielleicht auch das Gift, gut versteckt in dem hohlen Buch. Dennoch – einen eindeutigen Beweis für Wolfrats Schuld gab es immer noch nicht. Kein Gewaltrichter würde Gret die unglaubliche Geschichte abnehmen, wenn sie jetzt erzählte, was sie herausgefunden hatte …

»Tag, Gret«. Hans Stellmacher klopfte und trat gleichzeitig ein, Gret fuhr zusammen. Sie wirbelte so hastig herum, daß ihr fast die Haube vom Kopf fiel. »Hans …! Wie kannst du mich so erschrecken!«

»Entschuldige … ich wußte nicht, daß du –«

»Hans«, unterbrach sie ihn, »Hans, setz dich hin und hör mir zu! Ich kenne jetzt den Komplizen, und ich glaube, ich weiß auch, wer der Mörder ist!«

Sie sprudelte mit ihrer hellen, aufgeregten Stimme das Erlebnis heraus, das sie in der Schmierstraße gehabt hatte. Hans, der sich auf die Kleidertruhe gesetzt hatte, riß die Augen auf. Er war entsetzt.

»Gret, du mußt den Verstand verloren haben«, sagte er mit vor Schrecken heiserer Stimme. Er erhob sich und faßte sie bei den Handgelenken. »Besinne dich! Du bist nur eine schwache Frau und legst dich mit einem Mörder an! Dazu kommt noch …«, er begann vor Aufregung zu stottern und ließ sie wieder los, »ich weiß nicht, was ich dir noch sagen soll, damit du zur Vernunft kommst.«

Gret starrte ihn trotzig an. »Ha«, schleuderte sie ihm entgegen, »der Herr kehrt wieder den großen Bruder heraus, wie?« Sie blies die Wangen auf. »Laß dir eines klarmachen: Du wirst mich nicht von der Aufgabe abhalten, die ich mir gestellt habe. Und das schwache Weib – das kannst du dir auch sparen! Ich mag ja kleiner sein als du, aber ich bin weder blöd noch feige. Und so was zählt nun mal mehr als dicke Muskeln, wie du sie hast!«

Sie war wütend. Hans schaute betroffen drein. Gret dermaßen zu verärgern, das war nicht seine Absicht gewesen. »Was mach' ich bloß immer wieder falsch«, murmelte er, »ich wollte doch nur –«

»Jajaja«, fiel sie ihm in die Rede, »aber ich bin nun mal kein kleines Mädchen mehr, das einen Beschützer braucht. Hilf mir lieber, anstatt mich zu behindern!«

Hans räusperte sich. »Gut.« Er griff in die Gürteltasche und zog einen kleinen Gegenstand hervor. »Hier ist das Gerät. Ich hab' es schon abgeholt.«

Das mechanische Mordinstrument – ein schmales, flaches, knapp kleinfingerlanges, rechteckiges Kästchen aus Eisenblech, trug auf der Oberseite eine kleine Druckplatte. Das hintere Ende hatte einen Deckelverschluß. Vorn war eine spaltförmige Öffnung.

Gret drehte das Ding vorsichtig zwischen den Fingern. »Eigentlich ein ganz simpler Mechanismus«, erklärte Hans, »die Nadel sitzt vor einer kräftigen Spiralfeder, die unter Spannung steht. Wenn du die Druckplatte niederdrückst, rastet die Feder aus, und die Nadel schnellt vorn heraus.«

Gret drückte die Platte. Aus der Spaltöffnung am vorderen Ende schoß eine winzige, scharf geschliffene Messerklinge hervor – nur einen Viertelzoll weit, aber weit genug, um ein Stück Leder oder Menschenhaut zu durchdringen.

Hans öffnete das Gehäuse und hakte die Nadel vorsichtig aus. »Hier, am hinteren Ende der Hohlnadel, kann man eine kleine Blase mit Farbe anbringen«, sagte er, »Matheis meint, beim Aufprall der Feder wird dann die Farbe in die Nadel und damit durch die offene Spitze herausgedrückt.«

»Nicht die Farbe«, murmelt Gret, »das Gift. Genial ...« Ein Gedanke kam ihr. »Was meinst du – würde der Mechanismus auch funktionieren, wenn er indirekt ausgelöst würde?« Sie überlegte einen Augenblick. »Etwa, wenn man das Gerät unter einer Panzerung anbringt und diese kräftig anschlägt?«

Hans nickte. »Der Stoß müßte dann nicht einmal genau sitzen«, murmelte er nachdenklich, »weil die Druckplatte so empfindlich eingestellt ist, daß schon die Vibration reichen dürfte – besonders, wenn die Druckplatte gut anliegt.« Er starrte Gret plötzlich entgeistert an. »Du glaubst doch nicht etwa ...?«

»Doch«, sagte Gret, »genau das glaube ich. Und der Mörder hat beim ersten Mal einen Fehler gemacht. Wolfrat wollte nicht seinen Vater, sondern seinen Onkel umbringen. Aber er hat die Halsbergen verwechselt.« Sie legte das gefährliche Instrument vorsichtig auf die Fensterbank. »Verstehst du, Hans?«

»Wie willst du je feststellen, ob es so gewesen ist«, fragte Hans, »selbst wenn du recht hättest, beweisen kannst du es nicht!«

»Ich müßte mir die Halsberge ansehen ...«

Es klopfte zum zweiten Mal. Die Tür ging zögernd auf, und ein dunkler, zerzauster Kopf zeigte sich. »Jemand da?« fragte Bätes.

Gret lächelte freudig. »Kann es sein, daß der Hunger dich hertreibt?«

»Immer.« Bätes grinste über sein ganzes schmales Gesicht. »Heut bin ich mit meiner Mutter hier. Frau Bernhild kriegt das Kind. Und stell dir vor, Gret: Meine Mutter hilft nicht nur bei der Geburt – sie wird tatsächlich Amme, wie sie es sich gewünscht hatte! Ist das nicht wunderbar?«

»Freier Eintritt überall, hmmm?«

»Ja!« Der Junge jubelte regelrecht. »Jeden Tag reichlich zu essen – für alle! Meine Mutter, die ist schlau – die weiß, wie sie in die Speisekammer kommt. Und wenn nicht – dann hat sie ja noch mich ...«

»Schlingel«, lachte Gret, »ehe du fremde Speisekammern ausräuberst, bedien dich erst einmal bei mir. Komm, es ist noch Milchbrei da!«

Sie gingen alle ins Doctorhaus hinüber. In der Küche tischte Gret dem Jungen den dicken, mit Rosinen und Milch gekochten Haferbrei auf, der noch reichlich vom Frühstück übriggeblieben war.

»Ich verabschiede mich dann mal«, sagte Hans, »bitte,

Gret, paß auf dich auf! Die Sache wirst du ja sicher nicht aufgeben!«

»Worauf du dich fest verlassen kannst«, erwiderte sie widerborstig, »Gott befohlen, Hans!«

Er ging mit steifen Schritten und verschlossener Miene; es gab Gret einen Stich, ihn so mißgelaunt zu sehen. Einen Moment lang hatte sie das Bedürfnis, ihm nachzulaufen und um gut Wetter zu bitten. Aber ihr Starrsinn siegte. Schließlich sind wir nicht verheiratet, dachte sie. Und auch als seine Frau würde ich ihm nicht immer gehorchen, bloß, weil er es so will. Verheiratet – mit Hans. Was für ein Gedanke! Gret lachte. Aber ihr Lachen hörte sich eher wie ein sehnsüchtiger Seufzer an. Sie mußte noch einmal lachen, damit es echt klang.

Bätes stopfte schon die dritte Portion in sich hinein.»Wenn du so weitermachst«, flachste Gret, »dann wird dir die große rote Hose bald zu eng.«

»Kann sein«, mauschelte Bätes mit vollem Mund.

»Wann soll denn eigentlich Frau Bernhilds Kind geboren werden« forschte Gret.

»Meine Mutter sagte heute morgen, es würde wohl Abend drüber werden.«

»Na, deine Mutter wird es wissen. Sie hat ja Erfahrung.«

»Und ob!« Er war fast mit dem Essen fertig.

»Ich glaube, ich gehe nachher mal mit dir hin und erkundige mich, wie die Geburt vorangeht«, sagte Gret, »ich hab' nämlich auch Erfahrung.«

»Ja, ich weiß«, schmatzte Bätes, »du hilfst ja immer dem Doctor. Da macht man schon was mit.«

Diesen Ausdruck mußte er von seiner Mutter gehört haben. Gret gluckste. »Allerdings«, bestätigte sie und versuchte ernst zu bleiben, »da macht man was mit.«

Sie brachte schnell ihre Küche in Ordnung. »Bätes«, fragte sie, während sie seinen leeren Teller abspülte, »weißt du eigentlich, wo die Rüstungen aufbewahrt werden- ich meine die, die Gernot und Eberhard Farrenschildt beim Turnier getragen haben?«

»Mein Vater hat damals alle Waffen mit dem Wagen nach Köln gebracht«, antwortete der Junge ohne zu zögern, »gleich nachdem das Turnier abgeblasen war.«

»Also sind sie jetzt in der Rüstkammer am Perlenpfuhl«, überlegte Gret, »und man könnte ...«

»Ich weiß sogar, wo die Rüstkammer ist«, sagte Bätes, »im Keller nämlich. Ich könnte für dich spionieren – was immer ich spionieren soll!«

Das war wieder der kleine Marder! Der Junge hatte sofort gemerkt, daß es um die ungeklärten Todesfälle ging! Gret wußte nicht, ob sie recht damit tat, wenn sie ihn weiter für ihre Zwecke einsetzte. Sie schwieg einen Augenblick.

»Bitte laß mich doch helfen, den Mörder zu fangen«, bettelte Bätes, »ich sorge schon für mich – wie Hans dir das ja auch gesagt hat!«

Gret fühlte sich geschlagen. Bis jetzt hatte der Kleine viel Mut und Schneid bewiesen. Deshalb entschloß sie sich, ihn einzuweihen. »Hubertus«, sagte sie, als sie ihm alles berichtet hatte, »du müßtest für mich in der Waffenkammer nachsehen, ob du nicht an irgendeiner Halsberge – innen am oberen Rand – etwas finden kannst, das da nicht hingehört.« Sie brach ab. »Es wird nicht gehen. Ein so wichtiger Raum ist ja immer abgeschlossen.«

Bätes kicherte. »Na und? Ich passe doch leicht zwischen den Gitterstäben des Kellerfensters durch! Rein komme ich auf jeden Fall – und auf dem gleichen Weg auch wieder raus!« Er bedachte Gret mit einem unternehmungslustigen

Blick. »Später treffen wir uns dann ganz unauffällig, und ich sage dir, ob ich was gefunden habe!«

Er hielt das Unternehmen immer noch für ein spannendes Spiel. Sie mußte darauf achten, daß er nicht unnötig in Gefahr geriet. Aber sie konnte andererseits unbedingt auf seine Zuverlässigkeit bauen. Marderchen würde seine Sache gut machen.

Bis später«, sagte Bätes und sauste um die Hausecke. Gret betätigte den Türklopfer des herrschaftlichen Hauses. Ein Bursche öffnete. »Was willst du denn hier?«

»Doctor Minutus schickt mich«, flunkerte Gret, »ich soll mich nach dem Befinden der gnädigen Frau erkundigen und Hilfe leisten, falls es nötig ist.«

»Ach so.« Der Hausdiener, ein etwas dümmlich aussehender langer Strick von einem Kerl, der durch seinen Kochtopfhaarschnitt noch begriffsstutziger wirkte, ließ Gret ohne weitere Fragen ein. »Die Hebamme ist oben und kümmert sich um alles. Aber es kann wohl nicht schaden, wenn du auch noch –«

»Klapp den Mund zu und bring mich nach oben«, unterbrach Gret und nutzte ihre neugewonnene Autorität. »Oder ist dir das Wohlergehen deiner Herrschaft egal?«

»N ... nein!« Der Bursche beeilte sich, voranzugehen.

Das eheliche Schlafgemach lag neben dem Damenzimmer, das Gret bereits kannte. Die Tür stand einen Spalt offen, und Geräusche drangen auf den Korridor, die Gret vertraut waren: Ein neugeborenes Kind tat seine ersten, kräftigen Schreie, während eine sanfte, mütterlich klingende Frauenstimme liebevoll auf diese einredete.

Gret klopfte nicht, sondern trat leise ein. Der Raum war ebenso reich und prächtig ausgestattet wie das Zimmer der Hausherrin. Auf den glänzendrot gewachsten Dielen des Fußbodens lag ein türkischer Teppich, dessen kompliziertes, fremdartiges Muster in sattem Gelb, Rot und Blau leuchtete; die beiden Fenster waren mit tiefroten Brokatvorhängen abgedunkelt. In der Mitte der hinteren, holzgetäfelten Wand stand ein gewaltiges Doppelbett; vier schön geschnitzte Säulen trugen einen Baldachin, dessen nachtblaue Samtbehänge von vergoldeten Engeln gehalten wurden.

In all dieser Pracht ruhte wie eine blasse Blüte Bernhild Farrenschildt, das noch nackte, blutverschmierte Neugeborene an der Seite. Sie mußte von der Geburt erschöpft sein, aber Gret schien es, als strahle sie dennoch eine sonderbare Kraft aus. Sie lächelte, strich sacht über das Köpfchen ihres Kindes.

Gret grüßte, knickste und wandte sich dann an die vierschrötige, rotbäckige Frau im grauen Leinenkleid, die gerade dabei war, blutige Laken zusammenzurollen und wegzuräumen. »Anscheinend ist alles gutgegangen«, sprach sie die Hebamme an, »darf ich der gnädigen Frau zu einem Sohn oder zu einer Tochter gratulieren?«

Die Hebamme lächelte freundlich. »Es ist ein kleiner Junge«, sagte sie und wischte sich mit ihrem kräftigen Unterarm eine Strähne ihres braunen Haars aus dem Gesicht, »Wir haben ganz schön geschwitzt, Frau Bernhild und ich – aber jetzt ist er da, und er ist so ein strammer kleiner Prinz ...«

»Ja, das sehe ich«, sagte Gret und knickste noch einmal. »Ich wünsche Euch und Eurem Söhnchen viel, viel Glück!«

Bernhild lächelte noch immer. »Danke«, hauchte sie.

Gret drehte sich zur Hebamme um. »Ich sollte zwar nachfragen, ob die gnädige Frau mich braucht«, sagte sie, »aber da ja alles vorbei ist, wird meine Hilfe wohl nicht benötigt.«

»Oh nein!« Die Hebamme strahlte Gret an. »Ich muß nur noch das Kind baden und wickeln, dann ist für's erste die Arbeit erledigt. Ich war gerade auf dem Weg, Badewasser zu holen. Die dummen Mädchen in der Küche wissen doch nie, wie sie es anstellen sollen.« Sie klemmte sich das Wäschebündel unter den Arm und ging zur Tür. »Nur einen Moment, Frau Bernhild – bin gleich wieder da!«

Gret kam mit ihr. Draußen auf dem Korridor sagte die Hebamme: »Das war die leichteste Geburt, die ich je erlebt habe! Die Gnädige hat sich kaum anstrengen müssen, sie ist wie geschaffen zum Kinderkriegen! Ich weiß noch –«

Gret unterbrach ihren munteren Redefluß. »Ich bin Gret Grundlin, die Magd vom Doctor. Du mußt Gertrud sein – stimmt's?«

Die Frau war einen Augenblick lang verwirrt. Dann lächelte sie. »Ja, ich soll mich ab sofort um den kleinen Prinzen kümmern.«

»Sag, ist Herr Wolfrat zu Hause?« Gret stellte die Frage mit klopfendem Herzen.

Gertrud nickte. »Der hält sich, glaube ich, in der Küche auf. Soll ich ihm was ausrichten?«

»Nein. Der Doctor kann es ihm ruhig selbst sagen«, wich Gret aus, »achte du nur gut auf das Kind.«

»Da kannst du ganz beruhigt sein. Meine Milch ist in Ordnung. Ich hab sechs eigene Kinder damit genährt, und es ist ihnen bestens bekommen!«

»Ja, ich weiß«, sagte Gret, »deinen Hubertus kenne ich ... wirklich ein Prachtjunge!«

»Hat er wieder was angestellt?«

»Nein. Im Gegenteil –«

Hinter ihnen ging leise eine Tür. Gret fuhr herum, aber sie konnte nichts entdecken. »Das wird die Lies gewesen sein«, sagte Gertrud, »die sollte die Wiege fertig machen.«

»Kann ich dir irgendwie helfen?« fragte Gret. Sie hatte das unbestimmte Gefühl, daß sie gerade jetzt in der Nähe bleiben mußte.

»Du kannst ja hier im Nebenzimmer warten und mir Gesellschaft leisten, wenn ich das Kind bade«, meinte Gertrud und ging zur Treppe. »Ich beeile mich mit dem heißen Wasser, damit der Kleine sich nicht erkältet.«

Das Nebenzimmer war ein sparsam mit Bett und Stuhl möbliertes Gelaß, in dem offenbar Gertrud als Amme wohnen sollte. Eine hölzerne Wanne stand schon bereit. Gret setzte sich auf das Bett und wartete. Gertrud war nach wenigen Augenblicken mit dem Wassereimer zurück.

Das Wasser hatte die richtige, milde Wärme. Gret schüttete es in die Wanne, während die Hebamme ins herrschaftliche Schlafzimmer hinüberging, um das Kind zu holen. Augenblicke später war sie wieder da. Sie hielt das in ein Leintuch gewickelte Neugeborene fest an ihren Busen gepreßt. Ihr Gesicht war kreideweiß.

»Um Gottes Willen«, sagte Gret erschrocken, »was hast du denn? Ist dir nicht gut?«

»Das Kind –«, stieß Gertrud hervor, »dem Kind geht es nicht gut! Irgendwas stimmt nicht mit ihm!«

»Laß sehen!« Gret nahm der Hebamme das Neugeborene ab. Es zuckte sonderbar ... Sie legte es auf das Bett und wickelte es mit fliegenden Fingern aus dem Laken.

Das Kind hatte eine Farbe wie gebleichtes Wachs. Es atmete kaum noch, sein kleiner Körper fühlte sich kalt an.

»Los«, sagte Gret mit harter, klarer Stimme, »schick irgend jemanden zu Doctor Minutus! Er soll sofort kommen – und er soll ein Schlafmittel mitbringen!«

Gertrud stellte keine Fragen. Sie hetzte aus dem Zimmer. Gret hörte, wie sie die Treppe hinunterrannte. Ein paar Atemzüge später war sie bereits wieder da. »Der Knecht ist auf dem Weg«, keuchte sie atemlos, »Gott im Himmel, ich hoffe –«

Gret ballte die Fäuste in hilflosem Zorn. »Dazu ist es zu spät. Diesem unschuldigen kleinen Wesen wird niemand mehr helfen können.«

»Was?« Gertrud riß in ungläubigem Entsetzen die Augen auf. »Aber es war doch vollkommen gesund! Nichts, aber auch gar nichts hat dem kleinen Prachtbübchen gefehlt! Wie kann es da sterben – einfach so?«

Gret nahm den Zipfel des Leintuchs und wischte noch einmal über das Köpfchen des sterbenden Säuglings. »Wie hast du das Kind vorgefunden, Gertrud«, fragte sie, »lag es bei seiner Mutter?«

»Ja, sicher! Frau Bernhild hatte es zugedeckt. Sie selbst hatte anscheinend ein bißchen geschlafen, aber sie war schon wieder wach, als ich das Kleine hochhob!«

»Sie hat geschlafen?« Gret knirschte mit den Zähnen.

»Nun wird mir alles klar! Heilige Muttergottes, wir hätten sie keinen Augenblick lang allein lassen dürfen!«

»Wieso?« Gertrud forschte in Grets Gesicht nach einer Erklärung für die furchtbaren Ereignisse, die sie nicht verstehen konnte. »Hast du irgendwas bemerkt, was mir entgangen ist?«

»Schau her«, sagte Gret und deutete auf den Schädel des Kindes, »sieh genau hin. Kannst du den kleinen roten Punkt erkennen – genau auf der Fontanelle?«

»Du meinst, die weiche Stelle am Köpfchen?« Gertrud preßte die Hände in neuem Entsetzen auf den Mund.

»Ja.« Gret sprach jetzt tonlos und flüsternd. »Jemand hat dem Neugeborenen eine lange Nadel in den Kopf gestoßen – eine ganz sichere Methode, es schnell und unauffällig zu töten.«

»Ja, ich sehe die Wunde«, stammelte Gertrud. In ihren Augen stand das blanke Grauen. »Gott im Himmel – wer sollte denn Grund haben, so ein unschuldiges Engelchen umzubringen?«

»Derjenige, der schon seinen Vater, seinen Oheim und seine Muhme umgebracht hat«, wisperte Gret, »jemand mordet planmäßig die Mitglieder dieser Familie!«

Das Neugeborene stieß einen winzigen, wimmernden Seufzer aus. Dann stand sein Atem still. Gertrud konnte es einfach nicht fassen. Sie brach in lautlose Tränen aus. »Das darf nicht wahr sein«, kamen ihre Worte in rauhen Schluchzern, »ich habe ihm doch erst vor einer halben Stunde ins Leben geholfen!«

Gret fixierte den Blick auf die Hebamme. »Kein Wort zum Doctor«, verlangte sie und gab sich Mühe, tonlos zu sprechen. »Er soll seine eigene Diagnose stellen. Denn der Mörder ist noch im Haus und darf auf keinen Fall erfahren, daß wir Verdacht geschöpft haben! Gertrud«, ihre Stimme wurde noch drängender, »du mußt schweigen wie ein Grab – sonst bringst du dich und weitere Menschen in Lebensgefahr!«

Die Hebamme nickte verstört. »Ja, ich hab' verstanden«, flüsterte sie, »wenn der Mörder wüßte, daß wir es wissen – dann müßte er auch uns umbringen! Gret, was sollen wir jetzt tun?«

»Nichts – wenigstens einstweilen.« Gret legte Gertrud beruhigend die Hand auf den Arm. »Überlaß mir das Reden, es ist besser so.«

»Gret, ich hab' schreckliche Angst!«

»Ich auch. Aber meine Wut auf das Ungeheuer, das die Tat begangen hat, ist noch größer.« Gret begann den kleinen toten Körper sanft mit warmem Wasser abzuwaschen. »Ich werde dafür sorgen, daß der Mörder zur Rechenschaft gezogen wird«, sagte sie mit zusammengebissenen Zähnen, »und wenn es das Letzte ist, was ich tue.«

Als der Doctor kam, hatten Gret und Gertrud sich wieder ein wenig gefaßt. »Was zum Teufel ist denn geschehen?« bollerte Theophilus Minutus, noch atemlos von dem schnellen Fußmarsch. »Grundlin, ich hoffe, du hast eine plausible Erklärung dafür, mich in solcher Eile hierher zu bestellen!«

»Das Kind der gnädigen Frau ist geboren – und bereits wieder gestorben«, flüsterte Gret zornig. »Ich hoffe, das ist Grund genug.«

»Was?« rief der Doctor entgeistert, »du willst mir doch nicht erzählen, daß –«

Gret legte den Finger auf die Lippen. »Still, Frau Bernhild liegt nebenan! Sie sollte schonend auf den Tod ihres Kindes vorbereitet werden!«

»Wo ist es?« Der Doctor sprach jetzt im dumpfen Flüsterton. »Nebenbei bemerkt, Grundlin – ich glaube, du irrst dich. Das Kind wird nicht tot sein, sondern wahrscheinlich nur sehr schwach. Wäre ja kein Wunder bei einer so zarten Mutter ...«

Gret deutete auf die kleine Leiche, die, eingewickelt in ein frisches Leintuch, auf dem Bett lag.

Doctor Minutus schlug das Tuch auseinander, untersuchte flüchtig, räusperte sich leise. »Du hast wohl doch recht«, gab er zu, »und wenn ich mich nicht irre, ist es an den Folgen einer schweren Geburt gestorben.« Er hob die Schultern und ließ sie langsam wieder sinken. »Sehr traurig. Aber das kommt leider nicht selten vor.« Sein Blick ruhte noch einen Moment auf dem toten Säugling, dann wanderte er zu Gret. »Das mit dem Schlafmittel war ein guter Einfall, Grundlin. Frau Bernhild wird es auf jeden Fall dringend brauchen.« Er schaute die Hebamme an, die mit verschlossener Miene zugehört hatte. »Wann wird Gott endlich das schreckliche Strafgericht beenden, das er dieser Familie auferlegt hat?«

Gertrud preßte die Lippen fest zusammen. Sie gab keine Antwort, sondern versuchte nur, ihre mühsam erkämpfte Haltung zu bewahren.

»Nun«, setzte der Doctor seinen Monolog fort, während er ein Fläschchen aus seiner Tasche kramte, »Grundlin, du weißt ja, wie das Schlafpulver zu verabreichen ist. Und du wirst sicher auch die traurige Nachricht mit Anstand und in den passenden Worten Frau Bernhild übermitteln. Nicht wahr? Ich vertraue dir, Grundlin. Enttäusche mich nicht. Den Bericht über den Tod des Kindes reiche ich morgen ein – zusammen mit der Honorarabrechnung.« Damit wandte er sich zum Gehen. »Meine Empfehlung an die gnädige Frau.«

»So ist er«, sagte Gret, als er das Zimmer verlassen hatte und draußen die Treppe hinunterstapfte. »Ein Toter ist für ihn nicht mehr interessant.«

Sie nahm das Pulverfläschchen, schüttete mit sicherem Augenmaß einen angemessenen Teil der Medizin in den Zinnbecher, der auf dem Nachttisch beim Fenster gestanden hatte, und füllte das Trinkgefäß mit Wasser aus der Kanne auf. »Geh, laß einen Priester rufen«, sagte sie zu Gertrud, »damit dem armen Würmchen wenigstens Einlaß ins Paradies gewährt wird. Ohne Taufe und einen christlichen Namen hat es keine Chance – das weißt du ja selbst.«

Der Hebamme liefen wieder Tränen über die runden Wangen. »Dann verhäng du inzwischen alle Spiegel und Fenster«, murmelte sie kummervoll, »die Seele des Kleinen darf ja erst entweichen, wenn es getauft und ausgesegnet ist ...«

Gertrud verließ den Raum. Gret zog die Vorhänge zu und warf ein Laken über den Kristallspiegel an der Wand neben dem Bett. Aus dem prächtigen Schlafzimmer nebenan klangen plötzlich leise Rufe: »Gertrud ... komm endlich!«

Gret stand einen Augenblick erschrocken und unschlüssig. Was sollte sie jetzt tun? Wie immer hatte der Doctor ihr die unangenehmste Aufgabe seines Berufes überlassen. Sie mußte der armen jungen Mutter die grausame Wahrheit beibringen. Aber wie bloß – wie?

Gret sammelte all ihre Kraft. Sie ergriff den Becher mit dem Schlaftrunk. Niemand war da, der ihr das abnehmen konnte, was jetzt geschehen mußte. Sie legte die Hand auf die Klinke der Zwischentür, atmete tief durch und trat ein.

»Du ...?« Frau Bernhilds Augen wurden groß vor Erstaunen. »Ich dachte, du seist schon längst wieder fort! Ist mein Kind endlich gebadet?«

»Euer Kind –«, Gret unterbrach sich. Ihre Stimme hatte wieder scharf und übermäßig deutlich geklungen. Aber was sie jetzt zu sagen hatte, verlangte einen sanften, liebevollen Ton – Weichheit, die Mitgefühl bezeugte. »Gnädige Frau«, begann sie noch einmal, zögernd und nach den richtigen Worten suchend.

»Was ist mit meinem Kind?« Die zarte Gestalt in dem Bett unter dem mächtigen, engelgeschmückten Baldachin stemmte sich mühsam in den Kissen hoch. »Wo ist es? Warum bringt man es mir nicht?«

Ihre schwachen, erschöpft hervorgestoßenen Worte standen wie tonlose Schreie im Raum. Gret spannte die Finger um den Zinnbecher mit dem Schlaftrunk. Ein Gedanke schoß ihr durch den Sinn: Diese hilflose junge Frau mußte auf der Stelle gewarnt werden – wahrscheinlich stand auch ihr Leben auf dem Spiel. Es war gefährlich, länger zu schweigen.

Entschlossen ging Gret zum Bett hinüber. Die rot gewachsten Dielen knarrten unter ihren Füßen, dann schluckte der bunte orientalische Teppich das Geräusch ihrer Schritte.

Bernhild von Eichen hatte sich noch höher in den Kissenbergen aufgerichtet und starrte Gret mit aufgerissenen, erregt glänzenden Augen entgegen. »Wo ist mein Kind«, fragte sie noch einmal.

Gret hielt ihr den Becher entgegen. »Trinkt das. Es wird Euch guttun.«

»Nein!« Diesmal war es ein wirklicher Schrei, der über die blutleeren Lippen kam. Die zierliche weiße Hand schob den Becher so heftig beiseite, daß ein Teil seines Inhalts über die seidene Bettdecke spritzte. »Warum ist mein Kind nicht bei mir? Ich will, daß es mir augenblicklich –«

»Euer neugeborenes Söhnchen ist tot«, fiel Gret ihr sanft in die Rede. »An den Folgen der Geburt gestorben, meint der Doctor. Ich dagegen –«

»Tot?« Fast ohne jeden Ausdruck, mit ganz flacher Stimme kam diese Erwiderung.

»Ja, gnädige Frau.« Gret bot Bernhild den Rest des Schlafmittels noch einmal an. Diesmal nahm die junge Frau den Becher und stürzte das bittere Getränk in einem Schluck hinunter. Dann, während sie Gret unverwandt anschaute, füllten sich ihre großen, himmelblauen Augen langsam mit Tränen. »Warum?« flüsterte sie zitternd, »ist es nicht genug, daß mir bereits der Gemahl, der Schwager und die Schwägerin genommen wurden? Menschen, die ich so tief liebte ...« Ihr Ausdruck veränderte sich abrupt; in einer plötzlichen Anwandlung des Schreckens krallte sie ihre Finger um Grets Handgelenk. »Ich stehe es nicht durch«, keuchte sie, »es ist zu schwierig! Ich stehe es einfach nicht durch! Jede Nacht bin ich von den Geistern der Toten umgeben, und sie lassen sich nicht vertreiben! Gott zürnt mir!«

»Mit Gott dürft Ihr nicht hadern«, sagte Gret bestimmt, »der hat seine Hand dabei nicht im Spiel.« Sie nahm den Becher von Bernhild entgegen und stellte ihn auf das Bettgesims. Dann heftete sie den Blick eindringlich auf Bernhilds elfenhaftes, bleiches Gesicht. »Keiner Eurer Verwandten ist auf natürliche Weise aus dem Leben geschieden! Alle sind wahrscheinlich ermordet worden – wie Euer unschuldiges Kindchen. Daran gibt es für mich keinen Zweifel mehr.«

»Aber –«

»Frau Bernhild«, Gret senkte die Stimme zu einem beschwörenden Flüstern, »jemand versucht, Eure ganze Familie auszulöschen! Sorgt dafür, daß immer ein Mann Eures Vertrauens über Euch wacht. Auch Ihr seid vielleicht in Gefahr!«

Einen Augenblick lang herrschte in dem dämmrigen Prunkraum völlige Stille. Wieder veränderte sich Bernhilds Miene. Ihr ebenmäßiges Antlitz hatte auf einmal den gleichen undurchdringlichen Ausdruck wie die Gesichter der hölzernen Engel des Baldachins. Mit schläfriger Langsamkeit hob sie die Hand und wickelte sich eine Strähne ihres blaßgoldenen Haars um den Zeigefinger, während ihr Blick Gret aufmerksam beobachtete. »Mord ...«, flüsterte sie wie im Traum, »warum glaubst du das ...?«

»Ich glaube es nicht, ich weiß es«, sagte Gret, »und ich bin dem Mörder auf der Spur. Aber bis ich genug Beweise in der Hand habe, müßt Ihr Euer Leben schützen.«

Für den Bruchteil einer Sekunde blitzte etwas in Bernhilds Augen auf – ein kalter blauer Funke, der so schnell verglimmte, wie er aufgeglüht war. »O ja, das werde ich«, murmelte sie trotzig, »niemand soll mir etwas anhaben!«

Von der Treppe her wehte ein leiser, melodischer Klang herein – der schwirrende Ton einer Laute, die unabsichtlich gegen die Wand gestoßen wird. Gret fröstelte plötzlich. »Ich muß jetzt gehen«, sagte sie, »Gertrud wird gleich hier sein und sich um Euch kümmern.«

Bernhild antwortete nicht; sie ließ sich nur mit leerem Blick in die Kissen zurücksinken. Gret knickste und lief hinaus.

Auf dem Korridor war niemand. Alle Türen waren geschlossen. Während Gret sich anschickte, die Treppe hinunterzugehen, fiel ihr plötzlich etwas ein: Sie hatte vergessen, Frau Bernhild einzuschärfen, daß sie unbedingt verschwiegen sein mußte! Himmel – wenn sie Wolfrat davon erzählte, ihn womöglich gar zu ihrem Leibwächter machte!

Gret machte auf dem Absatz kehrt, um das Versäumte nachzuholen. Da näherten sich Schritte von der Treppe her.

Gret riß den Kopf herum – Wolfrat Farrenschildt kam auf sie zu, an seiner Seite der italienische Lautenspieler.

Jetzt gab es keine Möglichkeit mehr, Frau Bernhild noch einen Hinweis zu geben. Alles mußte seinen Lauf nehmen. Wolfrats Miene wirkte steinern; er senkte kurz den Kopf, als er an Gret vorüberschritt. Pierangelo Continis Gesicht wirkte grau und leblos.

In plötzlicher Angst lief Gret die Treppe hinunter. Gertrud konnte vielleicht die junge Hausherrin doch noch zeitig genug vor allzuviel Offenheit warnen ... In der großen Diele stand der Hausdiener untätig herum.

»Wo ist Gertrud«, fragte Gret den jungen Mann.

»Pater Laurentius holen«, war die erschöpfende Antwort.

Gret entschied sich, nicht zu warten. Sie würde Bätes Bescheid sagen, mit dem sie draußen vor dem Haus verabredet war. Bätes konnte das Notwendige an seine Mutter weitergegeben.

Der Hausbursche ließ Gret hinaus. Die Dämmerung war bereits hereingebrochen, und die Kettenwärter hatten angefangen, die Sperrketten aus den Kettenhäuschen hervorzuziehen und quer über die Straßen zu spannen. Es wurde höchste Zeit, den Heimweg anzutreten; denn bald, wenn es ganz dunkel war, kamen die Stunden der Gauner, Diebe und Halunken.

Gret schaute sich unschlüssig um. Wo war der Junge?

Bätes huschte um die Ecke »Endlich«, sagte er, »ich dachte schon, du kommst überhaupt nicht mehr raus.«

»Warst du in der Rüstkammer?« fragte Gret leise.

»Und ob!« Seine Stimme klang triumphierend. »Am Innenpolster in Gernots Halsberge war eine kleine Lederschlaufe eingenäht, genau an der richtigen Stelle! Und in dem Lederkoller, das der Herr auf der Jagd getragen hatte, war auch so eine Schlaufe. Was sagst du jetzt?«

»Bätes!« Gret packte den Jungen an den mageren Schultern. »Das bestätigt alles, was ich bisher nur vermutet hatte! Du hast gute Arbeit geleistet!«

Der Junge strahlte. »Wie machen wir jetzt weiter?«

»Ich gebe dir für heute einen wichtigen Auftrag«, sagte Gret, »deine Mutter soll Frau Bernhild bitten, über die Morde Stillschweigen zu bewahren – hörst du?«

»Frau Bernhild?« Der Junge war verwirrt. »Woher weiß die es denn? Hast du es ihr gesagt?«

»Ihr neugeborenes Kind ist vor einer Stunde ermordet worden«, sagte Gret. »Ich mußte sie warnen – aber ich hab' vergessen, ihr klarzumachen, daß der Mörder höchstwahrscheinlich jemand aus der Familie ist!«

»Schon verstanden«, wisperte Bätes mit schreckgeweiteten Augen, »ich richte es meiner Mutter aus. Was kann ich sonst noch tun?«

»Versuche Wolfrat Farrenschildt und den italienischen Lautenspieler im Auge zu behalten«, sagte Gret, »und morgen berichtest du mir. Alles ist wichtig, auch die geringste Kleinigkeit.«

»Klar«, sagte Bätes. Gret verabschiedete sich mit Händedruck von ihm – wie von einem Erwachsenen.

Gret hatte eine sehr unruhige Nacht verbracht. Mehrere Male war sie aufgewacht – mit dem ungemütlichen Gefühl, als umschleiche jemand in der Dunkelheit ihr Häuschen. Einmal hatte sie sogar deutlich gehört, wie etwas – vielleicht eine Hand – sachte über ihren geschlossenen Fensterladen strich.

Als sie im Morgengrauen aufstand, fühlte sie sich matt und unausgeruht. Aber das verging, sobald sie sich an die Arbeit gemacht hatte und in Gedanken wieder beim Lösen ihres Rätsels war.

Es ging jetzt nicht mehr darum herauszufinden, warum oder mit welchen Mitteln oder auf welche Weise die Morde begangen worden waren – dies alles hatte sie eindeutig geklärt. Selbst den Helfer des Mörders kannte Gret, und für die Beteiligung des Welschen aus dem Haus zum Bock gab es sogar einen Zeugen: Matheis, den Mechaniker. Nur dem Mörder selbst – Wolfrat Farrenschildt – konnte Gret nichts, aber auch gar nichts nachweisen. Sie wußte lediglich, daß er bei allen Todesfällen in unmittelbarer Nähe gewesen war.

Nach dem Rechtsbrauch würde er jetzt das Erbe, das er durch vier Morde an sich gerissen hatte, ganz unbehelligt antreten. Es gab keinen Überlebenden mehr, der es ihm streitig machen konnte. So leicht war das gewesen – kinderleicht! Wolfrat war nun reich. Die paar Seelenmessen, die er für seine toten Verwandten lesen lassen mußte, waren ein Spottpreis für das riesige Vermögen, das er durch seine kaltblütigen Verbrechen eingesackt hatte!

Gret knirschte mit den Zähnen. »Aber mit mir hast du nicht gerechnet, du elender Mörder«, murmelte sie vor sich hin, »ich kriege dich, selbst wenn es Jahre dauert!«

Sie stellte den Reisigbesen in die Ecke. Die Tiere waren versorgt, das Haus war gereinigt, und Doctor Minutus würde erst gegen Abend zurück sein. Um die Mittagszeit mußte Bätes kommen, um Bericht zu erstatten. Sie würde ihm entgegengehen – in der Stube hielt sie es heute nicht aus.

Draußen strahlte die Junisonne. Es hatte lange nicht mehr geregnet, und die Straßen waren so leicht zu begehen wie selten. Sogar die Schweine und Hühner, die doch sonst überall umherstreiften, hatten sich bei diesem warmen Sommerwetter zum Dösen in die Gosse gelegt und störten nicht weiter.

Im Gehen überlegte Gret, was sie jetzt unternehmen konnte, um Wolfrat Farrenschildt zu überführen. Was hatte doch der alte Rabbi Jehuda gesagt? Such den Fehler, den jeder Verbrecher begeht …

Gret bog in den Perlenpfuhl ein und sah sofort die Menschenansammlung vor dem Farrenschildtschen Haus. Aufgeregt durcheinanderredende Leute standen in dichten Knäueln beiderseits der Tür; aus dem Haus klangen Rufe und Geschrei.

»Grets Herz begann zu hämmern. »Was ist denn hier los?« fragte sie den Erstbesten der zusammengelaufenen Nachbarn. »Wirste schon gleich selber sehen«, antwortete der Mann, ein Handwerker, der offenbar in Schürze und Hemdsärmeln seine Arbeit im Stich gelassen hatte, »hier hat's 'n Mord gegeben. Die Klocken holen einen ab ...«

An der Tür entstand Bewegung. Gret schob sich bis zum Eingang durch. Der erste Klocke tauchte auf in dem langen, buntfarbigen Umhang, der den Gewaltrichterboten den Namen eingetragen hatte. Er hielt jemanden gepackt, der sich heftig wehrte – Gertrud, die Hebamme!

»Laß los«, schrie Gertrud. Ihre Stimme überschlug sich vor Erregung. »Was soll das? Wer kann denn so was behaupten ...?«

»Reden sollst du später vor Gericht.« Der Klocke blieb unbeeindruckt. Er winkte seinem Amtsbruder. »Halt mal am anderen Arm fest, Thönnes, sonst kriegen wir dat Weib nie in die Hacht!«

Die Hacht – das Stadtgefängnis! Gret war entsetzt. »Um Gottes willen«, fragte sie die alte Frau, die neben ihr stand und den Hals reckte, »was soll die denn getan haben?«

»Dat Kleine von der Herrschaft ...« nuschelte die Alte und machte die Geste des Halsabschneidens, »dat hilflose Kind! Jetzt kriegt se, wat se verdient, die Hex!«

Ratlos schaute Gret der Hebamme nach, die von den Klocken abgeführt wurde. Jemand mußte sie angezeigt haben; vielleicht hatte sie sich verplappert. Und was lag näher für den Mörder, als sich auf diese bequeme Weise eine vom Hals zu schaffen, die zuviel wußte.

Gret wurde die Kehle eng. Sie selbst stand jetzt möglicherweise auch auf der Liste der Personen, die beiseite geschafft werden mußten – zusammen mit Bernhild von Eichen. Es war ein großer Fehler gewesen, der jungen Frau von ihrem Verdacht zu erzählen. Erst jetzt war sie wirklich in Gefahr!

»He, Gret!« Jemand zupfte sie am Ärmel. Bätes schaute mit schreckgeweiteten Augen zu ihr auf. »Hast du gesehen? Sie haben meine Mutter verhaftet! Aber sie ist doch unschuldig!«

»Das wissen wir beide«, sagte Gret verbissen, »und es wird ihr auch nichts geschehen. Dafür sorg' ich schon!«

»Was willst du tun?« Der Junge schlotterte vor Aufregung.

»Agrippa fragen. Er ist Jurist – er weiß, wie man sich verhalten muß.« Sie strich dem Jungen tröstend über den Strubbelkopf und zog ihn von der gaffenden Menschenmenge weg. »Sag, hast du was über Wolfrat und den Lautenspieler erfahren können?«

»Nichts Besonderes.« Bätes bemühte sich, den Schluchzer in seiner Stimme zu unterdrücken. »Heute morgen war ein Advokat da und hat ihm Urkunden übergeben. Alles gehört jetzt ihm. Und morgen fährt er mit Frau Bernhild nach Eichen. Da soll das kleine Kind begraben werden. Guntram kutschiert. Weil mein Vater entlassen ist ...« Plötzlich kullerten Tränen aus den Augen des Kindes. Bätes schniefte, wischte sich trotzig übers Gesicht und wollte mit seinem Bericht fortfahren, aber Gret unterbrach ihn: »Guntram ... erbt der eigentlich auch etwas von seinem ... hmmm ... Vater?«

»Nein, der doch nicht«, sagte Bätes bestimmt, »der gehört doch nicht richtig zur Familie! Seine Mutter war bloß Stallmagd – der Guntram ist nicht so vornehm wie die anderen!«

»Was ist Guntram für ein Mensch?«

»Ich kann ihn gut leiden«, sagte Bätes zögernd, »er versteht 'ne Menge von Pferden, genau wie mein Vater. Außerdem –«, er kratzte verlegen mit der Fußspitze im Sand der Straße, »außerdem mag er Frau Bernhild. Sie ist ja auch hübsch – für 'ne Herrin ...«

»So.« Gret vermerkte aufmerksam die Worte des Kindes. »Und was hat der Lautenspieler heute vormittag gemacht?«

Bätes dachte nach. »Zuerst hat er in der Küche gefrühstückt. Dann hat die Köchin ihm 'nen Brief gegeben; mit dem ist er weggegangen. Ich hinter ihm her. Er ist damit in so'n ekliges Lokal ...«

»Das Haus zum Bock in der Schmierstraße?«

Bätes nickte. »Da war er aber nicht lange. Was er drinnen gemacht hat, weiß ich nicht. Hab' mich nicht reingetraut. Und als ich dann wieder hier war, holten die Klocken gerade meine Mutter ab.« Er schniefte noch einmal. »Gret, wo finden wir den Agrippa, oder wie er heißt?«

Gret legte dem mageren Kerlchen liebevoll den Arm um die Schultern. »Ich nehme an, er wird sich in seiner Unterkunft aufhalten. Unter Sechzehn Häusern, bei einer Witwe namens Trin. Es ist ja schönes Wetter. Da schwänzt er sicher die Vorlesung.«

»Soll ich nicht mal schnell hinrennen«, drängte Bätes, »vielleicht kann er uns jetzt schon sagen, was wir für meine Mutter tun können!«

»Genau das wollte ich dir vorschlagen, Hubertus«, sagte Gret. »Wenn er nicht zu Hause sein sollte – dann sag seiner Wirtin, sie möchte ihn zu mir schicken, sobald er kommt!«

Bätes wollte sofort loslaufen. Aber Gret hielt ihn noch einen Augenblick fest. »Solange deine Mutter in der Hacht ist, wohnst du bei mir, Bätes. Komm zurück, sobald du die Nachricht überbracht hast, hörst du?«

Bätes' Kinderaugen verloren schlagartig den verzweifelten Ausdruck und begannen wieder hoffnungsvoll zu strahlen. »Danke« sagte er überschwenglich, »und, Gret, solange du keine Angst hast, hab' ich auch keine. Ich mach', so schnell ich kann!«

Damit sauste er davon, daß der Straßendreck um seine dünnen Beine spritzte. Gret wußte nicht, ob sie lachen oder weinen sollte.

Vor Grets Gadem wartete ein unangenehm aussehender, hoch aufgeschossener Bursche. Er war jung – wahrscheinlich noch keine Zwanzig – und wirkte völlig verdreckt. Die roten Haare klebten ihm schmierig und in breiten Strähnen am Kopf. Seine Kleidung dagegen hätte man, wäre sie nicht so entsetzlich ungepflegt gewesen, regelrecht vornehm nennen können. Aber die feine graue Tuchjacke starrte vor Schmutz, und die blauen Beinkleider waren voller Teerflecken.

Der Bursche lehnte in nachlässiger Haltung an der Wand neben der Haustür und war damit beschäftigt gewesen, sich mit einem Hölzchen die schwarzrandigen Fingernägel zu reinigen. Als er Gret kommen sah, hörte er damit auf und trat mit schlendernden Schritten an sie heran. »Bist du die Magd von dem Doctor, der hier wohnt?« wollte er wissen.

»Ja. Was gibt's?« antwortete Gret kurz angebunden.

»Nämlich ... der Doctor schickt mich. Du sollst kommen und ihm zur Hand jehen. Er hätt 'nen Notfall zu versorjen, und er tät dat allein nit schaffen.«

»Wo?«

»Auf dem Alten Jraben. Ich söllt dich da hinbringen, un et wär eilig.«

»Aha.« Gret musterte den Burschen widerwillig. »Einen

Augenblick noch – bin gleich wieder da.« Sie ging zum Fenster der Flickschusterin und klopfte. »Sybilla«, sagte sie zu der Nachbarsfrau, die sogleich den Kopf herausstreckte, »falls ein Student nach mir fragen sollte – ich bin auf dem Alten Graben und helfe dem Doctor. Der Student soll hier auf mich und Doctor Minutus warten.«

»In Ordnung«, sagte die Schustersfrau, »ich richte es aus.«

Sie machte sich mit dem ungewaschenen Kerl auf den Weg. »Wie kommt denn der Doctor ausgerechnet auf den Alten Graben? Das ist nicht die Gegend, in der seine Patienten wohnen ...«

»Weiß ich nit«, gab das lange Ekel maulfaul zurück.

»Und wo auf dem Alten Graben soll das sein?« Gret ließ nicht locker.

»Da bring ich dich schon hin«, war die ausweichende Antwort. Sie gingen an der Pfarrkirche Sankt Maria in der Kupfergasse vorüber, erreichten die alte Burgmauer, überquerten beim Zeughaus die Schmierstraße. Um dieses Viertel hatte Gret immer einen großen Bogen gemacht, wenn es möglich gewesen war. Aber die Straßen, durch die sie der unangenehme Bursche jetzt führte, kannte sie nur vom Hörensagen. »Auf dem Katzenbauch« und »Auf dem Hunderücken«, da wohnten die Armen, die Elenden, die Hoffnungslosen von Köln.

Der Straße »Auf dem Katzenbauch« war die Armut ihrer Bewohner anzusehen. Gret ging Seite an Seite mit dem schmierigen Kerl an baufälligen Fachwerkhäusern vorüber, deren Gefache ausgebröckelt und deren Strohdächer verrottet waren. Schwarze Fensterhöhlen starrten wie hungrige Augen. Hohlwangige, schmutzige Kinder mit Elendsgesichtern drückten sich scheu in den Schatten der vielen windschiefen Ställe und Schuppen, die grau und verwittert an den wenigen festen Gebäuden klebten.

An der Stelle, wo linker Hand die Spielmannsgasse einmündete – die Gasse, in der Henker und Schinder Tür an Tür wohnten –, begann die Straße, die von allen Straßen Kölns den übelsten Ruf hatte, der Alte Graben.

Dies war der Ort, der Gesindel der untersten Kategorie beherbergte: verschämte und unverschämte Bettler, Huren, Kupplerinnen, Faulpelze, die sich von Gelegenheitsarbeiten und kleinen Diebereien ernährten, Menschen, die einen »unehrlichen« Beruf – wie Hundefänger oder Kloakenreiniger – ausübten, und ... wirkliche Verbrecher.

Kein anständiger Bürger wagte sich freiwillig in diese Gegend. Gret spürte, als sie den Alten Graben betrat, daß sich ihr die Haare unter der Haube sträubten. Häuser gab es hier nicht mehr – nur die Ruinen der alten Stadtbefestigung mit ihrer Reihe halbzerfallener Wachtürme, und in ihrem Schatten Ansammlungen erbärmlicher Hütten, deren morsche Balken von wuchernden Auswüchsen unzähliger Bretterbuden gestützt und am Einsturz gehindert wurden. Der Weg entlang dem stinkenden Wassergraben – denn auch von einer Straße konnte eigentlich nicht mehr die Rede sein – war mit Unrat der schlimmsten und widerwärtigsten Sorte bedeckt. Hier gab es – im Gegensatz zu den übrigen Straßen der Stadt – nicht einmal Schweine. Es streunten nur hagere Hunde herum, bei denen sich die Rippen scharf unter dem glanzlosen Fell abzeichneten. Sie wichen zwar zurück, als Gret sich mit ihrer Begleitung näherte, aber in ihren ausgehungerten Augen lag Gier.

Gret schien diese Straße in ihrer ganzen Erbärmlichkeit auf den ersten Blick völlig menschenleer. Erst als sie das verschachtelte Gewirr der Elendsquartiere näher betrachtete, sah sie die grauen, zerlumpten Gestalten, die hier und da zwischen Buden und Schuppen herumlungerten und sich in Aussehen und Farbe kaum von ihrer jämmerlichen Umgebung abhoben. Es waren Menschen, denen ihr Leben im Gesicht geschrieben stand: Frauen von zwanzig Jahren, die verlebt und verbraucht aussahen wie greise Landstreicherinnen; Kinder, die wissende, alte Augen hatten; junge Männer mit dreisten, brutalen Zügen und Alte, die verwahrlost und mit leeren Blicken vor sich hinstarrten.

Gret spürte, wie eine unbestimmte Furcht in ihr hochkroch. Der schmuddelige Kerl an ihrer Seite hatte angefangen, blöde in sich hineinzugrinsen, während er zielsicher vorwärtsstrebte und immer längere Schritte machte.

»Ich will jetzt endlich wissen, wohin du mich eigentlich bringst«, fuhr sie ihn an. Sie blieb stehen und schaute sich unsicher um.

»Dat siehste schon gleich«, sagte das Ekel und ging unbeirrt weiter. Als Gret nicht nachkam, war er mit zwei Schritten bei ihr und packte sie am Ärmel. »Mach' – ich hab doch jesagt, et is eilig!«

Gret befreite sich angewidert. »Nein. Erst sagst du mir ganz genau, um was für einen Notfall es sich handelt, und wieso ich unbedingt dabeisein muß!«

»Is ja jut«, lenkte der Bursche ein. »Also –«, er schien angestrengt nachzudenken; seine niedrige Stirn legte sich in tiefe Falten. »Et hat sich einer mit 'nem Beil in den Fuß jehackt«, sagte er nach einer kurzen Pause, »und weil der Fuß hin is, muß der Doctor ihn abschneiden. Und da braucht er Hilfe bei. So war dat. Is dat en Erklärung?«

Gret nickte zweifelnd. Eine Amputation hätte sicher jeder Wundarzt, ja, jeder Barbier besser ausführen können als Doctor Minutus, der praktizierender Theoreticus und kein praktischer Chirurgus war. »Und wieso ist der Doctor ausgerechnet hierher bestellt worden?« fragte sie das Ekel, »Ihr hättet doch einfach den Bader rufen können! Wer soll denn hier einen Medicus der Universität überhaupt bezahlen?«

»Weiß ich nit.« Der Bursche wurde ungeduldig und drängte Gret weiter. »Dat hat schon alles seine Richtigkeit. Los jetzt, dat mer rechtzeitig hinkommen! Bei sowat hät mer nit dr janze Daach!«

Gret gab sich einen Ruck und zwang sich, den Weg mit dem unsympathischen Begleiter fortzusetzen. Je weiter sie den Alten Graben entlanggingen, desto schmutziger und unübersichtlicher wurde das Durcheinander aus erbärmlichen Hütten zu beiden Seiten der Straße. Endlich, an einer Stelle, wo die baufälligen Elendsbehausungen besonders dicht zusammengedrängt standen, hielt der schmierige Kerl an und deutete auf einen engen, von Abfallhaufen fast verstopften Durchgang, der zwischen den windgeneigten Schuppen zum Graben hinabführte. Gret konnte sein grünschlammiges, fäkalienverschmutztes Wasser in der Nachmittagssonne schillern sehen.

»Hier is et», sagte der ungewaschene Bursche, »wir müssen da durch. Der Doctor is in dem Haus an der Böschung.«

Gret warf einen Blick auf die verfaulten, stinkenden Abfälle in dem schmalen Durchlaß. Plötzlich wurde ihr klar, daß ein Theophilus Minutus niemals seinen Fuß in diesen Teil der Stadt gesetzt hätte – gleich, zu welchem Zweck. Der Doctor konnte sehr menschenfreundlich sein, aber nur dann, wenn es ihm keine Mühe machte und seine Würde nicht angetastet wurde. Dieses Rattennest hätte er um keinen Preis der Welt betreten, nicht einmal in einem seiner Anfälle von Hilfsbereitschaft, die ihn gelegentlich überkamen.

Sie war hierhergelockt worden – aus welchem Grund auch immer. Gret trat einen Schritt zurück. »In das Loch kriegt mich keiner rein«, sagte sie schaudernd, »ich geh' wieder nach Hause. Und das auf dem schnellsten Weg.«

Sie wollte sich umdrehen und die Straße zurücklaufen, aber der Strolch war mit einem langen Satz an ihrer Seite. »Nit so hastig«, knurrte er und packte hart zu, »da jeht et rein!«

»He!« Gret versuchte sich energisch loszureißen. Aber der Rothaarige grinste nur und drehte ihr mit geübtem Griff schmerzhaft den Arm auf den Rücken. Dann schob er sie ohne lange Umstände in die abfallbedeckte Gasse hinein. Gret mußte gehorchen, ob sie wollte oder nicht. Aber sie wehrte sich wie eine gefangene Wildkatze. »Was soll das«, fauchte sie, »spuck endlich aus, wozu du mich in Wirklichkeit hergebracht hast!«

Das Ekel hielt eisern fest und stieß Gret durch Kot und Unrat weiter vorwärts. »Schrei hier nit so rum – dat lohnt sich nit! Bald kriegst du sowieso die Klapp nit mehr auf. Und et hört dich hier auch keiner.«

Der widerwärtige Kerl versetzte Gret einen letzten harten Stoß, und der schmale Durchgang lag hinter ihnen. Sie standen vor einer etwas abseits stehenden, baufälligen Bretterbude.

Das Ekel hob den freien Arm, steckte zwei Finger in den Mund und ließ einen gellenden Pfiff los. Fast augenblicklich tauchten aus dem vor ihnen liegenden Graben drei zerlumpte Gestalten auf – junge, kräftige Kerle wie der Rothaarige, und genauso ungepflegt und ekelerregend. Sie näherten sich langsam; mörderisches Vergnügen funkelte aus ihren Augen.

Gret durchlief eine Welle der Todesangst. Sie begriff nun,

warum sie hier war. Diese bezahlten Mordgesellen sollten sie beseitigen ... Verzweifelt suchte sie die Umgebung nach einem Gegenstand ab, den sie zu ihrer Verteidigung benutzen konnte – irgend etwas, das als Waffe dienen konnte. Aber da war nichts ... und auch keine Möglichkeit zu entkommen ...

Sie machte noch einmal eine wütende Anstrengung, sich aus dem Griff des Verbrechers zu befreien. »Placknaas«, fauchte der Rothaarige einen seiner herannahenden Kumpane an, »hilf doch mal! Dat Miststück windet sich wie'n Aal!«

Für den Bruchteil eines Wimpernschlages ließ er etwas lockerer. Gret nutzte diese winzige Gelegenheit. Sie keilte mit einem Bein wild nach hinten aus wie ein ungezähmtes Pferd, riß den Fuß so hoch sie konnte, trat noch einmal nach. Der Verbrecher heulte auf und ließ sie sofort los. Sie hatte ihn gut getroffen, mitten zwischen die Beine.

Gret wirbelte herum. Das rothaarige Ekel krümmte sich und fluchte und winselte, während seine Spießgesellen heranhechteten. Gret tat einen Satz zu der Bretterbude hinüber. Sie hatte eine Latte entdeckt, die dort neben der Tür an der Wand lehnte und packte sie mit beiden Händen. Dann drehte sie sich schnell wie ein Gedanke und schwang das Fundstück wie ein Zweihänderschwert gegen ihre Angreifer.

Den ersten, der Gret erreichte, traf der Schlag mit der Latte seitlich am Kopf. Der Bursche stieß einen Schmerzensschrei aus und preßte die Hand auf sein Ohr. Blut begann aus einer Platzwunde über seine Schläfe zu sickern.

Gret holte noch einmal Schwung. Aber der, den der Rothaarige »Placknaas« genannt hatte, erwischte die Lattenspitze mit der Hand und hielt fest. Seine schadhaften Zähne zeigten sich in einem triumphierenden Grinsen. »Aus«, sagte er sanft und entwand Gret mit einer kurzen Drehung die provisorische Waffe.

Gret schrie auf und wich vor dem Unhold zurück bis an die Bretterwand. In diesem Augenblick spürte sie, wie die Tür der Bude hinter ihr nachgab. Eine kräftige Hand packte Gret am hinteren Ausschnitt ihres Kleides und zerrte sie rückwärts in die Hütte hinein.

Gret verlor den Halt, taumelte, wäre fast gestürzt. Sie suchte blitzschnell das Gleichgewicht wiederzuerlangen, fuhr herum, konnte aber in der Dunkelheit der Hütte kaum etwas erkennen. Noch einmal schrie sie auf – eher vor Überraschung, als vor Angst. Die Brettertür wurde zugeschlagen, ein Balkenriegel rastete ein. Es war völlig finster.

Gret tappte zwei Schritte in Richtung Tür, versuchte sich zu orientieren ... Plötzlich war die rettende Hand wieder da und legte sich fest auf ihre Schulter. Aus der Finsternis heraus sagte eine kratzige Frauenstimme: »Mensch, Mädchen – dat war aber knapp! Wat treibste dich denn auch hier 'erum!«

Diese Stimme hätte Gret jederzeit wiedererkannt. »Bell aus dem Bock?« flüsterte sie in ungläubigem Staunen.

»Ja, Knüppel aus dem Sack«, Bell ließ ihr raspelndes Kichern hören, »du hast'n jutes Jedächtnis. Ich dacht, ich trau meinen Augen nit, wie ich den Krach da draußen hör! Denen haste't aber jejeben!«

»Die wollten mich umbringen«, flüsterte Gret und begann plötzlich zu zittern. Jetzt erst gaben die Knie unter ihr nach, und sie sank auf den Lehmfußboden. »Die wollten mich tatsächlich umbringen ...!«

»Nit, solang ich dabei bin«, knurrte Bell, »dat wär ja noch schöner!«

Draußen hämmerten jetzt Männerfäuste an die zugeriegelte Brettertür. »Jib dat Weib eraus, du Schlampe«, schrie der Rothaarige, »sonst weißte ja, wat dir blüht!«

»Schnauze, Scheißkerl«, grölte Bell zurück, »wat meinste denn, wen du hier vor dir hast? Du schwanzloser Affe, deine Sorte hab ich jefressen! Schieb ab – oder dein Arsch hält Kirmes!«

»Moment, Bell«, drang die widerlich sanfte Stimme von Placknaas durch die Bretterwand, »et jeht ja nit jejen dich! Aber wir sollen die Frau erledijen. Dat mußte doch verstehen. Laß dat Weib raus – kriegst auch wat von dem Jeld mit!«

Bell räusperte sich lautstark. »Jetzt hör mal jut zu, Placknaas«, sagte sie betont langsam und mit einer Stimme, die vor Hohn und Spott noch rauher klang, »du und ich – wir wissen doch jenau, dat du 'ne Blödhammel bist. Du muß nit immer Jeschäfte machen, die du jar nit jerejelt kriegst. Wenn dir wat nit klappt, da hab ich nix mit zu tun. Dat jilt auch für die anderen drei Bekloppten.«

Wutgeheul aus vier Kehlen war die Antwort. »Treib et nit zu weit«, brüllte Placknaas, diesmal alles andere als sanft, »Mach auf, Bell – oder wir sind die längste Zeit Freunde jewesen!«

Bell lachte laut und krächzend. »Weißte wat, Placknaas«, schrie sie zurück, »du kannst mich – du weißt schon, wat! Deine Sauereien jehen mich nix an!«

Die Vier tobten. Schimpfwörter der schlimmsten, gotteslästerlichsten Art flogen von draußen herein. »Dreckije Hur«, brüllte der Rothaarige, »dich mach ich fertig – mitsamt dem anderen Drecksweib!«

»Dafür mußte uns erst mal haben«, war Bells staubtrockene Antwort. Aber Gret hockte auf dem Boden neben ihr und bebte so stark, daß sie kaum sprechen konnte. »Was sollen wir denn jetzt tun?« flüsterte sie mit klappernden Zähnen, »die brechen die Tür auf und dann …«

Bells Stimme hatte einen neuen, belustigten Klang, als sie antwortete: »Hör mal, du Häschen – in meinem Jewerbe erlebt man sowat öfters – ich mein', dat die Kerle einem an't Leder wollen. Da mußte mit'm Messer umjehen können – und dat kann die Bell. Brauchst keine Angst zu haben – die Drecksäck da draußen, die schaff ich leicht. Alle vier.«

»Rotkopp, hol 'ne Axt«, bellte Placknaas dicht an der Tür, »wir schlagen die Bude zusammen! Die drei Mark für den Auftrag, die laß ich mir nit durch die Lappen jehen!« Zustimmendes Gemurmel der anderen war zu hören, Schritte entfernten sich. Eine kleine Weile war es still. Dann kamen die Schritte zurück. »Die Tür ist zu stabil«, gab Placknaas Anweisung, »hau in die Wand – ein, zwei Bretter reichen!«

Ein mit Schwung und Kraft geführter Axthieb donnerte gegen die Wandbretter. Gret hörte Splitter niederfallen – ein winziger Lichtschein verriet, daß eine der morschen Bohlen beschädigt war. Ein zweiter Hieb erweiterte das Loch. Ein herausgehacktes Stück Holz fiel zu Boden.

Gret drehte sich um. In dem schwachen Lichtstrahl, der durch den Spalt in der Wand hereinfiel, konnte sie Bell jetzt erkennen. Die Hure stand geduckt wie eine Katze vor dem Sprung. Ein langes, scharfgeschliffenes Fleischermesser glänzte in ihrer Rechten.

»An die Rückwand, Mädchen«, knurrte Bell grimmig, »sobald die Schweine reinkommen, kriegen sie 'nen würdijen Empfang!«

Gret durchsuchte mit Blicken den armseligen Wohnraum. Neben Bells primitiv aus Feldsteinen aufgeschichteter Feuerstelle lag ein eiserner Schürhaken. Gret griff danach und duckte sich, bereit, zuzuschlagen. Sie würde ihr Leben so teuer wie möglich verkaufen …

Ein weiterer Axthieb riß das bereits beschädigte Brett aus der Wand. Es polterte in einem Hagel aus Splittern auf den Lehmboden und gab den Verbrechern den Weg frei. Placknaas steckte sofort den Kopf durch die Lücke und schob sich, Schulter voran, in die Hütte. »Jetzt seid ihr dran«, zischte er, »alle beide!«

Bell schoß vorwärts. Ihr Messer blinkte auf, fuhr dem Strolch in die Schulter und schlitzte einen langen Riß in seine Jacke. Die Ränder des Stoffes begannen sich dunkel zu färben. Placknaas schrie; es klang wie ein Husten. »Die Hur hat'n Messer«, keuchte er, »geh du mit der Axt rein, Rotkopp!«

Gret sprang nach vorn. Sie hatte ihren Mut wiedergewonnen. Sie drückte sich an die Wand neben der Bresche. In dem Augenblick, als Rotkopp, den Arm mit der Axt voran, in die Hütte einsteigen wollte, schlug sie mit dem Feuerhaken zu, so hart sie konnte. Der Hieb traf Rotkopp am Handgelenk. Die Axt polterte zu Boden, und der Verbrecher, seinen gebrochenen Unterarm umklammernd, warf sich schreiend rückwärts in die Arme seiner Kumpane.

Auf einmal erschallten Rufe: »Hier unten, Siebert – vielleicht sind sie da!«

»Dat han 'mer jleich – ich seh mal nach!«

»Ich komm, Jung!«

»Verdammt«, knirschte Placknaas, »Die Klocken! Möcht' wissen, wer mich verpfiffen hat!«

»Keiner von uns«, jammerte Rotkopp, »bestimmt nit! Wir sind doch all –«

»Schnauze! Weg hier, aber hurtig!« Placknaas rannte bereits los. Gret konnte ihn die Böschung hinunter verschwinden sehen. Die anderen hasteten hinterher, so schnell die Füße sie tragen konnten. Dann erschienen zwei Gesetzeshüter auf dem Kampfplatz.

»Also – ich seh nix, Siebert«, sagte der eine Klocke. »Soll ich den Kerlen nachsetzen, die da eben abgehauen sind?«

»Nä, dat lohnt sich nit. Wichtig is, dat die Frau jefunden wird, Hennes. Wo könnt die dann bloß ...?« Siebert kratzte sich den stoppelkurz geschorenen Schädel.

Ein Dritter erschien auf der Bildfläche. Gret, die noch immer in Verteidigungsstellung durch die Lücke in der Wand nach draußen spähte, erkannte Heinrich Cornelius, der ratlos nach allen Seiten Ausschau hielt. »Sie muß hier irgendwo sein«, murmelte er angespannt, »ich hab' das Gefühl, als ob –«

»Agrippa«, rief Gret und streckte den Kopf durch das Loch, »Gott sei Dank! Woher hast du gewußt ...?«

Heinrich Cornelius und die beiden Klocken schreckten gleichzeitig zusammen und drehten sich zu ihr um. Bell entriegelte die Tür und öffnete. Sie hielt noch immer das blutige Messer in der Hand. »E Wunder«, sagte sie heiser, »ich hab noch nie erlebt, dat ihr mal da seid, wenn ihr jebraucht werdet!«

Hennes und Siebert starrten Gret an wie eine Erscheinung. Langsam klappte ihnen der Mund auf, während ihr ungläubiger Blick zuerst zu Bell, dann wieder zu Gret und zurück zu Bell wanderte. Schließlich blieb er an Bells Messer haften.

»Alles klar«, sagte Hennes, »die stadtbekannte Hur hat die Frau hier festjehalten – mit Waffenjewalt. Dat bedeutet erst mal Frankenturm.«

Siebert nickte bedächtig. »Janz klar«, bestätigte er schwerfällig, während er Bell strafend musterte. »Also, dat hätt ich nit von dir jedacht, Sybilla. Alles – aber dat nit. Mach dich fertig. Wir müssen dich mitnehmen.«

Agrippas Blick landete zuerst bei Bells blutiger Waffe und irrte dann zu Gret hinüber. »Bist du verletzt?«

Gret fand die Situation nach dem ausgestandenen Schrecken so unwiderstehlich komisch, daß sie in Gelächter ausbrach. »Erst laßt ihr die Halunken, die mich umbringen wollten, einfach entkommen«, japste sie, »und dann wollt ihr auch noch Bell verhaften! Agrippa, wenn Bell nicht hier gewesen wäre, hättet ihr mich nur noch als Leiche vorgefunden!«

Bell fiel mit ihrer Reibeisenstimme in Grets Heiterkeitsausbruch ein. »Is wieder mal echt Klocke«, raspelte sie und wischte sich die Lachtränen aus den Augen, »die Richtijen, die erwischt ihr nie!«

»Ja, wenn dat so ist«, brummte Hennes verwirrt und verärgert. »Trotzdem – kein Wort mehr gegen die Obrigkeit. Sonst nehmen wir euch doch noch in Jewahrsam – wegen unjebührlichem Betragen!«

»Du darfst nit immer so frech werden, Sybilla«, fügte Siebert versöhnlich hinzu, »du weißt doch, wie leicht 'n Mädchen wie du im Frankenturm landen kann!«

»Dann wär ja alles jeklärt«, sagte Hennes. »Jefahr is keine mehr im Verzug. Da können wir abrücken.« Er sah Gret noch einmal streng an.

»Und du machst jetzt, dat du nach Hause kommst. Ne anständije Mensch hat hier nix zu suchen.«

Die Klocken zogen ab. Gret, die sich wieder von ihrem Lachanfall erholt hatte, stellte fest, daß ihr Kleid im Rükken einen tiefen Riß davongetragen hatte. »Lieber Himmel, ich bin ja halbnackt«, murmelte sie verlegen, »so kann ich doch nicht durch die Stadt gehen!«

»Da hab ich beim Reinziehen ’n bißchen fest zujepackt«, schnarrte Bell belustigt, »ich jeb dir meinen Umhang. Dann kann keiner mehr sehen, wat du für ’ne jute Fijur hast!«

Sie lachte über die Ungeheuerlichkeit ihres Vorschlags. Aber Gret nahm das Angebot gerne an – zur großen Verwunderung der Hure.

»Die Ehre, die du mir damit antust, die hat mir noch keiner anjetan«, stotterte Bell, »dat werd ich dir nie verjessen, dat du dir nit zu fein warst, von mir ’ne Mantel ...«

»Du kriegst ihn natürlich so schnell wie möglich zurück«, unterbrach Gret die unverdiente Dankeshymne, »und, Bell: Ich werde dir nie vergessen, daß du mir heute das Leben gerettet hast!«

»Keine Ursache. Jeh du mir nur nit wieder mit fremden Männern mit«, Bell kicherte rauh und suchte ihre Verlegenheit mit einem Witz zu überspielen, »dat hab ich nämlich früher auch mal jetan.«

Sie verabschiedete sich. »Wenn du mich suchst«, sagte Bell, »ich jeh immer auf dem Neumarkt anschaffen, vor Sankt Aposteln. Und wenn ich da nit steh, dann bin ich im Bock auf der Schmierstraß. Kannst ja irgend ’nen Jungen hinschicken mit dem Mantel. Ich versteh dat schon, wenn du nit jern selber –«

Gret schüttelte den Kopf. »Bis morgen, bei Sankt Aposteln«, sagte sie energisch und lächelte Bell an.

Eingehüllt in Bells Mantel, suchte Gret an der Seite Agrippas den Alten Graben so schnell wie möglich hinter sich zu lassen. »Der kleine Junge wartet bei dir zu Hause«, sagte Heinrich Cornelius, »ein Glück, daß du ihn zu mir geschickt hattest!«

Gret schaute ihn im Gehen fragend an. »Ja, schon«, erwiderte sie, »und daß ich auf den Alten Graben bestellt war, muß dir die Schustersfrau mitgeteilt haben. Aber woher wußtest du, daß ich Hilfe brauchen würde? Wie bist du darauf gekommen, die Büttel zu holen?«

Heinrich Cornelius lächelte. »Als der Junge kam, war ich gerade von der Vorlesung zurück. Anatomie bei Doctor Minutus. Und als die Frau mir dann erklärte, du müßtest ausgerechnet ihm auf dem Alten Graben zur Hand gehen – wo er ja auf keinen Fall sein konnte –, da wußte ich, was ich zu tun hatte. Es hat übrigens all meine Überredungskünste gefordert, die Klocken zu überzeugen.«

Gret gab nachträglich ihrer Erleichterung in einem tiefen Seufzer Ausdruck. »Trotzdem – wenn die gute Bell nicht gewesen wäre ...«

»Die gute Bell? Na ja«, brummte Agrippa, »wie man's nimmt.«

Gret schluckte eine ärgerliche Bemerkung. »Ich habe den Jungen nach dir geschickt«, wechselte sie das Thema, »weil ich einen Rat von dir einholen wollte. Hat Bätes dir schon gesagt, daß seine Mutter verhaftet worden ist?«

Heinrich Cornelius nickte. »Er meint natürlich, sie könne nur unschuldig sein.«

»Das ist sie auch. Andererseits – wenn ich's mir jetzt recht überlege, dann ist sie im Augenblick in der Hacht besser aufgehoben als auf freiem Fuß.«

»Wie bitte?« Heinrich Cornelius blickte verwundert auf. »Du weißt anscheinend nicht, wie unangenehm ein Aufenthalt im Gefängnis sein kann!«

»Doch. Aber wenn Gertrud jetzt entlassen würde, dann wäre sie wahrscheinlich morgen tot. Sie weiß zuviel über die Farrenschildt-Morde – genau wie ich.«

»Ich verstehe nicht recht. Der Mörder kann doch nicht wissen, daß du ihm auf die Schliche gekommen bist – es sei denn, du hast es selbst ausgeplaudert.«

»Ich habe Frau Bernhild gewarnt, und sie hat meinen Verdacht vielleicht an den Falschen weitergegeben, weil ich versäumt habe, ihr Stillschweigen abzuverlangen.«

Agrippas Augen wurden schmal. »Das war sehr unvorsichtig von dir.« Er wirkte auf einmal viel älter, als seine Jahre es rechtfertigen. »Jetzt bleiben dir nur noch zwei Möglichkeiten: entweder den Täter schnell zu entlarven und unschädlich zu machen, oder –«

»Selbst zum Opfer zu werden«, vollendete Gret den Satz.

»Sehr fein beobachtet«, sagte Agrippa sarkastisch.

Sie gingen schweigend weiter. Nach einigen Schritten nahm er den Faden des Gesprächs wieder auf. »Finde den Fehler, den jeder Verbrecher unweigerlich begeht – wie Rabbi Jehuda es dir geraten hat.«

»Das ist es ja«, Gret ballte die Fäuste, »bis jetzt hat er noch keinen gemacht! Wolfrat Farrenschildt ist schlau wie der Satan persönlich. Ich weiß alles, aber das Wichtigste, einen eindeutigen Beweis für seine Schuld, kann ich nicht finden!«

»Wolfrat ... Hmmm. Der hätte allerdings nur Vorteile davon, wenn er seine Familie beseitigt.«

»Wer sonst käme denn noch in Frage?«

Agrippa blieb darauf die Antwort schuldig. Sie hatten das Doctorhaus fast erreicht. »Was Gertrud betrifft«, sagte er langsam, »die ist natürlich in großen Schwierigkeiten, wenn sie keinen Zeugen für ihre Unschuld am Tod des Kindes benennen kann.«

»Sie ist so oder so in Gefahr. Ich war zwar in der Nähe und könnte beschwören, daß sie die Tat nicht begangen hat. Nur ...«

»Nur, was?«

»Doctor Minutus hat als Todesursache allgemeine Schwäche des Neugeborenen angegeben.«

»Aber du sagst doch, es sei Mord gewesen!«

Gret tat einen geringschätzigen Schnaufer. »Der Doctor hat das Kind nicht einmal untersucht. Es ist ihm deshalb auch nicht aufgefallen, daß –« Sie erzählte in dürren Worten, was sie beim Tod des Säuglings beobachtet hatte. »Wenn ich jetzt also für Gertrud aussagen würde«, schloß sie, »dann könnte ich aus Treue zum Doctor nur seine Diagnose bestätigen, damit ich seinem Ruf nicht schade. Der Mord an dem Kind würde als natürlicher Tod gewertet, Gertrud würde freigelassen und wäre sicher bald darauf so tot wie das Söhnchen der armen Frau Bernhild.«

Agrippa kratzte sich nachdenklich am Kinn, auf dem schon einige dünne Haare sprossen. »Da hast du absolut recht«, murmelte er, »und jetzt sage ich dir, was ich tun werde: Ich melde mich als Rechtsbeistand für die Frau. Mit Fürsprache meiner Professores von der Juristischen Fakultät wird es leicht sein, zugelassen zu werden. Und dann stifte ich Verwirrung, verzögere das Verfahren, schicke die Untersuchungsrichter auf die Schnitzeljagd ...« Plötzlich war in seinen lebendigen braunen Augen ein lustiges Funkeln. »Ich werde dir genug Zeit herausschinden, so daß du den Täter erwischen kannst!«

Gret spürte, wie kühle Entschlossenheit ihre Aufregung verdrängte. »Wenn es dir gelingt, drei, vier Tage zu gewinnen, und ich solange am Leben bleibe, dann finde ich seinen Fehler.«

»Muß sofort mit meinen Professores reden«, sagte Heinrich Cornelius. »Morgen melde ich mich bei dir; dann weiß ich mehr.«

Gret schaute ihm nach, wie er mit seinen mageren, schwarzbehosten Beinen davonstelzte. Noch immer bot er den Anblick eines komischen Halbwüchsigen, aber in Grets Augen war er gerade zu einem sehr ernstzunehmenden Mann herangewachsen – einem gerissenen Advokaten, mit dem man rechnen mußte.

Bätes hockte auf der Schwelle zu Grets Gadem. Er hatte offenbar geweint, denn als er Gret kommen sah, wischte er sich mit einer fast wütenden Handbewegung über die Wangen. »Wo warst du denn«, rief er ihr entgegen, »ich dachte schon, du hättest mich ganz vergessen!«

»Es hat lange gedauert«, sagte Gret begütigend, »aber ich bin mit guten Nachrichten wieder da.«

Bätes war glücklich über die Aussicht, daß seine Mutter von Heinrich Cornelius vor Gericht vertreten werden sollte. »Und wenn ich auch noch bei dir wohnen darf, wenigstens diese Nacht ...« sagte er.

Gret unterbrach. »Diese Nacht werden wir wohl nicht viel Schlaf bekommen«, meinte sie trocken. »Es gibt etwas, das jetzt unbedingt erledigt werden muß, Bätes. Und ich brauche deine Hilfe dabei.«

Er wandte ihr sein jetzt wieder begeistert strahlendes Gesicht zu. »Was haben wir denn vor?«

»Du kennst dich doch aus in dem Haus am Perlenpfuhl. Kannst du mich unauffällig hineinführen und mir die Möglichkeit verschaffen, einige Zimmer zu durchsuchen?«

Bätes kaute auf der Unterlippe und überlegte angestrengt. Seine Kinderstirn runzelte sich, hellte sich plötzlich auf. »Ich wüßte schon, wie«, sagte er in geheimnisvollem Flüsterton, »im Haus Farrenschildt gibt es Treppen und Türen, die niemand kennt außer mir.«

»Tatsächlich?« Gret sah den Jungen gespannt und erwartungsvoll an. Bätes erstaunte sie immer wieder.

»Ich glaube, als das Haus in alten Zeiten gebaut wurde, da hat der damalige Herr einen Geheimgang anlegen lassen – falls es Krieg gibt.« Bätes schaute vor sich ins Leere, als sei er in Gedanken in dieser fernen Zeit vor über hundert Jahren. »An der Rückseite des Hauses ist eine schmale, eisenbeschlagene Tür zum Keller«, erzählte er gedankenverloren weiter, »und vom Keller aus führt eine versteckte, ganz enge Wendeltreppe nach oben zu den Wohnräumen.«

»Aber wie kommst du darauf, daß nur du diese Treppe kennst?« Gret war da nicht so sicher.

»Weil man wissen muß, wie der Eingang zur Treppe zu öffnen ist«, sagte Bätes freimütig, »und weil die Zugänge von den Wohnräumen zur Treppe in der Wandtäfelung versteckt sind. Die Klinken und Schlösser sind aber ganz verrostet – die hat schon lange niemand mehr benutzt.«

»Tatsächlich«, wiederholte Gret. Sie nahm den Futtereimer, um den Schweinen ihre Nachmittagsportion Kleie aus dem Schuppen zu holen. Bätes trottete mit wie ein kleiner zottiger Hund.

Gret füllte den Eimer am Kleiesack. Dann hob sie unruhig den Kopf. Irgend etwas stimmte nicht im Schuppen ... obwohl alle Geräte – Hacken, Spaten, Beil und Rechen – unverändert an ihrem Platz waren.

Gret blickte hoch, die Luke zum Heuboden stand offen. Jemand hatte die Leiter benutzt. Sie war ordentlich an die Wand zurückgestellt worden, aber frische Schürfspuren auf dem Lehmboden zeugten davon, daß jemand sie bewegt hatte ...

Unter den verwunderten Blicken des Jungen packte Gret die Leiter und rückte sie noch einmal an die Heuluke. Hastig kletterte sie hinauf. Und ihr Verdacht wurde bestätigt: In dem Haufen aus Heu und Stroh, der zur Winterstreu für die Tiere dienen sollte, war eine tiefe, rundliche Mulde. Jemand mußte hier geschlafen haben.

»Verflixt«, murmelte Gret erschrocken.

»Was ist denn«, wollte Bätes neugierig wissen.

»Landstreicher haben sich, glaube ich, hier eingenistet«, suchte Gret nach einer Erklärung, »so was Dummes!« Sie kletterte wieder herab. »Ich muß dafür sorgen, daß die Schuppentür ein Schloß bekommt. Gesindel hab' ich nicht gern so nah beim Haus. Die brennen mir vielleicht den ganzen Stall nieder, wenn ich nicht aufpasse!«

Bätes kratzte sich bedächtig in seinem dichten braunen Schopf. »Vielleicht beobachtet dich auch einer«, sagte er langsam, »und vielleicht hat Herr Wolfrat den geschickt ...«

Gret schob die Leiter energisch an die Wand. »Mag sein, daß du recht hast«, sagte sie, »aber wir beide, wir lassen uns keine Angst machen.«

Nachdem die Tiere versorgt waren, verrammelten Gret und Bätes gemeinsam die Schuppentür, um das kleine Holzgebäude besser als bisher gegen unerwünschte Besucher zu schützen. In die Scharniere der Brettertür wurden hölzerne Keile eingeklemmt, damit es mühsam wurde, sie zu öffnen. Gret nagelte die Fensterklappe mit ein paar langen Nägeln zu. »So«, meinte sie, »das müßte für's erste genügen. Morgen beschaffe ich ein Vorhängeschloß ... wenn der Doctor bereit ist, es zu bezahlen.«

An dem großen Tisch in der Küche warteten sie darauf, daß der Hausherr zum Abendessen kam. Aber es dämmerte, und Doctor Minutus erschien nicht. »Er wird mal wieder bei einem Kollegen hängengeblieben sein«, mutmaßte Gret. »Wir können uns unbesorgt an unsere Aufgabe machen.«

Sie nahm die Feuerbüchse, legte Stein, Stahl und einen frischen Zunderschwamm hinein und packte ein paar Talglichte in ihre Rocktasche.

Die Sperrketten waren bereits über die Straßen gespannt, als sie mit Bätes zum Perlenpfuhl aufbrach. Der Himmel über den Giebeln der Stadt glühte in Rot und Violett. Auf den Spitzen der vielen Türme lag der allerletzte purpurne Widerschein der untergegangenen Sonne. Aus einigen Fenstern schimmerte das matte Licht von Kienspänen oder Kerzen, und die Straßen waren menschenleer.

Gret hatte keine Augen für das vertraute Bild ihrer Heimatstadt am sinkenden Abend; sie wußte, daß das, was sie vorhatte, recht gefährlich werden konnte. Und sie konzentrierte sich mit allen Sinnen auf diesen Einbruch in die Privaträume des Mörderhauses. Nichts durfte schiefgehen, vor allem aber durfte sie nicht entdeckt werden. Denn sie war sicher: Wolfrat Farrenschildt – sollte er sie in dem Haus ertappen, das nun ihm gehörte – würde sie nicht lebend davonkommen lassen. Zuviel stand für ihn auf dem Spiel.

Die kleine, mit kunstvollen, altmodisch verschlungenen eisernen Bändern gesicherte Pforte, von der Bätes gesprochen hatte, lag auf der Gartenseite des großen Hauses. Sie war hinter wuchernden Brennesseln und anderem Unkraut fast verdeckt und nur schwer auszumachen. Gret duckte sich an die Hausmauer, während der Junge sich zwischen den Gitterstäben des Kellerfensters hindurchwand und im Innern des Hauses verschwand. Augenblicke später knirschten die rostigen Innenriegel, und die kleine Tür öffnete sich einen Spalt. »Alles klar«, flüsterte Bätes, »komm, die Luft ist rein!«

In der Dunkelheit des Kellers konnte Gret so gut wie nichts erkennen. Nur die Umrisse der Weinfässer lagen als Schatten in den Nischen des Gewölbes. »Paß auf«, hauchte Bätes. Er trat in eine leere Nische und preßte die Hand in eine runde Vertiefung, die Gret mehr ahnte als sah. Ein leises, rumpelndes Geräusch, und die Wand glitt zur Seite. Dahinter wurde ein gähnendes Loch sichtbar: der Eingang zur Treppe!

Wenn auch Gret durch den Bericht des Jungen von dieser Treppe gewußt hatte – jetzt war sie höchst überrascht, daß dieser geheime Zugang zu den Wohnräumen wirklich vorhanden war. »Du hast recht, Bätes«, flüsterte sie, »dies ist ein alter Fluchtweg!«

Bätes war schon halb in die dunkle Höhlung des Treppenaufgangs eingetaucht. Er winkte Gret, nachzukommen. »Hier drinnen kannst du Licht machen«, wisperte er.

Gret schob sich hinter ihm in das Dunkel des Geheimgangs, während Bätes mit geübtem Handgriff die Wand wieder vor den Eingang rollen ließ. Dann zündete sie mit Hilfe des Feuerschwamms eine ihrer Talgkerzen an. Im flackernden Licht des bescheidenen Flämmchens war zu erkennen, daß die Wendeltreppe, an deren Fuß sie standen, wie die Schnecke eines Wehrturmes gebaut war. Schmale, in Sandstein gehauene Stufe wanden sich in einem engen, röhrenförmigen Treppenschacht um eine dicke Mittelsäule herum und führten direkt ins Obergeschoß des Hauses.

»Welche Zimmer sind denn über diese Treppe zu erreichen«, fragte Gret den Jungen, »hast du das jemals herausfinden können?«

Bätes schwarze Augen glitzerten; im unruhigen Kerzenschein wirkte er wie ein Kobold. »Sicher«, sagte er mit einem pfiffigen Grinsen, »damals, als Hochzeit war und meine Mutter in der Küche helfen mußte, bin ich hiergewesen. Es gibt oben zwei Ausgänge: einen im großen Schlafzimmer, wo das Bett mit den Engeln steht – und noch einen im Damenzimmer. Laß uns hochsteigen, dann zeig' ich dir die Klinken, mit denen man die Türen in der Wandtäfelung aufmachen kann.«

Gret tat einen gepreßten Atemzug. »Wir müssen leise sein wie die Mäuse«, flüsterte sie, »aber das brauche ich dir ja nicht zu sagen!«

Bätes nickte verständig. Dann nahm er die Kerze von Gret und leuchtete ihr die enge Schnecke hinauf. Es ging mehrere Runden nach oben. Die Wendeltreppe endete in einem kleinen, schmalen Gelaß. Ringsumher waren nur glatte, festgefügte Bretterwände. Gret sah die Ausgänge zu den Zimmern erst, als Bätes ihr die zierlichen eisernen Riegel zeigte, die wirklich etwas angerostet und unbenutzt aussahen. Zwei ungegliederte Türen waren damit verschlossen, und diese Türen fügten sich fast nahtlos in die Wände ein. Ohne die Beschläge wären sie nicht zu erkennen gewesen.

Gret wollte Bätes eben eine Frage stellen, als hinter der Tür zur Rechten – ganz nah und deutlich – plötzlich Stimmen zu hören waren. Gret schrak zusammen, preßte sich und den Jungen hart an die Seitenwand des Gelasses und hielt einen Augenblick lang den Atem an. Die Türen mußten tatsächlich Teil der Täfelung sein, sonst hätte man nicht jedes Wort so laut und klar verstehen können.

»Was wolltet Ihr denn so Dringendes mit mir besprechen, Wolfrat?«

Das war Frau Bernhilds Stimme. Gret mußte sich beherrschen, um nicht hörbar auszuatmen.

»Vieles, aber gleichzeitig nur eins ...« Wolfrat Farrenschildt Stimme klang leidenschaftlich und drängend.

»Diese rätselhafte Antwort müßt Ihr mir erklären. Aber macht es kurz, ich fühle mich schwach und müde ...« Bernhilds Stimme drückte eher Langeweile aus.

»Liebe, liebste Bernhild«, er ging offenbar durch den Raum auf sie zu, denn das gedämpfte Stapfen seiner Schritte auf dem Teppich war zu hören, »wie lange habe ich mit mir gerungen, ob ich Euch jetzt schon fragen soll – aber da ich weiß, daß Eure Trauer um Euren Gatten nicht sehr groß sein kann«, er schien Atem zu holen, »wollt Ihr nicht einwilligen, meine Frau zu werden ... natürlich nach einer angemessenen Frist der Trauer?«

Bernhild schwieg zunächst auf diese gestammelten Worte. Dann lachte sie leise. Eine Antwort gab sie nicht.

Wolfrat ergriff wieder das Wort. »Bernhild, äußert Euch«, sagte er erregt. »Wenn Ihr mich zum Gemahl nähmt, würde sich an Eurem Stand nichts verändern. Ihr wäret wieder die Herrin dieses Besitzes, wo Ihr sonst nur ein schmales Witwenteil bekommen würdet!«

»Wie könnt Ihr es wagen, mir so einen Antrag vorzubringen! Mein Gemahl, den ich liebte, ist noch nicht kalt, und Ihr wollt zu seinem Gut nun auch noch mich besitzen!« Stolz, Härte und eine aufreizende Koketterie klangen in Bernhilds Antwort.

»Ich weiß«, sagte Wolfrat in höchster Anspannung, »daß Ihr meinen Onkel bestenfalls geachtet habt. Er hätte ja leicht Euer Vater sein können – zu alt, um einer jungen, schönen, lebenslustigen Frau etwas zu bieten! Bernhild«, er kam noch näher, »schau, ich bin jung. Und ich liebe dich! Ich habe dich geliebt, seit ich dich zum ersten Mal sah! Ich möchte mit dir leben, und ich würde für dich sterben, wenn es sein müßte!«

Seine Worte, zitternd und sehnsüchtig ausgestoßen, schienen von den Wänden des Raumes widerzuhallen. Bernhild kicherte. »Wirklich?«, fragte sie. Wieder lag diese sonderbare, unpassende Koketterie in ihrer klaren Stimme. »Das käme auf einen Versuch an …«

»Treibt keine grausamen Scherze mit mir«, Wolfrats Stimme wurde dumpf vor Erregung, und er wechselte wieder von der vertraulichen zur respektvollen Anrede, »ich weiß selbst, wie leicht es sich stirbt in dieser Familie! Bernhild, laßt mich Euer Ritter und Beschützer sein! Laßt mich meine Liebe beweisen!«

Ein leiser Plumps war zu hören. »Seht«, fuhr Wolfrat beschwörend fort, »ich liege vor Euch auf den Knien! Wollt Ihr mich nicht wieder aufrichten und mir Hoffnung geben?«

»Wolfrat«, diesmal klang Bernhild Stimme betörend jung und süß, »steht doch auf! Morgen dürft Ihr mich ja nach Eichen begleiten, und dort werdet Ihr meine Antwort bekommen. Es ist sehr edel von Euch, daß Ihr mir Euer Leben schenken wollt.«

»Ja, mein ganzes Leben gehört Euch!« Wolfrat sprach diese Worte fast jubelnd. Und Gret preßte die Hand auf den Mund, um nicht aufzuschreien.

Es war gekommen, wie sie es vorausgesehen hatte. Der Mörder hatte nicht nur den reichen Besitz gewollt, sondern auch die schöne junge Frau, die dazugehörte. Wolfrat hatte eben um Bernhild angehalten, und sie – halbes Kind, das sie war – hatte ihn jedenfalls nicht abgewiesen. In ihrer Arglosigkeit konnte sie ja nicht ahnen, wen sie in Wolfrat vor sich hatte! Vielleicht würde sie später in eine Ehe mit dem Mörder ihres Gemahls und ihres Kindes einwilligen – wenn nicht ...

»Geht jetzt, Wolfrat«, sagte Bernhild hinter dem dünnen Holz der Wandverkleidung, »ruht wohl, bis wir uns morgen sehen. Und schickt mir meinen Lautenisten. Er soll mir noch ein wenig vorspielen, ehe ich schlafen gehe.«

»Euer leisester Wink soll mir von jetzt an Befehl sein«, flüsterte Wolfrat Farrenschildt, »Gott schenke Euch eine erholsame Nacht ...« Seine Schritte entfernten sich, er verließ den Raum. Augenblicke später ging die Tür noch einmal, und leichtere Schritte näherten sich. »Signora cara«, sagte Pierangelo Continis weiche, melodische Stimme. Die Saiten der Laute, die er offenbar mitgebracht hatte, schwirrten leise.

»Ich will, daß du mir ein Lied singst«, befahl Bernhild mit ausdrucksloser Stimme, »ein Liebeslied – damit ich mich besserfühle.«

»Si, certamente«, sagte der Italiener, »isch kenne die schönste Canzonetta d'amore ...«

Ein Stuhl wurde zurechtgerückt, die Laute gab einen vollen tönenden Akkord von sich. Dann füllte eine kunstvolle, meisterhaft gespielte Melodie den Raum. Contini ließ ein zartes Präludium erklingen und begann die erste Strophe seines Liedes: »Amor vincit omnia –«

Weiter kam er nicht. »Nein«, sagte Bernhild schrill, »hör auf! Ich hab' es mir anders überlegt! Ich will heute doch keine Musik mehr hören. Leg das verdammte Instrument weg und lauf in die Gesindestube. Der Stallmeister soll kommen. Du weißt schon – Guntram. Ich will mit ihm die Fahrt nach Eichen besprechen. Mach schnell!«

»Si, Signora.« Der Italiener hörte sich deutlich beleidigt an. Er trat ziemlich hart auf, als er aus dem Zimmer ging.

Diesmal dauerte es eine Weile, bis wieder jemand den Raum betrat. Schwere Stiefel stapften heran. Gret, die noch immer unbeweglich mit Bätes hinter der dünnen Wand hockte, spitzte die Ohren. Guntram kannte sie ja bis jetzt nur vom Hörensagen.

»Bernhild, du hast mich lange warten lassen«, sagte die noch unbekannte, tiefe und tragende Männerstimme.

»Ja, ich weiß, mein Liebster«, kam zärtlich die Antwort, »aber es ging nicht eher! Endlich bist du da!«

Gret schnappte nach Luft. Die Vertraulichkeit, mit der dieser Guntram Bernhild ansprach und von ihr begrüßt wurde, ließ darauf schließen, daß die beiden ...

»Ich habe mich so danach gesehnt, dich zu sehen, Bernhild! Einen ganzen Tag ohne dich ...« Er kam so nah, wie Wolfrat gestanden hatte.

»Das wird sich bald ändern«, sagte sie und seufzte, »alles wird sich ändern, meine ganze Welt! Die Aussicht ist so aufregend!«

»Es wird der Himmel sein, mit dir zu leben. Wenn ich bedenke, daß wir uns erst vor ein paar Tagen unsere Gefühle offenbart haben ... Das heißt, ich liebe dich natürlich schon seit einem Jahr – seit dem Tag, an dem mein Vater dich zu seiner Frau nahm.«

Guntrams Stimme hatte einen so herzlichen, so ehrlichen Klang. Und Bernhild schien wirklich in ihn verliebt. Gret atmete leichter. Vielleicht wendete sich ja doch noch alles zum Besten. Wie gut, daß dieser Guntram in Bernhilds Leben getreten war!

»Das ist lange her«, sagte Bernhild gerade, »heute sieht alles anders aus. Weißt du, daß Wolfram mich gebeten hat, ihn zu heiraten?« Sie lachte kichernd. »Wie findest du das? Auch er liebt mich!«

Wieder schimmerte herausfordernde Koketterie in ihrer jungen Stimme. Guntram stieß ein zorniges Brummen aus. »Du wirst ihn abweisen«, sagte er eifersüchtig, »so gern ich ihn mag – die Frau, die ich liebe, trete ich ihm nicht ab!«

»Und wenn ich lieber ihn zum Mann möchte«, reizte Bernhild ihn, »wenn ich lieber ein großes Vermögen will, anstatt einem armen Stallmeister zu folgen?«

Guntram tat erregt ein paar Schritte durchs Zimmer. »Ich bin ein Sohn deines verstorbenen Gatten«, stieß er rauh hervor, »kein legitimer Sohn, aber von ihm anerkannt. Wolfrat hat mir Eichen zugesagt, das ist ein ganz hübscher Besitz. Arm wären wir nicht gerade – zumal du ja auch dein Witwenteil bekommst!«

»Aber Guntram, Guntram! Ich scherze ja nur!« Bernhild kicherte wieder wie ein nichtsnutziges Kind. »Küß mich, Guntram – schnell, ehe ich es mir anders überlege!«

»Ach, Bernhild – liebe, süße, kleine Bernhild!« In Guntrams Tonfall lag so viel Zärtlichkeit, daß Gret die Anwesenheit auf ihrem Lauschposten peinlich wurde. Sie machte Bätes beim Schein der heruntergebrannten Kerze das Zeichen des Rückzugs. Geräuschlos, zwei Schatten im letzten Flackern des Talglichts, huschten sie die Treppe wieder hinunter.

»Für diesmal haben wir genug erfahren«, wisperte Gret, als sie am Fuß der Schnecke angekommen waren, »viel mehr, als ich mir erhofft hatte! Morgen, wenn Wolfrat und Bernhild in Eichen sind, werde ich das tun, was ich heute vorhatte – die Zimmer durchsuchen.«

»Morgen«, begann Bätes, »aber –«

Jemand kam in den Keller. Durch die bewegliche Wand, die die Treppe verbarg, drang der Hall von Schritten. »Sie war es«, sagte eine jugendliche Männerstimme, »da kannst du Gift drauf nehmen. Die Gertrud hat das Kind auf dem Gewissen. Das meinte auch der welsche Arzt, der heute nachmittag da war.«

»Was für ein welscher Arzt«, fragte die Stimme einer schon älteren Frau.

»Na, der das Kind untersucht hat, als es im Saal aufgebahrt wurde! Du kriegst aber auch gar nichts mit, Anna!«

»Das ist die Beschließerin«, flüsterte Bätes heiser, »und der andere ist der Hausknecht, der blöde Hund!«

Gret preßte Bätes Hand und legte den Finger an die Lippen, um ihn zum Schweigen zu bringen. Vor der Wand sagte die Beschließerin in ärgerlichem Ton: »Ich weiß, daß Gertrud keiner Fliege was zuleide tun könnte! Und was du mir da vorhin von Hexen erzählt hast, die Säuglinge zum Zaubern benutzen ... mag ja sein, daß andere das tun. Aber für Gertrud leg' ich die Hand ins Feuer!«

»Der welsche Doctor hat aber gesagt, die Hebamme hätte dem Kind 'ne Nadel ins Gehirn gestoßen. Und 'n Doctor, der muß es ja wissen. Außerdem hatte er sein dickes Buch dabei.«

»Was für ein Buch?«

»Das hat er dem Herrn Wolfrat gegeben – und der sollte es der gnädigen Frau bringen.«

»Ach, die lügen doch alle, die Welschen«, spuckte die Beschließerin verächtlich, »für mich steht fest, daß Gertrud es nicht getan hat!«

»Für mich nicht«, brummte der Hausknecht. Bätes zitterte am ganzen Leibe. »Schwein«, zischte er lauter, als es gut war, »wenn der nicht aufpaßt, dann passiert 'n Unglück!«

»Was war das?« Die Beschließerin hatte anscheinend Bätes' Stimme gehört. »Mir war, als ob jemand spricht ...«

Gret drückte noch einmal die Hand des Jungen. »Ich mach' den Kerl fertig«, flüsterte Bätes wütend, »ich brech' ihm das Genick!«

»Da, schon wieder«, sagte die Beschließerin draußen im Keller, »hast du's nicht gehört?«

»Doch«, die Stimme des Hausknechts bibberte plötzlich furchtsam, »Geister! Hier spukt's ... kein Wunder in einem solchen Unglückshaus! Laß uns schnell abhauen! Das sag' ich dir, hier kriegt mich keiner mehr runter!«

»Die Kanne ist sowieso voll genug«, sagte die Beschließerin. Auch ihre Stimme klang jetzt ängstlich. »Mach schnell, Tolpatsch!«

Die Schritte der beiden entfernten sich. Im Keller wurde es wieder totenstill. »Fast hättest du uns verraten, Bätes«, tadelte Gret den Jungen aufgeregt, »jetzt sorg dafür, daß wir auch schnell von hier verschwinden können!«

Sie löschte die Kerze. Bätes fand den Hebel, der die Wand bewegte, auch im Dunkeln. Die Mauerplatte glitt zur Seite. Die Rollen, in denen sie lief, quietschten leise. Gret und

Bätes schlüpften aus der Treppenhöhle in das Kellergewölbe. Noch einmal rollte die Wand und verschloß den Eingang – unsichtbar für Nichteingeweihte. Gret huschte durch das Hinterpförtchen hinaus in den Garten, während Bätes von innen zuriegelte und dann den beschwerlichen Gang zwischen den Gitterstäben hindurch nach draußen nahm.

Der Junge hatte sich in die Wolldecke eingewickelt und schlief, zusammengerollt wie ein kleines Tier, am Fußende von Grets Strohsack. Gret selbst konnte nicht schlafen, obwohl die Nacht schon halb vorüber war.

Was sie bei den belauschten Gesprächen erfahren hatte, paßte einigermaßen in das Bild, das sich Stück für Stück vor ihrem inneren Auge zusammengesetzt hatte – aber einige Teile des Mosaiks, die scheinbar richtig gelegen hatten, paßten jetzt nicht mehr. Gret bemühte sich vergeblich, wieder Ordnung hineinzubringen.

Wolfrat, der Mörder, wollte Bernhild zur Frau. Sie war also nicht in Gefahr, ermordet zu werden – wenigsten nicht, solange Wolfrat auf sie hoffen durfte. Guntram, der Bastard, liebte Bernhild ebenfalls und war auf Gegenliebe gestoßen.

Verständlich, denn er schien ein sehr anziehender Mann zu sein.

Aber warum, zum Kuckuck, hatte Wolfrat diesem Sohn ohne Erbansprüche das Gut Eichen versprochen, wenn er es doch ebensogut einfach für sich behalten konnte? Das deutete nicht auf ungezügelte Gier nach Besitz hin, wie Gret sie bisher bei dem vielfachen Mörder vermutet hatte. Eichen, das war fast ein Viertel des Erbes. Warum sollte er es an jemanden verschenken, der keinerlei Recht darauf hatte? Gret konnte in dieser unglaublichen Großzügigkeit keinen Sinn entdeckten – sosehr sie sich ihren Kopf auch anstrengte.

Und noch etwas war Gret unerklärlich: Warum war der Komplize des Mörders – diesmal als Arzt getarnt – im Haus am Perlenpfuhl erschienen und hatte sein todbringendes Buch abgegeben, obwohl doch niemand mehr aus dem Weg zu schaffen war?

Der Mörder sorgte für Verwirrung. Aber er machte einfach nicht den entscheidenden Fehler, durch den man ihn zu Fall bringen konnte.

Gret würde Bätes morgen mit Wolfrat, Guntram und Bernhild nach Eichen schicken. Der Junge mußte die drei beobachten, durfte sie nicht aus den Augen lassen. Jede unbedeutend scheinende Kleinigkeit konnte der Fehler sein, nach dem sie so verzweifelt suchte.

Sie selbst würde um die Mittagszeit Bell aufsuchen, ihr den Mantel wiederbringen und sie bitten, ihr die Möglichkeit zu schaffen, die Kammer des Italieners im Bock noch einmal zu durchsuchen. Die Kiste, die dort gestanden hatte, enthielt vielleicht einen wichtigen Hinweis. Am Nachmittag mußten dann die herrschaftlichen Schlafzimmer im Haus Farrenschildt vorgenommen werden. Das würde Gret in Abwesenheit der Hausherrin ein leichtes sein – jetzt, wo sie den geheimen Zugang kannte.

Gret fiel in einen unruhigen Schlummer. Mehrmals schreckte sie hoch, geweckt durch beängstigende Träume und den vagen Eindruck, als schleiche jemand um ihr Häuschen und betaste die Verriegelung ihrer Tür und ihres Fensterladens.

Als endlich die Dämmerung kam, atmete Gret erleichtert auf. Sie weckte Bätes, machte Frühstück in der Küche des Doctors, genoß den Duft des süßen Haferbreis und den Anblick des Jungen, der heißhungrig zulangte. Doctor Minutus würde erst viel später den Weg aus den Federn in die Küche finden – besonders, wenn er mit seinen Herren Kollegen wieder einmal ein Glas zuviel geleert hatte. Also konnte sie mit Bätes in aller Ruhe den ersten Topf Brei vertilgen.

Gret erklärte ihm ihre Pläne für den heutigen Tag. Der Junge nickte verständig. »Das hatte ich mir auch schon ausgedacht«, sagte er, »paß auf, wir finden was! Ich in Eichen und du im Haus Farrenschildt!«

Gret konnte sich ein Lächeln über seine naive Zuversicht nicht verkneifen. Sie lächelte immer noch, als er sich bald darauf voller Jagdeifer trollte.

Der Doctor hatte einen dicken, tiefschwarzen Kater, als er um die Mitte des Vormittags in die Küche schlich. »Grundlin«, knurrte er, »mach mir einen sauren Hering zurecht und gib mir ein Bier und ein Stück Brot dazu. Und bitte, wenn du jetzt ja sagst: Schrei nicht so laut. In meinem Kopf hämmert es wie in einer Kesselschmiede!«

Gret kicherte, nickte spöttisch und setzte ihm vor, was er verlangt hatte. »Du brauchst gar nicht so gemein zu grinsen«, sagte der Doctor weinerlich, »der Dekan der Theologischen Fakultät hatte Namenstag. Da ging es nicht anders.«

Gret kicherte noch einmal voller Schadenfreude. »Bier auf Wein, das laß sein. Jedes Kind kennt diese alte Weisheit – nur Doctor Minutus nicht.«

Er gab keine Antwort. Er ließ sich nicht ärgern und damit wieder aufmuntern. Er pickte lustlos an dem Hering herum, zerpflückte ihn mit den Fingern, ohne allzuviel davon zu essen. Nur dem Bier sprach er zu, und auch von dem Brot stopfte er sich ein paar Brocken in den Mund. Diesmal hatte der Kater ihn wirklich schwer in den Krallen.

Nach kurzer Zeit zerfloß Gret vor Mitleid. »Kommt«, sagte sie tröstend, »legt Euch wieder hin. Das kann ich ja nicht mit ansehen. Ich mache Euch einen kühlen Umschlag für die Stirn, und in ein paar Stunden geht es dann schon viel besser.«

Der von Kopfweh Gequälte seufzte tief. »Niemand wartet auf mich, wenn ich heimkomme«, sagte er in tiefem Selbstmitleid, »keine liebe Frau, die sich um mich sorgt. Warum soll ich da nicht saufen mit den anderen unbeweibten Einsamen? Ja, wenn ich verheiratet wäre! Aber so, Kindchen …«

Gret wußte, daß nun zum tausendsten Mal ein Heiratsantrag folgen würde, dem es auszuweichen galt. Grets Übung in solchen Manövern war beträchtlich. Seit sie siebzehn war, hatte der Doctor immer wieder einmal den Versuch unternommen, sie für eine Ehe mit ihm zu gewinnen. Aber natürlich war Gret klar, daß sie für ihn zwar die Richtige sein mochte – er aber nicht der Richtige für sie. Einen Herzschlag lang tauchte Hans Stellmachers Bild vor ihr auf, und sie seufzte leise. Sie würde heute auf einen Sprung bei Hans vorbeischauen. Sie begann die kleinen Streitereien und Blödeleien mit ihm schmerzlich zu vermissen.

»Kindchen, hast du mir überhaupt zugehört?« Die Stimme des Doctors war klagend und wehleidig.

»Aber ja.« Gret wappnete sich.

»Wie würdest du es denn finden, wenn du als meine Frau in diesem Haus das Sagen hättest?«

»Na, nicht anders als jetzt, Doctor«, holte Gret zum Gegenschlag aus. »Außer vielleicht, daß ich Euch dann die Hölle erst richtig heiß machen würde.«

»Wie das?« Doctor Minutus hob überrascht den Kopf und sah sie mit geröteten Augen an.

»Ihr kennt mich doch – Ihr wißt genau, wie unleidlich ich manchmal sein kann! Als Eure Frau würde ich Euch herumkommandieren, daß Euch Hören und Sehen vergeht. Wir würden noch viel öfter aneinandergeraten, als das heute schon der Fall ist.«

»Aber, Kindchen ...«

»Nein, nein«, Gret wußte, daß sie schon fast wieder gewonnen hatte, »Ihr braucht eine gütige, sanfte Person, die Euch so lieben kann, wie Ihr seid. Keinen Besen wie mich – der Euch gnadenlos umerziehen würde!«

»Umerziehen? Bin ich dir etwa nicht gut genug?« Doctor Minutus wurde wütend. Jetzt war er da, wo Gret ihn haben wollte.

»Sagen wir mal – vieles könnte besser sein.« Sie grinste verstohlen.

»Weibsbild, unverschämtes! Du bist es gar nicht wert, daß ich dich überhaupt in Betracht ziehe! Ich lege mich wieder hin – und wehe, du störst mich heute!« Die Gefahr war abgewendet. Doctor Minutus stand schwankend auf und stampfte, böse vor sich hingrollend, aus der Küche. Gret würde ihn mindestens bis zum Sonnenuntergang los sein.

Sie erledigte auf die Schnelle ihre Hausarbeit, versorgte Tiere und Garten, vergewisserte sich, daß die Schuppentür noch fest verschlossen war. Wie beruhigend, daß in der Nacht niemand dagewesen war.

Vor dem Spiegel prüfte sie ihre Frisur. Unscheinbar wie immer, sagte sie sich ins Gesicht – und dazu heute noch mit umschatteten Augen von zuwenig Schlaf. Na, Hans würde es nicht einmal bemerken.

Sie packte Bells grauen Mantel über den Arm, schloß ihren Gadem ab und suchte zuerst Hans Stellmachers Werkstatt auf. Sein Haus war zugesperrt.

Die Nachbarn wußten nicht, wo er war. Das wunderte und besorgte Gret. Matheis, der Uhrmacher, schüttelte auf ihre Frage nach Hans den grauen Kopf. »Du müßtest doch am besten wissen, wo der Hans sich rumtreibt«, gab er erstaunt zur Auskunft, »schließlich übernachtet er schon seit ein paar Tagen im Heu in deinem Gartenschuppen. Seine ganze Arbeit bleibt liegen!«

Gret wußte nicht, was sie sagen sollte.

Matheis lächelte und schob sich die kleine runde Ledermütze aus der Stirn. »Mir hat er gesagt, du seist ein unvernünftiges Frauenzimmer und müßtest vor dir selbst beschützt werden. Deshalb wollte er dich und dein Häuschen im Auge behalten. Mehr weiß ich auch nicht. Übrigens – wie funktioniert der Ledervorstecher?«

»Sehr gut. Seit ein paar Tagen ...« Gret fühlte sich völlig überrumpelt von den Neuigkeiten über Hans.

»Was, vorher etwa nicht? War die Nadel vielleicht etwas schwergängig?«

»Nein, der Hans ... Ach, zum Kuckuck!«

»Ja, der Hans manchmal auch«, sagte Matheis und lachte verschmitzt. Gret spürte, wie sie wütend wurde. Sie mußte schnell weg, ehe sie Matheis anschnauzte, der doch an ihrem Ärger ganz unschuldig war. »Danke für die Auskunft«, sagte sie gereizt, »wahrscheinlich schläft der Kerl noch. Ich werd' ihn mal heraustrommeln und ein ernstes Wörtchen mit ihm reden! Unvernünftiges Frauenzimmer – von wegen!«

Sie stürmte auf die Gasse. »Geh nicht zu hart mit ihm ins Gericht«, rief Matheis ihr nach, »er hat 'ne Schwäche für dich!« Aber das hörte Gret nicht mehr.

Vor Hans Stellmachers verriegelter Tür war ihr Zorn verraucht. Sie zögerte, noch einmal anzuklopfen. Plötzlich war ihr die ganze Sache eher peinlich. Wie viele Leute mochten wohl noch wissen, daß er in ihrer kleinen Scheune übernachtet hatte? Sie konnte nur hoffen, daß Matheis der einzige war, dem Hans sein unmögliches Verhalten erzählt hatte!

»Blöder Schwachkopf«, fluchte sie leise, »falls du es immer noch nicht begriffen hast – ich kann auf mich selbst aufpassen!«

Sie würde die anderen Dinge erledigen, die sie vorhatte. Sie würde sich überhaupt nicht um die Verrücktheiten dieses dummen Kerls kümmern. Gret warf den Kopf in den Nacken und marschierte resoluten Schrittes los. Sie bog von der Streitzeuggasse in die Kreuzgasse ab, Richtung Schildergasse und Neumarkt.

Bell hatte gesagt, sie halte sich am Nachmittag gewöhnlich in der Nähe von Sankt Aposteln auf; aber Gret umrundete mehrmals unauffällig die Kirche, ohne Bell zu finden. Nur zwei andere, ihr unbekannte Freudenmädchen flanierten gelangweilt unter den Bäumen des Vorplatzes.

Gret überlegte. Schließlich sprach sie die Jüngere der beiden an:

»Sag, hast du Bell gesehen?«

»Wer will dat wissen?« Die Dirne musterte Gret mißtrauisch.

Gret wurde ungemütlich unter diesem Blick. »Hier ist

Bells Mantel«, sagte sie unsicher, »ich hatte ihn mir geliehen und will ihn zurückgeben.«

Die Straßenhure lachte laut auf. »Du siehst mir gerade so aus, als ob Bell dir 'nen Mantel leihen müßte«, frotzelte sie, »ich wußte gar nicht, daß Bell es auch mit Frauen macht!«

Gret begann sich über das ungehobelte Geschwätz der Hure zu ärgern. Einige Passanten schauten schon interessiert vom Markt herüber. »Du abgehalfterte Ziege«, fuhr Gret die Dirne an und wunderte sich gleichzeitig über ihre eigenen groben Worte, »gib zu, daß du keine Ahnung hast, wo Bell ist. Würde mich sowieso wundern, wenn sie mit Abschaum wie dir verkehren würde!«

Die Hure sperrte den rotgemalten Mund auf. Die andere Dirne, die sich bis jetzt nicht um das Gespräch gekümmert, sondern weiter nach Freiern Ausschau gehalten hatte, näherte sich mit wiegenden Hüften. »Bell ist gerade mit 'nem Kerl weg, hinter der alten Mauer. Kannst hier warten. Bell is schnell ...« Sie lachte ein eindeutig zweideutiges Lachen und zwinkerte anzüglich.

Gret entschloß sich, ein Weilchen zwischen den Ständen auf dem Markt umherzuspazieren. Das war unverfänglicher, als in Gesellschaft der beiden Huren vor Sankt Aposteln zu stehen. Aber es dauerte wirklich nicht lange, bis Bell wieder auf ihrem Stammplatz neben dem Kirchenportal erschien.

Gret steuerte so schnell wie möglich zu ihr hinüber und begrüßte sie. Bell war fassungslos. Jetzt sperrte sie den Mund auf. »Nä«, sagte sie verblüfft, »dat du wirklich hier antanzt, dat hätt ich nit jedacht. Ich hatt den Mantel schon abjeschrieben. Sechs, sieben Freier – dann wär sowieso 'n neuer drin jewesen.«

Gret reichte Bell das geliehene Kleidungsstück. »Ich halte mein Wort. Wehe, du zweifelst nochmal dran!«

»Nimm et mir nit übel«, stotterte Bell, »aber von den anständijen Leuten bin ich so wat einfach nit jewöhnt. Nix für unjut, Mädchen. Wie soll ich überhaupt zu dir sagen?«

»Gret Grundlin. Hast du vielleicht noch einen Augenblick Zeit? Ich müßte dich dringend was fragen ...«

»Hört sich wichtig an«, sagte Bell. »Da mach ich mal 'ne Pause.« Sie deutete mit einer Kopfbewegung auf die alte Stadtmauer, deren Reste mit ihren halbzerfallenen Nischen den Kirchenvorplatz zum Markt hin abgrenzten. »Jetzt is sowieso noch nit die richtije Stoßzeit.«

Sie fanden eine Mauernische, wo ein paar herausgebrochene Steinquader auf dem Boden lagen und Sitzgelegenheit boten. »Wat haste denn auf dem Herzen«, fragte Bell, die sich immer noch über Grets ungewohntes Benehmen zu wundern schien.

»Dieser Welsche, der im Bock wohnte – hat der noch immer seine Kammer da?«

»Der Calvertin?« Bell machte ein verdutztes Gesicht. »Ja, der wohnt da noch. Widerliche Wanze. Mit dem jeb ich mich nit ab, ich mein von Jeschäfts wegen.«

Gret überlegte nicht lange. Sie schenkte der Hure reinen Wein ein. Bell, das spürte sie, war ein Mensch, dem man vertrauen durfte – gleich, welches Gewerbe sie ausübte. Und Bell bekam die ganze Geschichte zu hören. »Der Italiener ist ein Komplize des Mörders, der die Mitglieder der Familie Farrenschildt nach und nach umgebracht hat«, schloß Gret ihren Bericht, »deshalb muß ich in seinem Zimmer irgendeinen greifbaren Beweis dafür finden, daß er dem Mörder das Gift geliefert hat.«

Bell schluckte krampfhaft. Sie riß die geschminkten Augen weit auf. »Dat is' ja furchtbar«, sagte sie entsetzt, »aber wat kann ich da für dich tun?«

»Ich müßte das Zimmer noch einmal durchsuchen«, sagte Gret. »Wenn ich Beweise finde, müßte ich die in Sicherheit bringen.«

»Du meinst dat Jift … oder die jefährliche Schlange.« Bell legte den Kopf schief. »Jetzt wird mir allerhand klar. Ich hab mich nämlich schon 'n paarmal jewundert, warum der Kerl sich immer von den Kindern lebendije Mäus hat fangen lassen. Kann dat sein, daß so 'ne Schlange Mäuse frißt?«

»Wahrscheinlich.« Gret kam ein Gedanke. »Vielleicht hält er das Tier in der Kiste in seinem Zimmer.«

Bell schien scharf nachzudenken. »Du kannst dich auf keinen Fall mehr im Bock sehen lassen«, sagte sie schließlich, »der welsche Schweinehund kennt dich wahrscheinlich am Jesicht wieder. Ich seh mir die Kammer mal an. Und dann –«

»Aber ich muß doch selbst –«

»Zu jefährlich«, fiel Bell ihr in die Rede, »Du weißt ja nit, wozu 'n echter Verbrecher fähig is! Keine Angst, ich überseh schon nix. Wo ich jetzt weiß, um wat et jeht.«

Gret wollte noch einmal widersprechen, aber die Hure legte ihr die Hand auf den Arm. »Verlaß dich drauf«, sagte sie, »ich mach dat für dich, weil du 'n nettes Mädchen bist. Wag du dich nit so weit vor – et wär schad um dich!«

Gret willigte widerstrebend ein. Bell irrte sich sicher nicht, wenn sie es für zu gefährlich hielt, daß Gret noch einmal das Haus zum Bock aufsuchte. Der Italiener war skrupellos. Es würde ihm sicher nichts ausmachen, sich einer unerwünschten Spionin zu entledigen …

»Aber wie soll ich denn erfahren, was du gefunden hast«, fragte sie.

»Wir treffen uns morgen auf dem Heumarkt«, bestimmte

Bell, »um die Mittagszeit. Ich komm unjeschminkt und in 'nem einfachen Kleid – damit du keinen Schaden davon hast.«

»Gut«, sagte Gret, »paß bitte auf dich auf. Auch um dich wär's schade.«

Bell wußte plötzlich nicht, wohin sie schauen sollte. »Hör auf, mir solche Sachen zu sagen«, raspelte sie mit ihrer rauhen Stimme. »sowat paßt nit für mich.« Sie stand abrupt auf. »Ich muß jetzt wieder auf meinen Platz, sonst laufen mir die Kunden weg. Bis morgen – auf dem Heumarkt, neben dem Kax ...« Und sie rauschte mit ihren roten Röcken davon.

Der Neumarkt war nicht sonderlich belebt. Mittagszeit – Ruhezeit. Die Händler dösten an ihren Ständen unter den dicken Bäumen des Platzes. Ein Klocke machte gemütlich im Schatten seine Runde. Es war heiß. Selbst die Beutelschneider und Diebe, auf die das Auge des Stadtrats zu achten hatte, schienen heute keine Lust zu haben, ihrem Gewerbe nachzugehen.

Gret überquerte den Neumarkt, an dessen Kax – dem öffentlichen Pranger – ein verurteilter Schläger und Randalierer in der Sonne schmorte und im Schweiße seines Angesichts seine Sünden abbüßte. Gret warf einen kurzen Blick zu ihm hinüber und wollte Richtung Schildergasse weitergehen, als jemand hinter ihr herangelaufen kam. Eine kleine schmuddelige Hand legte sich auf ihren Ärmel. »Gret«, hechelte Bätes ganz außer Atem, »warte! Hör zu, was passiert ist!«

Gret staunte. »Du? Ich dachte, du wärst mit nach Eichen gefahren!«

»War ich auch«, der Kleine bemühte sich, wieder zu Atem zu kommen. »Aber ich bin zu Fuß zurück – damit ich dir alles ganz schnell erzählen kann! Herr Wolfrat ist nämlich jetzt auch –«

»Was?«

»Tot. Vom Pferd gestürzt – kurz bevor wir ankamen. Er hat sich das Genick gebrochen, sagt Guntram. Aber –«

»Aber, was?« Gret unterbrach ihn ein zweites Mal. Sie blieb stehen und heftete den Blick entgeistert auf das Kind.

»Ich hab' genau hingeschaut, wie du mir aufgetragen hattest«, sagte Bätes. »Er hat schon auf dem Pferd so komisch geschwankt und gezittert. Dann hat er sich fallenlassen – und bei dem Sturz muß er unglücklich auf dem Boden aufgekommen sein. Er ist dann sofort gestorben – aber ich glaub', er war schon halbtot, als er noch im Sattel saß ...«

»Lieber Gott, Wolfrat auch!« Grets ganzes Indiziengebäude, das auf Wolfrat als dem Mörder gefußt hatte, brach zusammen. »Weißt du, was das bedeutet, Hubertus?«

»Klar«, sagte der Junge trocken, »Herr Wolfrat kann es nicht gewesen sein, wenn er selbst ermordet worden ist. Wir haben uns den Falschen rausgesucht.«

»Allerdings.«

»Und was nun?« Bätes blickte erwartungsvoll zu Gret auf.

»Wir müssen die Richtung ändern«, murmelte Gret verbissen, »aber wir suchen weiter. Wir geben nicht auf!«

Bätes war hungrig und sollte erst einmal ein Mittagessen bekommen. Aber nachdem der Junge sich in der Küche des Doctorhauses sattgegessen hatte, kam für Gret der Zeitpunkt, das zweite für heute geplante Vorhaben in Angriff zu nehmen. Bätes hatte vorsorglich die Kellerpforte im Haus am Perlenpfuhl schon am frühen Morgen entriegelt; Bernhild würde erst am Abend nach Köln zurückkehren. Gret blieb also genügen Zeit, um die beiden Schlafräume im Haus Farrenschildt zu durchsuchen.

Ohne Schwierigkeiten und ohne daß jemand auf sie aufmerksam geworden war, hatte sie mit Bätes' Hilfe den Keller erreicht und den Eingang zur Treppe öffnen lassen. Wieder machte Gret Licht, während der Junge die Wand an ihren Platz zurückschob. Schweigend waren sie durch die enge Schnecke zu dem kleinen hölzernen Gelaß emporgestiegen, von dem aus die beiden herrschaftlichen Schlafräume zu erreichen waren. Sie hatten eine Weile gehorcht, und als weder aus dem einen noch aus dem anderen Zimmer Geräusche zu ihnen gedrungen waren, hatte der Junge den kleinen Riegel der Tür zum Gemach der Hausherrin aufgeschoben. Nur ein ganz leises Knirschen war zu hören gewesen; dann öffnete sich die Wandtäfelung.

Gret stecke den Kopf vor. »Niemand in der Nähe«, flüsterte sie, »bleib hinter der Wand, Bätes. Wenn es brenzlig werden sollte, verschwinden wir schnell. Ich seh' mich mal um ...«

Bätes nickte stumm und schaute Gret mit funkelnden Augen an. Gret schlüpfte ins Damenzimmer.

Das Bett war gemacht. Unter dem Kopfkissen fand Gret nichts außer einem Schnupftuch aus feinem Leinen. Auch unter der fest gestopften Roßhaarmatratze war nur das blanke Holz des Bettgestells. Die Truhe neben dem Bett enthielt Decken und Leintücher. Im Kasten auf der anderen Seite des Betts waren Röcke, Mieder, Mäntel und Jakken, in deren Taschen Gret nichts fand.

In dem Raum gab es außer der Sitzbank und den zwei gepolsterten Schemeln keine weiteren Möbel mehr. Zur Sicherheit hob Gret noch die Ecken des Teppichs hoch, aber auch darunter waren nur die blank gewachsten Dielen.

Nichts. Keine Spur. Kein Indiz darauf, wer in diesem Haus wie eine blutrünstige Bestie wütete.

Blieb noch das große Schlafzimmer.

Gret schob sich durch die Geheimtür in das kleine Gelaß zurück. »Was gefunden?« flüsterte Bätes gespannt.

Sie schüttelte den Kopf. »Das andere Zimmer jetzt.«

Der Junge zog die Wandtür fest zu. Es knarrte leise, als die Täfelung des zweiten Raumes aufschwang. Das große Schlafzimmer lag in tiefroter Dämmerung. Durch die geschlossenen Vorhänge drang nur wenig Licht herein.

Gret begann systematisch zu suchen. Dabei wurde ihr klar, daß sie nicht wußte, wonach sie eigentlich fahndete. Sie verharrte in gebückter Haltung neben dem mächtigen Bett, richtete sich dann auf und ließ den Blick wandern. Denk nach, befahl sie sich. Was willst du finden?

Ungeduldig ließ sie die Arme sinken. Sie hatte die Vorhänge des Bettes abtasten wollen. Ihre Fingerspitzen prallten gegen den runden Bauch der Laute, die sonderbarerweise an der vorderen Säule des Betthimmels aufgehängt war. Das Instrument gab einen sanften, wimmernden Ton von sich, der leise durch den Raum schwebte ...

Pierangelo Contini ... Das Buch für Wolfrat F. ... In nomine omnium tenebrarum daemoniorum

In Grets Kopf begannen Gedankenfetzen zu wirbeln. Am Fenster stand ein großes Schreibpult aus poliertem Eichenholz.

Braune Schrift auf dickem gelbem Papier ... Eine Schriftprobe, aus der hervorging, wer der Schreiber war ... Das war es, wonach sie suchen mußte!

Grets Herz begann zu hämmern. Zwei Schritte, dann war sie am Pult. Feder, Streusandbüchse und Tintenfaß waren obenauf zurechtgestellt. In dem Tintenfaß glänzte ein eingetrockneter Rest tiefbrauner Tinte.

Das Pult war abgeschlossen. Und das Schloß schien sehr

solide gearbeitet. Gret blickte in die Runde, suchte nach einem Gegenstand, der zum Knacken eines Schlosses geeignet war. Nirgends ein Nagel, ein Brieföffner, ein Federmesser …

Vielleicht würde es mit einer Haarnadel gehen. Gret zog eine aus ihrem Nackenknoten, bog sie, formte einen kleinen Haken an der Spitze. Vorsichtig führte sie den improvisierten Schlüssel ins Schlüsselloch ein. Auf einmal spaltete ein leises, scharfes Knacken die atemlose Stille des Raumes, und langsam schwang die Korridortür des Schlafzimmers auf. Pierangelo Contini trat ein, blieb wie angewurzelt stehen und starrte Gret mit entgeisterten Blicken an.

Gret erschrak so sehr, daß ihr das selbstgemachte Einbruchswerkzeug aus der Hand glitt und klappernd auf die Dielen fiel. Sie hielt den Atem an. Es gab keinen Ausweg aus dieser fürchterlichen Situation.

Der Lautenspieler schloß hastig die Tür hinter sich und schob den Riegel vor. »Bella Margherita«, flüsterte er überrascht, »was tust du hier?« Er schien mindestens so erschrocken wie Gret, denn er stand wie angefroren auf dem bunten Teppich und starrte sie an.

Gret riß sich mit Mühe zusammen. Sie durfte vor diesem Menschen auf keinen Fall Schwäche zeigen. »Das könnte ich dich auch fragen«, gab sie mit der klaren und durchdringenden Stimme zurück, die ihre Aufregung verriet.

»Schsch –«, zischte der Italiener entsetzt, »silencio! Du wirst die Domestiken hereinlocken!«

Gret entdeckte jetzt erst, daß Pierangelo Contini einen Dietrich in der Hand hielt. Ganz eindeutig hatte er selbst nichts in diesem Zimmer zu suchen und mußte es wie Gret unter allen Umständen vermeiden, entdeckt zu werden.

Gret nutzte die willkommene Chance. »Ich verrate dich nicht, wenn du mich nicht verrätst«, sagte sie im gedämpften Flüsterton.

»Was machst du in diese Zimmer?« wiederholte Pierangelo Contini seine Frage, »hast du auch noch ein Lohn ausstehen?«

Gret mußte wider Willen lächeln. Also deshalb war der Italiener hier eingedrungen – er suchte nach Geld, das ihm zustand oder auch nicht! »Nein«, sagte sie, »ich brauche etwas Geschriebenes.«

»Ah«. Er verstand natürlich nicht, was Gret meinte; das war ihm anzusehen. Aber er nickte trotzdem. »Und du kannst der Pult nicht aufmachen?«

»Leider nicht. Aber ich versuch's nochmal«, antwortete Gret. Sie bückte sich und hob die krumme Haarnadel vom Boden auf. Der Italiener lachte leise, als er das viel zu schwache Instrument sah. »Ich muß auch an der Pult heran«, wisperte er, »laß mir das aufmachen – per favore ...« Er zog einen zweiten, kleineren Dietrich aus der Tasche seines himmelblauen Seidenwamses; ein vielgeübter, geschickter Dreh, und das Schloß des Schreibpultes sprang auf.

»Das machst du aber nicht zum ersten Mal«, flüsterte Gret beeindruckt. Irgendwie bewunderte sie das Fingerspitzengefühl des Italieners, das sich deutlich nicht nur auf sein Lautenspiel beschränkte.

»Ma no, Margherita«, grinste Pierangelo, der Langfinger, »isch bin Musiker ... artista, capisci? Und wir werden selten so bezahlt, daß wir können davon leben. Ecco – wir nehmen, was ist der Kunst angemessen.«

Mit erstaunlicher Unbekümmertheit setzte dieses Schlitzohr seinen Diebstahl ins Recht. Er schien auch auf dem Gebiet der Ausreden sehr bewandert zu sein. Jetzt klappte er die schräg geneigte Schreibplatte hoch. »Da drin ist die argente – die Geld für die Haushalt«, erklärte er fachmännisch und deutete auf den offen daliegenden Kasten des Pults. »In Italia«, lästerte er, »würde man nicht wagen, die Geld mit eine meccanismo si primitivo zu sichern ...«

»In Italia wird man schon wissen, warum«, gab Gret den Ball zurück, »denn da kommen ja die schlimmsten Spitzbuben her!«

»Signorina Margherita sind zu gütig«, kicherte Contini. Er warf Gret einen seiner gefährlichen, entwaffnenden Blicke zu. »Gütig genug, um ein Ladrone wie Pierangelo die Vortritt zu lassen, si?«

»Ja, ja. Aber nimm nur soviel, wie dir zusteht.« Gret spürte deutlich, wie sich ihr unter seinem unbeschreiblichen Lächeln die Haare zu Berge stellten. Als er nun auch noch eine spielerisch spöttische Verbeugung machte, hatte sie Mühe, nicht die Fassung zu verlieren.

Pierangelo Contini entnahm dem Pult eine schmale Geldbörse aus grünem Saffianleder. Er wog sie in der Hand, nickte zufrieden ... In diesem Augenblick klang vom Korridor her das Geräusch von Schritten, die sich näherten. Stimmen hallten auf dem Gang. Aus den hastig redenden Frauenstimmen war deutlich die helle, bebende Stimme Bernhilds von Eichen herauszuhören.

Gret und der Italiener erstarrten mitten in der Bewegung. »Dio mio«, hauchte Pierangelo Contini und krallte die Hand um den Geldbeutel, »wir sind verloren, wir können nicht fort!«

»Doch!« Gret raffte in Windeseile die beschriebenen Papiere zusammen, die im Mittelfach des Pultes lagen, und stopfte den Wust in ihre weite Rocktasche. Dann huschte sie zur Wandtäfelung, deren Geheimtür einen Spalt weit offenstand. »Komm«, flüsterte sie drängend, »hier geht's raus!«

Der Italiener stutzte für den Bruchteil einer Sekunde, dann begriff er. In einer fließenden Bewegung hängte er seine Laute vom Bettpfosten ab, bedeckte die Saiten mit der Hand, damit sie nicht klingen konnten, und schob sich hinter Gret durch die Wandtür in das kleine Treppengelaß.

Bätes, der geduldig gewartet hatte, verriegelte blitzschnell die Geheimtür. »Los, nichts wie weg«, zischte Gret, »wir müssen das Haus verlassen haben, ehe die da oben das aufgebrochene Pult entdecken!«

Sie hasteten die enge Wendeltreppe hinunter. Der Italiener, der die Laute unter dem linken Arm trug, ging dicht hinter Gret, die Bätes folgte. Als sie fast die Mitte der Treppe erreicht hatten, hielt Pierangelo Contini Gret auf einmal am Rock fest. Gret zuckte zusammen, blieb stehen und wandte sich zu ihm um. »Was ist denn ...?«

Mehr konnte sie nicht mehr herausbringen. Der Italiener umschlang sie mit dem freien Arm und zog sie so heftig an sich, daß sie völlig überrascht war. »Ti adoro«, flüsterte er lächelnd. Dann küßte er sie mitten auf den Mund.

Gret war wie gelähmt, sie wehrte sich nicht. Langsam überflutete sie eine wunderliche Wärme; ein Gefühl, das alles überstieg, was sie bisher erlebt hatte, ergriff von ihr Besitz. Die Lippen dieses fremden Menschen streichelten ihren Mund, waren zärtlich und wild zugleich, reizten zu einer Erwiderung.

Ein Zittern überfiel Gret. Ihre Knie wurden weich, sie gab im Arm des Italieners nach, schmiegte sich an seinen schlanken, gutgebauten Körper an ...

Plötzlich kam sie wieder zu sich. Sie riß sich mit einem Ruck aus seiner leidenschaftlichen Umarmung los und wich rückwärts eine Stufe nach unten. Noch in der gleichen Bewegung fuhr ihre Hand hoch und traf Pierangelo Contini klatschend auf die Wange. »Frechheit«, fauchte Gret empört, »wie kannst du es wagen!«

Überraschenderweise brach Pierangelo Contini in ein leises, belustigtes Lachen aus. »Tesoro«, flüsterte er und schnaufte vor unterdrückter Heiterkeit, »nur diese reazione hab' isch von dich erwartet! Margherita grandissima – dafür würde isch dir noch ein bacio geben – aber deine Handschrift, sie tut zu weh!«

»Schurke« zischte Gret verwirrt. So eine Unverschämtheit! Aber küssen konnte er – alles, was recht war! Genauso gut wie Schlösser aufbrechen und Laute spielen ...

»Kommt endlich«, wisperte Bätes aufgeregt, »oder wollt ihr riskieren, daß wir erwischt werden? Die sind vielleicht schon oben im Zimmer und sehen, was ihr getan habt!«

Bätes hatte absolut recht. Höchste Eile war geboten, zumal draußen heller Tag war und sie auch in der Nähe des Hauses noch leicht gesehen werden konnten.

Sie rannten den Rest des Weges.

Diesmal nahmen sie zu dritt den Weg durch die Gärten und Gäßchen der Hinterhäuser am Perlenpfuhl.

Contini hatte sich dadurch, daß er seine Laute aus dem herrschaftlichen Schlafzimmer mitgenommen hatte, sehr verdächtig gemacht. Gret fragte ihn, ob er den Farrenschildtschen Haushalt etwa habe verlassen wollen. Der Italiener lächelte. »Si«, sagte er gelassen, »ich möchte nicht Laufbursche sein für eine Signora, die nicht liebt die musica. Sie soll schicken eine andere Mann mit Auftrag in die Küche oder in die Stube von Gesinde.«

Gret fand ihn noch immer schrecklich aufregend mit seinem fremdländischen, dunklen Charme. Aber die unbestimmte Furcht vor ihm, die hatte sie verloren. Ihre Intuition sagte ihr, daß er bei den Morden im Haus Farrenschildt nicht einmal Mitwisser war, geschweige denn Komplize. Aber vielleicht ... »Ja, das kann ich verstehen«, sagte sie, »hast du nicht auch einmal einen Brief in die Schmierstraße bringen müssen?«

»In eine schmutzige Lokal.« Pierangelo Contini schüttelte sich nachträglich.

»Von wem stammte denn der Brief – und an wen war er gerichtet?«

»La lettera?« Pierangelo Contini schoß Gret einen schwarzglänzenden Blick zu. »War bestimmt für un certo Domenico Calvertin. Und die Kochfrau in der Küche hat mir gegeben. Ich soll bringen in die schmutzige Albergo, hat sie gesagt – presto, Contini!«

»Domenico Calvertin. Ein Landsmann von dir?«

»Margherita, no!« Er reckte sich stolz. »Ich bin aus Firenze – aus Florenze!« Plötzlich wirkte er richtig königlich. »In Firenze, da wohnen Menschen. Aber in Venezia –«, er machte eine abwertende Handbewegung, »da wohnen Hunde und Schakale! Domenico Calvertin ist eine Veneziano – eine Schakal!«

»Aber wer im Haus Farrenschildt hatte dann mit diesem Schakal zu tun?«

Pierangelo Contini hob die Schultern und ließ sie wieder sinken.

»Ich weiß nicht«, murmelte er, »kann sein, es war Guntram. Weil ich ihn habe gesehen reden mit Guntram aus die Stall ...«

Der Italiener begleitete Gret und den Jungen bis zur Glockengasse. Dann verabschiedete er sich. »Ich muß sehen, daß ich la città di Colonia die Rücken kehre«, sagte er und lachte fröhlich, »eine neue Spiel – eine neue Glück! Addio, bella Margherita – denk an Pierangelo manche Mal?«

»Hin und wieder bestimmt«, sagte Gret und fuhr sich unwillkürlich über die Lippen, »mach's gut, du Künstler – und versuch ohne Stehlen über die Runden zu kommen. Sonst baumelst du eines Tages!«

Er zeigte noch einmal sein Verführerlächeln. Dann ging er beschwingten Schrittes davon, die Laute am Band über der Schulter. Ein bunter Vogel, dachte Gret mit einer Spur von Wehmut, schade, daß man ihn wahrscheinlich nie mehr wiedersehen wird.

Nachdenklich schloß sie ihren Gadem auf und ging mit Bätes, der dem Italiener mißgelaunt nachgeblickt hatte, hinein. »So«, sagte sie, »jetzt wollen wir in aller Ruhe unsere Beute sichten.«

Gret zerrte den Packen Papiere aus der Rocktasche und legte ihn auf den flachen Deckel ihrer Kleidertruhe. »Sehen wir uns an, was wir erbeutet haben.«

Sie zog sich den Schemel vor den Kasten und begann den Stapel Blatt für Blatt durchzugehen. Obenauf lagen Rechnungen: Ein Mantel und ein Festgewand aus Seide waren zu bezahlen. Ein Steinmetz mahnte die Begleichung seiner Rechnung für einen Fensterrahmen an. Ein Sattler verlangte drei Taler für ein Prunkgeschirr. Da lag noch eine Notiz von einem Goldschmied für ein Paar Ohrringe mit Rubinen – zehn Mark! Alles Bestellungen aus den letzten vierzehn Tagen. Viel Geld für eine Witwe mit bescheidenen Einkünften.

Gret legte die Rechnungen beiseite. Keine davon war interessant. Es folgten zwei leere Blätter – dickes gelbes Papier, wie es für den Brief und für den Zettel aus dem Sarkophag benutzt worden war. Mit zitternden Händen schob Gret die Bögen auf den Stapel der schon überprüften Rechnungen. Und nun kamen zwei Blätter des gleichen Papiers, die mit brauner Tinte dicht in schöner, wohlbekannter Handschrift beschrieben waren!

Gret mußte kurz die Augen schließen. Sie hatte gefunden, was sie zu finden gehofft hatte – weitere Schriftproben des Mörders. Jetzt konnte sie nur noch darum beten, daß diese Papierbögen auch einen Hinweis darauf boten, wer der Schreiber war. Gespannt begann sie zu lesen:

»6. Hornung anno 1500: testamentum yst ouffgesatzt und underschrieven. Der vyllgehasste, wellcher het myn vadder syn kuinnen, aanet nyt, was ych im schildte fuyr.

Eerster maientag: D. C. schynt der rechte man for alles. Syn erfarung yst gros.

Mai, der achte tag: Er begeert 60 Marck. Aber mit syner huylff wirt es gelingen.«

Das ganze schien eine Art Tagebuch zu sein. Gret fuhr sich über die Stirn. Der Mörder hatte tatsächlich Buch geführt. Sehr unvorsichtig und kindisch. War das der Fehler, der ihm trotz seiner klugen Taktik dennoch unterlaufen war?

»17. Maien: Fuyr die sprunknadel gezalet: 10 albus. An D. C. 10 Marck kölnisch.

Gernot bym tourney. Nyt vergessen: Ledderne schlingk yn der halsbarg anbryngen. Der tousch lasst genuigend zyt. Alles wirt zytig geschehen.

21. Maien. Everhart nuyen falchen geschenket. 3 Marck köln. yst vil zo tuyr. Aber D. C. maint, wyr brouchen in.

Den eerzten Juno: synt nur mer wenig tag. Es strengt mych an, myn fuyrfroide nyt zo zeigen

8. Juno: Morgen. Alles yst beraittet. D. C. hat es gelievert. Es wuirket fyrtrefflich. Die kaz verschyd op der stelle.

Am abent: Alles verlif na mynem wunsche.

10. Juno: An D. C. zehn M. Everh. suikt sych zo zerstroien. Er laidt. Aver nyt mer langg: Gluycklich Bernhiltt!

23. Juno: gesteren an D. C. 10 Marck. Es war nyt swer, E. dy toitlyche wunde zozefuygen. Niemend hat es gemerckt. Nu yst es fast getan. Zouber fuyr de grabstat nyt vergesen!

25. Jun.: Ghisberta afgetan. Nunmeer yst lufft. Dys faellt mir iemer lichter. Nur das kint macht umbstent. Wuyrt es liber yn dy ecken satzen wy eine puppen.

27. Juno in eil: D. gav gueten rath. Es yst ser liecht, ein kint zo toyten. Frei, frei! Balt yst alles gewunnen, und Bernhiltt yst frei! Nu mus nur noch dy hebamme aangeklagt syn – des darf ych nyt vergessen! Dy magt mus weg – bludhuindin, dy got verdamme!«

Das Wort »Magt« war mit einem breiten Balken aus Tinte unterstrichen. Gret wußte instinktiv: Hier hatte der Mörder ihr eigenes Todesurteil gefällt. Die Zeilen, die jetzt folgten, waren noch erschreckender und aufschlußreicher:

»30. Iuno: Dy kinderlaiche morgen frue na Eichen. Wolffrath wirt myr aine last und sol glyech dar bliven. D. C. war entlych alhier. 10 Marck kölnisch an yn. Es geet myr wunderbaar von der hant. Doch wartt ych noch auff ain zeytungk vun der magt. D. C. hat groes zuversychtt.«

Das war der letzte Eintrag. Gret wischte sich über die Augen. Selbst jemand, der nicht ihre Kenntnisse besaß, brauchte nur wenig Phantasie, um sich zusammenzureimen, was diese beiden Blätter bedeuteten. Peinlich genau stand da verzeichnet, was abgelaufen war. Gret hielt mit diesen gelben Papierbögen die gesamte Planung der Morde in der Hand, aufgeschrieben vom Täter in Person. Dennoch fand sich wieder kein Hinweis darauf, wer die Untaten so kaltherzig geplant und ausgeführt hatte.

Mehrmals tauchte der Name Bernhild auf. Glückliche Bernhild ... Bernhild ist frei, bald ist alles gewonnen ... Zwei Menschen hätten diese Sätze schreiben können. Der eine war tot und kam deshalb nicht mehr in Frage. Der andere ...

Gret zog die Luft scharf durch die Zähne. Auch Guntram war jedesmal, wenn ein Mord geschehen war, in unmittelbarer Nähe gewesen. Er liebte und begehrte Bernhild. Vielleicht war er in dem erwähnten Testament bedacht worden – hatte sich möglicherweise ein Erbteil erschlichen – von dem »Vielgehaßten«, der sein Vater hätte sein können und der sich nie um ihn gekümmert hatte!

War Guntram nicht von Pierangelo Contini im Gespräch mit dem Schurken Calvertin gesehen worden? Und hatte er nicht uneingeschränkten Zutritt zu den Räumen der Herrschaft gehabt, wahrscheinlich schon weit vor dem Tod seines Vaters? Die erste der Aufzeichnungen war ja auf den sechsten Hornung des Jahres datiert – das war die Karnevalszeit gewesen ...

Guntram. Gret pfiff noch einmal durch die Zähne. Sie legte die beiden gelben Blätter neben den anderen Papieren ab und untersuchte die noch verbleibenden Schriftstücke. Weitere Rechnungen älteren Datums. Diverse Warenlisten einer längst erledigten Handelstransaktion.

Zuunterst lag ein Brief, geschrieben auf weißem Papier.

Er war fest zusammengefaltet und mit drei dunkelroten Siegeln verschlossen. In den Lack eingeprägt erkannte Gret das Farrenschildtsche Wappen mit dem Stierkopf. Die Aufschrift lautete: »Zu öffnen vier Wochen nach meinem sel. Verscheiden.«

Das Testament Eberhard Farrenschildts! Nur noch wenige Tage bis zur Eröffnung! Gret zuckte es in den Fingern, die Siegel aufzubrechen und den Inhalt zu lesen. Sie wußte: Dann würde sie mit Sicherheit erfahren, wer –

Es klopfte. Gret warf erschrocken den Kopf hoch. Sie raffte alle Papiere zusammen, hob hastig den Deckel ihrer Kleiderkiste und ließ die Schriftstücke hineinfallen. Dann atmete sie tief durch und rief: »Herein!«

Heinrich Cornelius trat ein und grüßte. Er schaute sorgenvoll drein. »Leider bringe ich keine gute Nachricht«, sagte er bedrückt, »mir ist zwar die Aufgabe des Rechtsbeistands für Gertrud aus Junkersdorf übertragen worden, aber offenbar soll kurzer Prozeß mit ihr gemacht werden. Ich habe es nicht geschafft, ihre Sache zu verzögern – jedenfalls noch nicht.«

Gret stand auf. »Erzähl mir, wie alles bisher gegangen ist.«

»Nun, die Anhörung im Rathaus hat nicht viel ergeben. Aber der Untersuchungsrichter hat befunden, daß die Indizien ausreichen, um Gertrud an den Greven zu überstellen – an den Gewaltrichter. Sie ist bereits im Frankenturm.«

Gret fing an, erregt im Zimmer auf- und abzugehen. »Irgendwie muß ich ihr aus der Klemme heraushelfen, aber wie?«

»Vielleicht ist deine Aussage Gertruds letzte Hoffnung«, meinte Agrippa, »es sei denn, du hast bis übermorgen den Mörder herausgefunden. Dann ist nämlich Gertruds Verhandlung. Ich hoffe nur, daß sie nicht bis dahin zu einem Geständnis gebracht worden ist.«

»Was soll das heißen?« Grets Stimme zitterte.

»Bei Mordverdacht ist es üblich, peinlich zu verhören. So was würde Gertrud wahrscheinlich nicht durchstehen.«

Gret war plötzlich eiskalt. Sie verschränkte die Arme über der Brust. »Dann haben wir keine Wahl«, sagte sie, »ich muß zum Greven gehen und aussagen. Auch wenn der Mörder gewarnt wird und entkommen kann.«

»Warte«, murmelte Agrippa; er starrte einen Moment vor sich auf den Fußboden und überlegte. »Ich habe eine bessere Idee«, sagte er dann, »die Mühlen der Justitia mahlen langsam – Gertrud soll eine Art Geständnis ablegen. Das würde ihr die Tortur ersparen, und bis zur Urteilsverkündung hätten wir drei oder vier Tage. In dieser Zeit müßten wir den Mörder dazu bringen, endlich seinen Fehler zu machen. Vielleicht sollte er einen Erpresserbrief bekommen …«

»Ach, Heinrich!« Gret lachte bitter auf. »Wie soll denn das vor sich gehen?« Sie stampfte mit dem Fuß auf. »Verdammt, der Kerl ist einfach zu schlau!«

Agrippa ließ sich nicht von seinem Gedanken abbringen. »Ein Zettel mit dem Inhalt: ›Sieh dich vor – ich weiß alles! Einer, der sich wieder melden wird.‹ Das würde ihn in Angst versetzen, meinst du nicht?«

»Und was dann? Es gibt ja keinen mehr, den er noch ermorden könnte. Wodurch sollte er sich denn verraten?« Gret schüttelte den Kopf. »Das wird nicht funktionieren.«

Heinrich Cornelius blieb nüchtern. »Es geht dem Mörder offensichtlich um das Erbe der Farrenschildts. Und das möchte er mit niemandem teilen, sicher auch nicht mit einem Erpresser. Er wird deshalb alles daransetzen, ihn loszuwerden – und sich dabei bloßstellen müssen.«

»Einen Versuch ist die Sache wert«, sagte Gret mit wenig

Überzeugung. »Aber wenn alle Stricke reißen, dann geh' ich zum Greven. Gertrud soll nicht für eine Tat büßen, die sie nicht begangen hat.«

»Abgemacht«, sagte Agrippa, »ich mache mich nach Hause und schreibe den Brief. Der Junge meiner Wirtin soll ihn sofort abgeben. Den richtigen Leser wird er schon finden. Gott befohlen, Gret.«

Er stakste davon. Bätes weinte still vor sich hin. Gret hatte den Jungen über dem Sichten der Papiere und dem Gespräch mit Agrippa völlig vergessen. Nun wurde ihr bewußt, daß Bätes natürlich alles mitgehört hatte und daß er sich unbeschreiblich um seine Mutter ängstigen mußte.

Gret legte den Arm um die Schultern des mageren kleinen Burschen. »Sorg' dich nicht«, flüsterte sie tröstend, »du und ich, wir erwischen den richtigen Mörder – und das zur rechten Zeit. Wir werden uns doch nicht einfach unterkriegen lassen, wo wir beide bis jetzt so erfolgreich waren!«

Diese Worte richteten das Kind sofort wieder auf. Bätes wischte sich mit einer trotzigen Gebärde die Tränen von den Wangen. »Nein«, sagte er, »wir sind mutig. Und deshalb hab' ich auch keine Angst.«

Während er Gret bei den letzten Arbeiten dieses Tages half und fleißig im Garten die Gemüsebette jätete, hob sich sein Mut noch mehr. Beim Abendessen, zu dem er nur mit einem Brummen von dem noch immer schlecht gelaunten Doctor zugelassen war, hatte er seine alte Munterkeit wiedergefunden. »Ich hab' mir 'ne Schüssel Gemüsesuppe verdient«, hatte er mit einem entwaffnenden Lächeln gesagt, »man konnte die Möhren ja unter all dem anderen Kraut gar nicht mehr erkennen! Jetzt kriegen sie wieder Luft und Licht.«

Auch Doctor Minutus hatte darauf trotz seiner Kopfschmerzen schmunzeln müssen. »Na, dann nimm dir noch einen Nachschlag«, hatte er angeboten – eine Gelegenheit, die Bätes erfreut wahrnahm. Denn in der Suppe dufteten Unmengen von verführerischen Wurststückchen. Und solche Köstlichkeiten hatten schließlich einen hohen Seltenheitswert.

Als es Nacht geworden war, hatte er sich, wie jetzt schon gewohnt, in Grets Gadem am Fußende ihres Strohsacks in seine Wolldecke gerollt und schlief warm und friedlich wie ein satter kleiner Kater. Gret betrachtete ihn noch ein Weilchen im Schein ihres Unschlittlichtes. Komisch, wie erwachsen der Junge manchmal wirkt, dachte sie. Dabei ist er noch so klein. Jetzt, wo er schläft, fällt das erst richtig auf.

Sie löschte die Kerze und legte sich selbst zum Schafen. Eine Zeitlang grübelte sie noch darüber nach, welche Wirkung wohl Agrippas Erpresserbrief haben würde; dann fiel sie selbst in tiefen Schlummer.

Sie erwachte mitten in der Nacht von einem scharfen, metallischen Klingen. Aufgeschreckt fuhr sie im Dunkeln hoch. Noch einmal zerriß das Geräusch die Stille. Gret sprang von ihrem Lager auf. Die Tür ihres Häuschens flog mit einem Krachen gegen die Wand – im bläulichen Mondlicht, das plötzlich von draußen hereinströmte, zeichnete sich deutlich die Silhouette eines Mannes ab, der eine Axt in der Hand hielt. Das Eisen der Schneide glänzte matt …

Zu Tode erschrocken torkelte Gret einen Schritt rückwärts. Sie war noch zu schlaftrunken, um zu begreifen, was geschah. Ehe sie wieder genügend bei Sinnen war, um einen Hilfeschrei auszustoßen, stürmte ein zweiter Mann durch die offene Tür herein. Mit wenigen Schritten war er bei ihr, drehte ihr die Arme auf den Rücken und preßte ihr brutal die Hand auf den Mund. »Jetzt holen wir nach, wat letztens nit jeklappt hat«, zischte eine Stimme, die Gret nie vergessen würde, »du kriegst, wat du verdient hast, und wir kriegen unser Geld.«

Rotkopps Bande – Placknaas und der andere, der noch übriggeblieben war! Gret durchlebte von neuem den Schrecken des Alten Grabens – aber es war keine Bell da, die sie retten konnte. Sie war auf sich selbst gestellt.

Sie wehrte sich. Sie versuchte mit aller Kraft, sich aus der Umklammerung zu befreien. Unter den schmutzigen Fingern, die ihren Mund bedeckten, stieß sie gurgelnde Rufe aus, während sie mit den nackten Füßen wütend nach den Beinen des Verbrechers trat.

Der hatte Mühe, sie festzuhalten. »Prütteltäsch«, zischte er seinem Kumpanen zu, »mach dich nützlich, pack mit an! Dat Biest is stärker, als mer denkt!«

Gret biß ihn in die Hand, so fest sie konnte. Der Halunke stöhnte einen Fluch, und der Druck seiner schmierigen Finger auf ihrem Mund lockerte sich. Sie konnte endlich laut und hörbar schreien. Gleichzeitig gellte draußen vor dem Gadem Bätes' schrille Kinderstimme durch die Nachtstille: »Zu Hilfe! Mörder! Räuber!«

Der Junge hatte es geistesgegenwärtig geschafft, aus dem Haus ins Freie zu laufen! Gret verstärkte ihren rasenden Widerstand. Mit einer riesigen Anstrengung gelang es ihr, sich loszureißen und ihren Reisigbesen an sich zu raffen. Sie schwang die lächerliche, aber einzig vorhandene Waffe gegen ihre beiden Angreifer, während sie rückwärts in die Zimmerecke wich. »So leicht kriegt ihr mich nicht«, schrie sie, »mindestens einen von euch nehm' ich mit!« Der Reisigbesen fuhr zischend durch die Luft, zerkratzte dem ersten der Gauner das Gesicht und zwang ihn, zurückzuspringen. Aber der andere nutzte die Gelegenheit und schoß vorwärts. Seine groben Hände schlossen sich wie Eisenklammern um Grets Hals.

Plötzlich konnte sie nicht mehr atmen. Rote und gelbe Funken begannen vor ihren Augen zu kreisen. Sie bäumte sich auf, ließ den Besen fallen und stemmte die Hände in einer hilflosen Geste der Abwehr gegen die Schultern des Verbrechers. Ihre Beine verloren alle Kraft, die Knie knickten ein, und sie sank auf den Lehmfußboden ihres Häuschens. In ihren Ohren schwoll ein dumpfes, schmerzhaftes Dröhnen – die Funken vor ihren Augen wurden zu grellbunten Blitzen. Noch einmal raffte sie die allerletzten Kräfte zusammen, versuchte verzweifelt und mit fahrigen Bewegungen die Hände, die sie würgten, von ihrem Hals loszureißen ...

Dann kam ein schmetterndes Krachen – einmal, zweimal. Es polterte ... jemand stöhnte ...

Plötzlich kriegte Gret wieder Luft. Der Würgegriff an ihrer Kehle lockerte sich, die brutalen Hände rutschten einfach weg ... dann – sie sah es deutlich durch den schwächer werdenden Funkenwirbel vor ihren Augen – glitt der ganze Mann von ihr fort, wie an einem Seil gezogen.

Gret reckte sich auf und füllte die Lungen mit lebensspendender Luft. Die Funken und Blitze verschwanden. Jemand faßte sie unter den Achseln, hob sie vom Boden auf, hielt sie fest umschlungen.

»Gretchen ... mein Gretchen! Wie fühlst du dich? Geht's dir wieder gut?« murmelte eine atemlose, aufgeregte Stimme dicht über ihrem zerwühlten Haar. Gret atmete noch einmal tief durch. Langsam kehrte wieder Klarheit in ihrem Hirn ein. Sie lehnte sich an die breite Brust, die sich vor ihr hob und senkte, und an der sonderbarerweise Heuhalme hingen. Sie stieß einen leisen Seufzer der Erleichterung aus.

»Bitte, Kleines – sag doch was«, bat die Stimme über ihrem Kopf. Hans Stellmacher! Der also hatte hier eingegriffen. »Mir geht's bestens«, murmelte sie, »danke für deine Hilfe ...«

Es war schön, so von ihm gehalten zu werden. Sie konnte nicht widerstehen und legte die Arme um seinen Nacken. Sie berührte sein kurzes, weiches Haar. Hans zog sie enger an sich. Sie spürte, wie seine Lippen sacht ihre Schläfe streiften. »Gretchen, ist wirklich alles in Ordnung mit dir?«

So blöd konnte nur einer fragen! Gret schnaufte. »Mein kleines Mädchen«, flüsterte Hans, »was machst du nur für Sachen ...«

Gret schnaufte noch einmal und bog den Kopf zurück. Sie schaute ihn zornig an. »Ich bin nicht dein kleines Mädchen«, spuckte sie giftig, »laß mich gefälligst los, du ungeschickter Ochse!«

Hans ließ die Hände sinken. »Aber ich wollte doch nicht –«

»Laß gut sein!« Gret schaute sich in ihrem Wohnraum um. »Trotzdem – danke! Ohne dich wäre das alles wahrscheinlich übel ausgegangen.« Es war ihr auf einmal entsetzlich peinlich, daß sie im Hemd und mit aufgelösten Haaren vor ihm stand. Noch dazu, wo Bätes mit großen Augen im Mondlicht zusah und alles mitbekam. Sie mußte irgendwie von der Situation ablenken.

Ihr Blick fiel auf die beiden Halunken, die mitten im Raum auf dem Boden lagen und sich nicht rührten. Zaghaft deutete sie auf die reglosen Gestalten. »Sind die ... Hast du die etwa ...?«

»Nein, nein. Ich habe ihnen nur eins über den Schädel gezogen. Sie müßten jeden Moment wieder –«

Placknaas – Gret erkannte ihn jetzt genau – stöhnte und

hob den Kopf. »Was ist denn hier ...« Er schwankte hin und her wie ein Betrunkener, »was zum Teufel ...«

Auch sein Spießgeselle kam wieder zu sich. Hans nahm ein Seil, das er mitgebracht hatte, und ging zu den Kerlen hinüber. »Die Pfoten her«, befahl er, »ihr werdet handlich verschnürt, damit die Klocken euch leichter abtransportieren können.«

»Moment«, sagte Gret. Ihr war plötzlich eine Idee gekommen.

Placknaas und Prütteltäsch zogen die Köpfe ein. Hans warf ihr einen verwirrten Blick zu. Er verstand nicht, was sie noch von den Verbrechern wollte, die sie fast umgebracht hätten.

»Ich will, daß ihr euch das Schandgeld holen geht, das ihr für den Mord an mir bekommen solltet«, sagte Gret laut und deutlich, »meldet einfach, ihr hättet die Arbeit erledigt. Klar? Und falls ihr einen Beweis braucht –« sie nahm ihre Haube vom Boden auf, »dann gebt das hier ab. Ihr könnt ja 'n bißchen Blut aus euren Nasen draufschmieren!«

Sie warf den Gaunern die Haube zu. Prütteltäsch fing sie ungeschickt. Placknaas sperrte verblüfft den Mund auf. »Ja, aber ... dat versteh ich nit ...«

»Ist auch nicht nötig«, sagte Gret, »Hauptsache, ich weiß Bescheid.«

»Also –«, Placknaas wischte sich wirklich wie im Tran mit der Haube über die blutige Nase, »da bedank ich mich auch ... so mach ich dat dann. Jeh einfach hin un sag, et wär jelaufen. Un dann krieg ich mein Jeld ...«

»Richtig«, sagte Gret. »Und jetzt raus hier.«

Hans verstand noch immer nicht, warum Gret die Kerle laufenlassen wollte, aber er hinderte sie nicht daran. »Jetzt paßt auf, ihr Dreckschweine«, sagte er mit einer tiefen, drohenden Stimme, die Gret ihm gar nicht zugetraut hatte, »ich sag' es nur ein einziges Mal: Sollte einer von euch – egal, wer – noch einmal diese Frau anfallen, dann hat er ausgelitten. Ich schlag' ihm persönlich alle Knochen zu Brei. Anschließend kriegt ihn der Meister Hängmann. Habt ihr das begriffen?«

Der, den Placknaas »Prütteltäsch« genannt hatte, rutschte ängstlich ein Stückchen von Hans weg. »Is klar«, murmelte er furchtsam.

»Is klar«, echote Placknaas.

»Dann könnt ihr jetzt abhauen«, sagte Hans. »Seid froh, daß ich euch nicht schon diesmal an die Klocken ausliefere! Und laßt euch nie wieder blicken!«

Placknaas und Prütteltäsch sprangen auf die Füße. Sie verschwanden, so schnell ihre angeschlagenen Beine sie tragen konnten. Gret konnte ihre eiligen Schritte auf der Gasse verhallen hören.

»Was sollte denn das?« fragte Hans verständnislos, »wieso sorgst du dafür, daß die Schweinehunde nicht nur verschwinden können, sondern sich auch noch ihren Mörderlohn abholen? Was willst du denn damit bloß wieder bezwecken?«

»Das geht dich gar nichts an. Du würdest mich nur wieder behindern, wenn du es wüßtest.«

Hans warf Gret einen Blick zu wie ein gescholtener Hund. »Dann kann ich ja wieder gehen«, sagte er traurig und wandte sich zur Tür. Aus seiner Stimme klang tiefe Enttäuschung. Mit hängenden Schultern ging er hinaus. »Gute Nacht«, sagte er müde.

Gret bedauerte ihren unfreundlichen und abweisenden Ton. Sie lief ihm nach. »Hans ...?«

»Ja?« Er drehte sich nicht einmal um.

Gret versperrte ihm den Weg. »Hans – ist es wirklich wahr, daß du die letzten Nächte auf dem Heuboden in meinem Schuppen verbracht hast?«

Er senkte den Blick. »Ja. Warum?«

»Hans ...«

»Ja ...«

Gret stellte sich auf die Zehenspitzen und drückte zaghaft einen Kuß auf seine Wange – und noch einen ganz sacht auf seinen Mundwinkel. »Danke, Hans«, flüsterte sie. Dann drehte sie sich um und flüchtete mit wehenden Haaren in ihr Häuschen. Während sie die Tür zuzog, sah sie, daß er ihr mit großen Augen nachschaute und traumverloren lächelte. »Gute Nacht, Gretchen ...« hörte sie ihn sagen – so leise, daß sie es eben noch verstehen konnte.

Sie schloß die Tür ganz. Ungeschickt und nervös fummelte sie an dem zerbrochenen Riegel herum, während sie auf Hans' Schritte horchte, die sich langsam entfernten. »Mist – das Ding ist hin«, schimpfte sie, »die Halunken haben ganze Arbeit geleistet.«

Bätes kam mit einem kleinen, keilförmigen Stückchen Brennholz. Er klemmte es unter die Tür, so daß sie geschlossen blieb. »Den Stellmacher, den hast du lieber als mich«, sagte er eifersüchtig, »diesmal hab' ich's genau gemerkt!«

»Ach, Quatsch«, entfuhr es Gret. Sie spürte, wie sie bis zum Haaransatz errötete. »Red nicht so einen Unsinn! Leg dich lieber hin und sieh zu, daß du noch eine Mütze voll Schlaf bekommst – die Nacht ist ja schon halb rum!«

Bätes bedachte Gret mit einem zweifelnden Blick. Dann rollte er sich zu ihren Füßen zusammen. Er war bald eingeschlafen. Aber Gret fand für den Rest der Nacht keine Ruhe mehr.

Der Doctor kündigte Gret, als er sich am Morgen von ihr verabschiedete, seine Rückkehr für den frühen Nachmittag an. »Ich will dann etwas Gutes zum Essen vorfinden«, sagte er, einen Fuß schon vor der Haustür, »denn ich habe anschließend einen Aufsatz zur Therapie der Franzosenpocken zu verfassen. Das Kollegium hat mich gebeten, meine hervorragende Theorie endlich schriftlich niederzulegen.«

»Ich richte mich darauf ein. Einen guten Tag wünsche ich Euch!«

»Ja. Ich auch.«

Er wanderte davon – mit Holzsandalen an den Füßen, obwohl die Straßen völlig trocken waren. Gret lächelte ihm belustigt nach; vor nichts hatte Doctor Minutus mehr Angst als davor, sich schmutzig zumachen.

Gret wollte sich erst am Mittag mit Bell treffen. Sie entschloß sich, auf ein Plauderstündchen zu Mutter Imma zu gehen. Außerdem hatte sie das Bedürfnis, sich mit ihrer weisen alten Lehrerin zu beraten. Mutter Imma wußte stets weiter, wo andere keinen Ausweg sahen.

Als Gret das Laboratorium betreten hatte, stand sie mitten in aromatisch duftenden Schwaden, die von der Feuerstelle heranwallten. Die alte Apothekerschwester war zuerst wieder einmal nicht zu sehen. Der weiße Dampf füllte den Raum bis zum Kreuzrippengewölbe, und aus den dichten Wolken drang Mutter Immas körperlose Stimme zu Gret herüber: »Mein liebes Kind – schön, daß du kommst. Ich hatte so ein Gefühl, als ob du heute bei mir hereinschauen würdest.«

»Wir haben uns allzu lange nicht mehr gesehen, Mutter«, sagte Gret und drang in das Zentrum des Dampfes ein. Mutter Immaculatas weißer Habit tauchte als leuchtender Schemen auf, dann wurde ihr zerfurchtes, freundlich lächelndes Antlitz sichtbar.

Sie rührte in einem Kessel, der auf dem Feuer stand, und streute gerade aus einer kleinen hölzernen Schaufel eine abgemessene Menge Kräuter in den Sud. Wieder wallte der Dampf auf. Sein Duft durchdrang noch intensiver den Apothekenraum und brachte Grets Augen zum Tränen. »Was wird das?« fragte sie neugierig.

»Ein starkes Einreibemittel gegen Atemnot, enge Brust und Husten«, sagte Mutter Imma, »das solltest du aber riechen können, Kind!«

»Minze, Kampher, Terpentin ... Fichtennadeln?«

»Richtig. Ich sehe, du weißt es doch noch. Warte – ich lege den Deckel auf. Dann kann es eine Weile durchziehen, und wir haben Zeit füreinander.« Die Nonne hob den Topf von den glühenden Kohlen und stellte ihn auf den Steinboden.

Sie setzten sich. »Du mußt etwas loswerden«, stellte Mutter Imma fest, während ihre klaren grauen Augen Gret scharf fixierten, »ist es nicht so?«

»Ja«, sagte Gret offen. Mutter Imma liebte keine unnötigen Einleitungen; deshalb erzählte sie ihrer alten Vertrauten in knappen Worten alles, was sich bisher zugetragen hatte. »Du siehst, ich habe jetzt den Grund, das Mittel und die Methode der Farrenschildt-Morde herausgefunden«, schloß sie ihren kurzen Bericht, »und ich glaubte sogar den Mörder zu kennen. Aber jetzt stehe ich wieder ganz am Anfang.« Sie seufzte. »Jehuda Ben Israel empfahl mir, nach dem Fehler zu suchen, den jeder Verbrecher begeht. Aber –«

Die Nonne hob erstaunt die Augenbrauen. »Du hast Jehuda Ben Israel kennengelernt?«

»Ja. Durch Zufall. Er scheint mir ein sehr kluger alter Mann zu sein und sehr gebildet.« Gret wurde verlegen. »Es kann doch keine Sünde sein, mit einem Juden zu sprechen – oder?«

Schwester Immaculata lächelte milde. »Kind, ich bin eine treue Tochter der Heiligen Kirche, aber auch eine Braut Christi. Und seine Mutter war Jüdin, selbst wenn viele es nicht mehr wahrhaben wollen. Wie kann ich das Volk verachten, aus dem die Mutter unseres Herrn stammt? Wie kann ich überhaupt einen Menschen verachten, wenn Gott uns aufträgt, selbst unsere Feinde zu lieben?« Sie legte ihre knotigen Hände ineinander. »Rabbi Jehuda ist ein alter Freund«, fügte sie hinzu, während ihr Lächeln tiefer wurde, »ich habe früher oft mit ihm über die Wissenschaft der Arzneikunde und die Medizin diskutiert – als ich noch auszugehen pflegte. Du schätzt ihn richtig ein. Er ist außerdem gütiger und weiser als die meisten Christen, die ich kenne.«

Ihre letzten Worte waren sehr leise gewesen, als habe sie mit sich selbst gesprochen. Lauter fuhr sie fort: »Er hat natürlich recht. Du hast den Fehler des Mörders noch nicht gefunden. Such weiter.«

»Kannst du mir denn nicht einen Hinweis geben, wo ich noch suchen könnte?« fragte Gret ungeduldig, »ich habe nämlich die Richtung verloren! Guntram scheint mir der einzige zu sein, der noch verdächtig ist. Aber etwas sagt mir –«

Die alte Nonne unterbrach Gret energisch. »Stell endlich fest, wer die Briefe und Zettel geschrieben hat«, sagte sie, »das allein wird dich weiterbringen.«

Gret verabschiedete sich, als die Glocke Mittag läutete. »Aber eines hast du mir verschwiegen, Margarete«, sagte die Klosterfrau und lächelte ihr allwissendes Lächeln, »du bist verliebt. Ich spüre das schon seit einiger Zeit, Kind. Sprich mit mir darüber, wann immer du bereit bist. Ich bin nicht nur Nonne, sondern auch Frau – und ich kenne das Leben außerhalb der Klostermauern viel besser als du denkst.«

Gret wandte den Blick ab und errötete – zum ersten Mal in Gegenwart ihrer alten Erzieherin. »Mutter«, stammelte sie verlegen, »du weißt doch, ich werde irgendwann in einen Beginenkonvent eintreten und mein Leben irgendeiner Aufgabe widmen. Verliebt ... nein, Mutter. Da irrst du dich!«

Die Klosterfrau lachte leise. »Ich weiß, was ich weiß«, sagte sie zum Abschied, »Gott schütze dich, Kind. Du wirst schon das Richtige vom Falschen unterscheiden können, wenn es soweit ist. Da bin ich ganz sicher!«

Tief in Gedanken wanderte Gret zum Heumarkt. Sie hatte ihre Verlegenheit überwunden und war mit ihren Überlegungen schon längst wieder bei dem, was sie am meisten beschäftigte: dem Rätsel der ungeklärten Morde. Ihre rätselhaften Gefühle gegenüber Hans Stellmacher konnten warten.

Auf dem Platz vor dem Pranger stand eine Frau. Gret erkannte sie nicht auf den ersten Blick als Bell, die Hure, mit der sie verabredet war. Genaugenommen hatte die wartende Frau nicht die geringste Ähnlichkeit mit Bell. Das adrette blaue Leinenkleid mit dem züchtig den Ausschnitt bedeckenden weißen Schultertuch, die weiße Haube, der Henkelkorb am Arm – dies alles paßte zu einer jungen Bäuerin, aber nicht zu einer Straßendirne.

Aber es war tatsächlich Bell. »Himmel«, sagte Gret verblüfft, »du siehst ja aus wie ein Mädchen vom Dorf!«

Bell grinste. »Bin ich ja auch«, sagte sie, »wat ich hier anhab, dat is mein altes Kleid von damals, als ich von Holweide nach Köln in Stellung jejangen bin. Nach 'nem halben Jahr is mir dann der Bauer 'n bißchen zu nah jekommen – hat mich in andere Umständ jebracht.« Sie zuckte die Achseln. »Da war dann Schluß mit dem anständigen Mädchen vom Land. Et Kind is jestorben – und ich ...« sie grinste entschuldigend, »wie dat so jeht, der Mensch muß leben.«

Gret wußte nicht, was sie dazu sagen sollte. Bell war also aus Not auf die Straße gegangen und hatte ein Dasein als Hure dem Elend als Bettlerin vorgezogen.

Bell lächelte, als habe sie Grets Gedanken gelesen. »Manchmal tu ich gern so, als ob ich noch et Sybilla aus Holweide wär«, sagte sie gelassen, »deshalb hab ich auch mein altes Kleid behalten – solang et mir noch paßt.«

»Es steht dir wunderbar«, sagte Gret, »du siehst darin richtig … richtig …«

»Ehrbar aus, wat?« Bell lachte wie ein Bauernkind, während sie für Gret den Satz zu Ende sprach. »Stimmt aber nit mehr janz. Mach dir nix draus, ich mach mir auch nix draus.«

»Bell –«

»Paß auf«, wechselte die Hure das Thema, »ich hab dat Zimmer von dem Welschen durchsucht. Hier is 'n Brief, der da rumlag –«, sie angelte ein gelbes Blatt Papier aus ihrem Korb und reichte es Gret, »sonst war nix da. An den Kasten hab ich mich nit jetraut, dranzujehen – da hat wat drin jeraschelt und jezischt. Richtig unheimlich. Ob dat wirklich die Schlang war?«

Gret starrte auf den Brief. Es mußte der sein, den Pierangelo Contini im Bock abgegeben hatte. Das Blatt war mit mehreren Zeilen beschrieben – in der Handschrift, die Gret jetzt kannte wie keine zweite.

»Kannste damit wat anfangen?« wollte Bell wissen.

»Es ist ein weiterer Beweis dafür, daß es Morde waren«, murmelte Gret, während sie den Brief überflog. Er enthielt die dringende Mahnung an D. Calvertin, endlich das bestellte Fläschchen zu liefern – andernfalls er den Rest des ausgemachten Geldes nicht erhalten solle. Keine Unterschrift. Kein Hinweis darauf, wer der Schreiber war.

»Und die Kiste?« fragte Bell.

»Gut, daß du sie nicht angerührt hast«, sagte Gret. »Es wäre lebensgefährlich für dich gewesen. Und es hätte mich auch nicht weitergebracht. Herausfinden muß ich, wer hinter alledem steckt!«

Sie gingen ein Stückchen den Heumarkt entlang. »Übrigens«, sagte Bell, »aus dem Mordhaus is gestern schon wieder einer verhaftet worden. 'n Klocke hat's mir bei 'nem Bier verraten ...«

»So? Wer denn?« Gret sah die Hure erschrocken an.

»'n Lautenspieler«, kam die Antwort. »Hat in dem Haus Musik jemacht. Soll jeklaut haben, der Jung. Jetzt haben se den bestimmt schon verknackt. Der hatte nämlich dat janze Jeld bei sich, der Blödmann.«

»Pierangelo Contini! Was mußte er auch seine Laute mitnehmen!«

»Du kennst den?« Bell schien sich nicht sonderlich zu wundern.

»Soll 'n hübscher Bengel sein. Die besten erwischt et immer zuerst.«

»Was wird ihm wohl passieren?«

Bell machte die Geste des Aufknüpfens. »Morjen jeht der sicher in den Hanf. Bei so wat macht der Jreve kein langes Theater.«

»Armer Kerl.« Gret bedauerte das Schlitzohr wirklich, und zwar von Herzen.

»Wenn du morjen vormittag an den Blauen Stein jehst, kannste ihm vielleicht noch Lebwohl sagen«, meinte Bell ruhig.

»Ich weiß nicht ...«

»Überleg et dir. Ob du ihm die letzte Ehre erweisen willst, mein ich.«

»Ja. Vielleicht.«

Bell lächelte mitleidig. »Mir tut et auch immer leid, wenn einer dran is, den ich kenne. Aber so is et eben. Kleine Langfinger werden jeschnappt – und die richtijen Drecksäck, die flutschen dem Jreven durch die Finger.« Sie packte ihren Korb fester. »Ich muß mich auf die Socken machen. Hab heut noch nix verdient – du weißt ja, wie et is.«

»Ja.« Gret war in Gedanken bereits ganz woanders. »Ich muß auch nach Hause«, sagte sie zerfahren, »der Doctor kann jeden Moment heimkommen, und ich hab' noch nicht gekocht!«

Bell nickte verständnisvoll. »Bis dann mal«, sagte sie und schlug den Weg zum Alter Markt ein, »vielleicht sehen wir uns ja beim Blauen Stein.«

Der Doctor war noch nicht da. Bätes meldete ihr, was Agrippa ihm in Grets Abwesenheit eilig ausgerichtet hatte, bevor er wieder gegangen war. »Der Erpresserbrief ist gestern zu den Farrenschildts geschickt worden. Und der Prozeß meiner Mutter ist morgen. Meine Mutter ist auf alles eingegangen, sagt Agrippa. Aber es müßte jetzt was geschehen.« Die braunen Augen des Jungen glänzten feucht. »Was können wir denn tun, Gret?«

»Ich glaube, das einzige, was uns weiterhelfen könnte, wäre was Geschriebenes von Guntram«, sagte Gret und ballte die Faust, »und den Brief, den werde ich kriegen – koste es, was es wolle!«

Bätes sah Gret mit kummervollen Augen an. »Du meinst – nur das kann sie wieder aus dem Gefängnis befreien – ein Brief, den Guntram geschrieben hat?«

»Ja, wahrscheinlich.«

Bätes unterdrückte einen Schluchzer. »Und wenn wir nun keinen Brief von ihm kriegen können?«

Gret wunderte sich über den hoffnungslosen Blick des Jungen. »Dann fällt mir sicher noch etwas anderes ein. Sorg dich nicht, Hubertus!«

Der Doctor hatte sich nach dem Mittagessen satt und schläfrig in sein Studierzimmer zurückgezogen. Gret brachte ihr eigenes Häuschen in Ordnung. Sie hatte die ganze Zeit kaum gesprochen; nur ein einziger Gedanke hatte in ihrem Kopf Platz: Wie konnte sie Guntram dazu bringen, ihr eine Probe seiner Handschrift zu liefern – möglichst unterzeichnet mit seinem Namen?

Bätes hockte auf dem Strohsack und hing eigenen trüben und offenbar beängstigenden Gedanken nach, was an seiner finsteren Miene zu erkennen war. Gret wanderte unruhig im Wohnraum auf und ab und suchte nach einer Lösung des Problems. Es würde sich schwerlich ein Grund konstruieren lassen, warum ausgerechnet Guntram etwas Schriftliches wie eine Quittung für geleistete Dienste im Haus Farrenschildt an Gret ausstellen sollte. Er gehörte ja nicht einmal offiziell zur Familie.

Aber wenn man nun Frau Bernhild dazu brachte, von ihrem Stallmeister eine Aufstellung der Bestände an Fahrzeugen, Geschirren und Zugtieren zu verlangen – mit Beglaubigung und Unterschrift? Das wäre eine Möglichkeit ...

Gret hob den Kopf. Sie würde Frau Bernhild dazu überreden – noch heute.

Es klopfte. »Mach dich bereit, Grundlin«, tönte die Polterstimme Doctor Minutus', »unsere Dienste werden gebraucht!«

Ausgerechnet jetzt, dachte Gret ärgerlich. Gerade jetzt, wo mir etwas Brauchbares eingefallen ist und ich meine Idee in die Tat umsetzen wollte! »Wohin soll es denn gehen, Doctor?« fragte sie widerwillig und öffnete die Tür.

»Frau Bernhild geht es schlecht«, sagte der Doctor unbeteiligt, »ihr ist Gift eingegeben worden. Man hat nach mir geschickt, damit ich die gnädige Frau versorge.«

Gret mußte schlucken. »Aber sie hat anscheinend den Anschlag überlebt«, brachte sie tonlos heraus, »Gott sei Dank!«

»Ja, allerdings«, sagte Minutus geschäftsmäßig. »Wir werden purgieren, vielleicht ein anregendes Mittel verabreichen – das übliche, du weißt schon. Der Stallmeister, der Frau Bernhild umbringen wollte, ist übrigens bereits verhaftet, sagt man mir. Es hatte sich ein Giftfläschchen in seiner Jacke gefunden- der Rest des Arseniks war noch darin.«

Gret hatte sich ihre schöne Sonntagshaube aufgesetzt und war bereit für den Krankenbesuch. Auf dem Weg zum Perlenpfuhl sagte sie kein Wort. Dieses neue Ereignis verwirrte wieder die Fäden, die sie so mühsam geordnet hatte ...

Warum hatte der Mörder diesmal Arsenik benutzt – und offenbar nicht in ausreichender Menge? Und wenn Guntram wegen dieses einen mißlungenen Mordversuchs verurteilt wurde – wie konnte sie ihm dann die anderen, erfolgreichen Morde noch nachweisen? Vor allem: Was wurde aus Gertrud? Gret tat einen tiefen Atemzug. Gut, daß sie dem Jungen aufgetragen hatte, in ihrem Gadem zu bleiben. Sie wußte nicht, ob sie ihre Sorgen um Gertrud jetzt weiterhin vor ihm verbergen konnte.

Vor dem Farrendschildtschen Haus standen wieder ein paar Schaulustige. Gret hörte wie von ferne die Bemerkungen der Leute, während sie im Gefolge des Doctors die große Diele betrat: »So ein heimtückischer Schweinehund!« – »Als ob die Ärmste nicht schon genug durchgemacht hätte!«

In der Diele standen schweigend und erstarrt die Dienstboten des Hauses. Niemand sprach, die Köchin deutete nur stumm zur Treppe. Gret spürte die Angst der Knechte und Mägde wie etwas Greifbares in dem weitläufigen Raum.

»Und wo ist die Leidende?« bollerte der Doctor. Seine Stimme schien die Luft zum Vibrieren zu bringen.

»Oben im großen Schlafzimmer«, kam bebend die Antwort der Köchin, »die Lies ist bei ihr ...«

»So, so.« Doctor Minutus marschierte ohne weiteres die Treppe hinauf und winkte Gret. »Ich habe ein Brechmittel eingepackt«, sagte er, »dazu ein medicamentum aus Kampher. Das wird hoffentlich ausreichen. Mehr kann ich bei einer Vergiftung mit Arsenik ohnehin nicht tun.«

Gret antwortete nicht darauf. Sie war in Gedanken viel zu beschäftigt, als daß seine Worte sie hätten erreichen können. Wieder öffnete sich die Tür zu dem Zimmer, das Gret inzwischen nur allzugut kannte. Auch jetzt ruhte Bernhild auf dem breiten Bett unter dem engelgeschmückten Baldachin. Aber diesmal war sie nicht in hellblaue Seide gehüllt, sondern trug Schwarz – das tiefe Schwarz einer trauernden Witwe. Das Düstere dieser Farbe ließ ihre durchsichtige Blässe noch deutlicher hervortreten, und der kindlichhelle Goldton ihrer Locken wirkte noch intensiver.

Die Dienstmagd sprang sofort von ihrem Schemel neben dem Bett auf, als sie den Doctor eintreten sah. »Gott sei Dank, daß Ihr so schnell gekommen seid«, rief sie erleichtert, »die Frau braucht dringend Eure Hilfe – sie hat sich schon zweimal erbrochen!«

»Steh nicht herum, Mädchen«, raunzte der Doctor die Magd an, »hol eine Schüssel mit Wasser und ein paar Tücher!« Er klatschte in die Hände, und Lies huschte erschrocken hinaus, während er sich dem Bett näherte.

Langsam und sorgfältig hob er Bernhilds zarte Hand und fühlte ihren Puls. Dann schaute er ihr in die Augen.

Gret entdeckte einen Becher auf der Truhe neben dem Bett. Sie näherte sich ebenfalls, halb verborgen hinter dem breiten Rücken des Doctors. In dem Becher war noch ein Rest Wein, der klar schimmerte. Gret steckte den Finger hinein, probierte ... der Geschmack war schwach bitter. Ein bekannter Geschmack ...

Keinerlei Geruch. Auch kein Bodensatz.

»Puls ist etwas schwach und schnell«, murmelte der Doctor und ließ Bernhilds Hand sinken. »Die Pupillen sehr erweitert, eindeutig eine Vergiftung.« Er langte nach seiner Tasche. »Wo bleiben denn die Tücher und das Wasser?«

»Es war das weiße Pulver, das der verfluchte Stallmeister in meinen Wein geschüttet hat«, ließ sich Bernhild mit schwacher, dünner Kinderstimme vernehmen, »der Apotheker, der den Rest aus dem Fläschchen untersucht hat, sagt, es war Arsenik!« Sie seufzte matt. »Denkt Euch, der Mörder wollte mir weismachen, es sei ein Stärkungsmittel! Und deshalb habe ich ja auch den Wein getrunken – weil ich Guntram vertraute, Doctor! Werde ich nun sterben?«

Doctor Minutus räusperte sich gewichtig. »Wohl nicht, gnädige Frau. Ihr seid bei mir in den besten Händen. Wir werden dem Tod ein Schnippchen schlagen.«

Die verschüchterte Magd brachte, was der Doctor angefordert hatte. »So«, fügte er hinzu, »nun wollen wir das Notwendige tun.« Er begann in seiner Tasche nach dem Abführmittel zu suchen.

Gret trat mit dem Becher in der Hand vor das Bett. »Ist dies der Wein, in dem das Gift war?« fragte sie Bernhild.

Langsam und scheinbar mühevoll drehte sich der wunderhübsche blonde Kopf in Grets Richtung, und die blauen Augen, die durch ihre erweiterten Pupillen fast schwarz wirkten, richteten sich auf Grets Gesicht. »Ja, das ist der Wein«, hauchte die schwache Stimme – unvermittelt wurde sie schrill. »Du?« schrie Bernhild und richtete sich steil in den Kissen auf, »aber du bist doch tot ... du bist doch tot!«

»O nein«, antwortete Gret, »Ihr irrt Euch. Das bin ich keineswegs.«

Doctor Minutus berührte Gret am Arm. »Geh lieber hinaus, Grundlin«, sagte er gedämpft, »sie hat Wahnvorstellungen. Das ist nicht ungewöhnlich bei Vergiftungen. Dein Anblick erregt sie unnötig. Geh nur, ich komme schon allein zurecht.«

Gret nickte wortlos. Sie krallte die Finger um den Becher mit dem Rest Wein und schob sich rückwärts zur Tür hinaus. Auf dem Korridor stellte sie fest, daß sie vor Aufregung den Atem angehalten hatte, und rang krampfhaft nach Luft. Dann rannte sie die Treppe hinunter in die Diele.

»Wie geht es der gnädigen Frau?« Die Köchin hatte große, angstvolle Augen.

Gret lief gleich zur Haustür weiter – keine Zeit, sich in unnötige Gespräche verwickeln zu lassen. »Den Umständen entsprechend«, gab sie knapp zurück, »wie heißt der Apotheker, der das Gift untersucht hat?«

»Martinus Molitor, er hat seinen Laden Unter Goldschmieden. Aber wieso ...«

»Danke«, sagte Gret und war schon mit dem Becher aus der Tür.

Scheint mir ein bißchen nach Belladonna zu schmekken, der Wein.« Der junge Apotheker strich sich die lockigen braunen Haare aus der Stirn und leckte sich den Finger ab, mit dem er gekostet hatte. »Weißt du, ich stelle diese Tinktur selbst her – in ganz vorzüglicher Qualität, wenn ich das bemerken darf. Aber natürlich nur, um die Augen der schönen Frauen zum Glänzen zu bringen, nicht zum Einnehmen!«

»Also war es genau das, was ich mir gedacht hatte.« Gret nickte wie zur Bestätigung ihrer eigenen Überlegungen. »Aber Atropin hat selbstverständlich auch eine therapeutische Wirkung«, fügte sie tief in Gedanken hinzu. Mutter Imma hatte das einmal erwähnt …

Der Apotheker musterte Gret verblüfft. »Du scheinst dich ja bestens auszukennen«, sagte er voller Staunen. »Sicherlich – wenn Atropin stark verdünnt gegeben wird, beruhigt es. In etwas stärkerer Dosierung regt es das Herz an.«

Gret zuckte mit den Schultern, als wolle sie Ballast abschütteln oder Überflüssiges abwehren. »Und Ihr seid ganz sicher, daß in diesem Wein keinerlei Arsenik ist?« Das war eine Feststellung und keine Frage.

»Ganz sicher. Arsenik kann man nicht auflösen. Es hätte in jeder Flüssigkeit einen Bodensatz bilden müssen. Außerdem riecht es ziemlich stark nach Knoblauch.«

»Seht Ihr, genau das hat mich dazu gebracht, Verdacht zu schöpfen«, murmelte Gret. Sie hob den Kopf und sah den Apotheker mit klarem Blick an. »Ich brauche Eure Analyse dieses Weins schriftlich, Meister Martinus!«

»Das ist ja wunderlich«, der Apotheker schüttelte nachdenklich den Kopf, »heute Mittag hab' ich schon einmal ein Gutachten abgeben müssen – für's Gericht. Ein Röhrchen mit ein wenig Arsenik. Und nun erwähnst du gerade dieses Gift.« Er kratzte sich seinen Lockenkopf und musterte Gret mit kurzsichtigen Blicken. »Aber in deinem Fall ist ein Gutachten wohl überflüssig …«

»Es geht um Mord, Meister Martinus«, sagte Gret unbeirrt.

Er lächelte wohlwollend. »Ich denke mir nur … Na ja, mit dem Wein da kann man niemanden umbringen. Allenfalls könnte dem Opfer davon übel werden.«

»Eben deshalb brauche ich es ja schriftlich«, beharrte Gret. »Und bitte ganz ausführlich und exakt!«

Der Apotheker schüttelte den Kopf. Er verstand nun offenbar gar nichts mehr. »Schön«, sagte er, »wenn du unbedingt dein Geld zum Fenster hinauswerfen willst. Du mußt es ja wissen.«

Er tat, was Gret von ihm verlangte. Sorgfältig spitzte er

eine neue Feder und machte sich ans Schreiben. Ein Weilchen später war Gret um zwei Dickmännchen ärmer, aber sie hatte ein Papier in der Tasche, auf dem wissenschaftlich genau der Inhalt eines Bechers aus dem Haus Farrenschildt beschrieben war, bescheinigt durch den approbierten Apotheker Martinus Molitor.

Der freundliche, redselige junge Mann hatte ihr außerdem sogar noch andere wertvolle Informationen gegeben, ohne es zu wissen: »Wenn das Arsenikfläschchen voll gewesen ist, das ich heute untersucht habe«, hatte er erzählt, »dann müßte derjenige, dem die fehlende Dosis verabreicht wurde, rettungslos verloren sein. Aber der Kerl, dem sie das Fläschchen aus der Tasche gezogen hatten, wußte angeblich gar nicht, wie es da hineingekommen war.« Er hatte bedeutungsvoll die Augenbrauen gehoben. »Spielte den Ahnungslosen. Aber man weiß ja genugsam, wie solche Halunken sich immer verstellen.« Er hatte Gret das Gutachten mit einem Lächeln hingehalten. »Derjenige, der dieses Tränklein gemischt hat, ist jedenfalls kein Mörder.«

»Da wäre ich nicht so sicher«, hatte Gret dem freundlichen Pillendreher geantwortet und ihn damit wieder in Verwirrung gestürzt.

»Du sprichst in Rätseln, Mädchen. Wie ich bereits sagte: Das bißchen Belladonna –«

»Ganz richtig, Meister.« Gret hatte das Gespräch abgebrochen und für ihr Gutachten bezahlt. Dann war sie gegangen, und er hatte ihr kopfschüttelnd nachgeschaut.

Bätes hockte am Fenster, als Gret zu Hause ankam. Seine Augen waren gerötet; er hatte wieder geweint. Aber Gret ging nicht auf seine gedrückte Stimmung ein. Sie fuhr ihm nur flüchtig mit der Hand über sein Strubbelhaar. »Was weißt du noch über Guntram«, fragte sie das Kind, »außer, daß du ihn gut leiden kannst?«

Der Junge schluckte weitere Tränen, die kommen wollten. »Na, er hat eine kleine Kammer in Eichen, über den Ställen. Da schläft er, wenn er nicht gerade arbeitet oder seine Mutter in Junkersdorf besucht.« Er überlegte scharf. »In der Kammer ist nur ein Strohsack. Seine Kleider hält ihm die Mutter in Ordnung. Die ist schon alt, aber nett. Sie hat mir mal 'nen Apfel gegeben.«

Gret bohrte weiter. »Gut. Aber wo bewahrt Guntram seinen Besitz auf? Ich meine – außer Kleidern gehört ihm ja sicher noch mehr.«

Bätes schüttelte den Kopf. »Was er verdient, das gibt er, glaube ich, alles seiner Mutter. Die ist arm und lebt davon.«

Was der Junge ihr von Guntram berichtet hatte, bot keinen Anhaltspunkt. Gret schwieg einen Augenblick. Dann sah sie ihn ernst an. »Hol mir Hans Stellmacher her«, befahl sie ihm, »wir statten Guntrams Mutter einen Besuch ab.«

Bätes begriff, daß es wichtig war. Er rannte davon, daß der Staub in einer Fahne hinter ihm hochwirbelte. Gret nutzte die Zeit, um die notwendigsten Arbeiten zu tun.

Während sie den Schweinen den Trog füllte, redete sie auf die Tiere ein. »Was, Rosa«, sagte sie und tätschelte die Muttersau, »das könntest du nie tun – die ganze Familie umbringen, bloß um an ein Vermögen zu kommen! So was tun nur Menschen – und manchmal die, von denen man es am wenigsten erwartet hätte. Weißt du, Rosa«, sie zupfte das Schwein spielerisch an den Ohren, »wenn das mit dem vergifteten Wein nicht passiert wäre – ich hätte nie herausgekriegt, wer ...« Gret nahm den Futtereimer vom Boden und steckte den Pflock in den Riegel. »Ein gerissener Faden ist immer im Gewebe eines Mordplans. Gott sei Dank, Rosa – ich hab' ihn gefunden!«

Die Sau grunzte sanft und stupste Grets Hand zärtlich mit dem Rüssel an. Sie blinzelte mit ihren hellblauen Augen zu Gret auf, als wolle sie sagen: »Kluges Kind!«

Gret mußte lachen. »Blödes Vieh!« brummte sie und knuffte das Schwein in die Flanke.

Hans betrat mit Bätes den Garten. »Der Junge sagt –«, begann er unsicher.

»Jaja. Es macht dir hoffentlich nichts aus, mich noch einmal nach Junkersdorf zu begleiten«, fiel Gret ihm ins Wort und überspielte ihre eigene Verlegenheit durch einen betont forschen Ton. »Ich könnte natürlich auch allein gehen. Aber wahrscheinlich wird's spät werden, und dann sind die Tore ja schon geschlossen ... und wenn ich im Feld übernachten muß ...«

Sie war immer leiser geworden, immer kleinlauter. Als ihre Worte ganz abrissen, räusperte sich Hans. »Dann sollten wir aber so bald wie möglich losgehen«, meinte er zustimmend und meisterte tapfer sein Herzklopfen.

Junkersdorf war, wie alle Dörfer in der Umgebung Kölns, eine Ansammlung von wenigen niedrigen, dick mit Stroh gedeckten Bauernhäusern. Die meisten von ihnen waren nicht viel geräumiger als Grets Gadem in der Glockengasse, und in dem winzigsten und ärmlichsten von allen wohnte nach Auskunft einer Nachbarin Guntrams Mutter.

Die Frau, die auf Grets Klopfen die verwitterte Tür öffnete, mochte vierzig oder fünfzig Jahre alt sein. Aber sie sah aus wie eine Greisin – obschon man trotz aller Spuren, die ein hartes Leben hinterlassen hatte, ihre frühere ländlich frische Schönheit noch ahnen konnte. Gret verstand, daß ein reicher Edelmann einmal Gefallen an dieser Frau hatte finden können.

»Ja?« Die Frau war erstaunt über den unerwarteten Besuch von Leuten, die ihr nicht bekannt waren.

»Es geht um Euren Sohn, um Guntram«, sagte Gret ohne Umschweife.

Das faltige Gesicht der Frau verriet Besorgnis, gepaart mit Furcht. »Was ist mit ihm?«

»Er soll versucht haben, seine Herrschaft zu ermorden«, erklärte Gret, »und nun sitzt er im Gefängnis.«

»Der Unglücksjunge!« Die Frau schlug fassungslos die Hände vors Gesicht. »Ich wußte, eines Tages würde es sich rächen, daß er sich nicht von der noblen Familie ferngehalten hat«, sprudelte es schmerzlich aus ihr heraus, »immer wieder hab' ich ihm gesagt, du gehörst nicht zu denen – auch wenn der gnädige Herr dich als sein Kind anerkannt hat! Deine Mutter ist bloß eine Bäuerin – vergiß das nie ... Und jetzt«, sie schluchzte auf, »jetzt, wo Eberhard ihn nicht mehr schützen kann ...«

»Ich muß unbedingt mit Euch reden«, sagte Gret, ohne auf den Jammer der Frau einzugehen, »unter vier Augen – wenn's recht ist.«

Guntrams Mutter faßte sich, so gut sie es vermochte. Sie ließ Gret in ihre armselige Behausung eintreten und schloß die Tür. Hans und Bätes warteten draußen.

Nicht lange, dann kam Gret wieder heraus. »So«, sagte sie und drückte der Frau die Hand, »nun werden wir weitersehen. Es tut mir leid, daß ich Euch nichts Besseres sagen kann – aber eins ist sicher: Alles wird kommen, wie es kommen muß!«

»Gebe Gott, daß es beim Prozeß gerecht zugeht«, sagte Guntrams Mutter mit verweinten Augen, »mehr verlange ich nicht.«

Die Sonne hing rund und rot über dem Horizont. Sie waren schnell gegangen und hatten fast die Feldscheune erreicht, in der Hans schon einmal mit Gret übernachtet hatte. Auch heute nacht sollte der Heuberg unter dem tiefgezogenen Dach ihnen wieder Unterschlupf gewähren, bis sie bei Tagesanbruch nach Köln zurückwandern konnten.

Erst jetzt brach Hans das Schweigen. Er fragte Gret, wozu der Besuch bei Guntrams Mutter eigentlich hatte dienen sollen. Aber Gret wich ihm aus. »Ich habe noch eine wichtige Information über Guntram gebraucht, die mir fehlte«, sagte sie geistesabwesend, »aber nun weiß ich, was ich die ganze Zeit wissen wollte und nicht herausfinden konnte. Alles ist geklärt.«

Hans wollte sich nicht mit diesen mageren Auskünften zufriedengeben. »Was ist geklärt, Gret? Immer, wenn du so etwas sagst, bringst du dich im nächsten Augenblick wieder in die gefährlichsten Lagen!«

»Diesmal nicht«, murmelte Gret, »du kannst beruhigt sein. Morgen geh' ich zum Gericht und packe alles aus, was ich weiß.«

»Dem Himmel sei Dank!« Hans' Stoßseufzer kam von Herzen. »Du willst es also endlich, endlich den zuständigen Leuten überlassen, sich um Mörder und andere Verbrecher zu kümmern?«

»Ja.«

»Woher der Sinneswandel? So kenn' ich dich gar nicht ...« Hans war noch immer nicht völlig überzeugt.

»Ich kann in dieser Angelegenheit absolut nichts mehr tun.«

Jetzt blickte Bätes mit angstvollen Augen zu ihr auf. »Aber du hattest mir doch ganz fest versprochen, daß du meine Mutter aus dem Gefängnis befreist – du hattest mir dein Ehrenwort gegeben!«

Gret lächelte vielsagend. Sie fuhr dem Jungen mit gespreizten Fingern durch den Schopf. »Hör auf zu zittern, Hubertus«, sagte sie, und ihre Stimme klang nicht nur tröstend, sondern strahlte Gewißheit aus, »mit etwas Glück und gutem Willen seitens des Gerichts kannst du schon morgen abend deiner Mutter das Leben wieder schwermachen!«

Sie richteten sich alle für die Nacht im Heu ein. In den letzten Tagen war noch mehr von dem duftenden Überfluß an Grüngemähtem eingefahren worden. Genüßlich wühlte Gret sich eine tiefe Mulde zum Schlafen. Bätes hatte sich ganz oben auf dem Heuberg eingegraben; er war schon nach wenigen Augenblicken in einen erschöpften Schlaf gefallen.

Auch Gret überkam jetzt, nachdem sie sich hingelegt hatte, eine bleierne Müdigkeit. Ihre Gedanken, die sich bisher immer um die Farrenschildt-Morde gedreht hatten, waren zur Ruhe gekommen – Gret konnte sich einfach fallenlassen …

Träge ließ sie den Blick zu Hans hinübergleiten, der sich weiter vorn ein Lager hergerichtet hatte und am Eingang der Scheune stand. An einen Pfosten angelehnt betrachtete er die untergehende Sonne. Seine breitschultrige, hochgewachsene Gestalt war nur noch als schwarze, scharfumrissene Silhouette zu erkennen, umstrahlt von Violett, Purpurrot und Gold.

Gret lächelte, schon halb im Traum. Dann fielen ihr die Augen zu.

Als sie erwachte, war es bereits hell. Sie hob den Kopf und stellte fest, daß er auf Hans' Brust gelegen hatte. Verwirrt und schlaftrunken rückte sie von ihm weg. »Was machst du denn hier bei mir?« stammelte sie, »du bist doch nicht etwa die ganze Nacht ...?«

Hans wich ihrem Blick diesmal nicht aus, aber er suchte nach Worten. »Wir hatten ein Gewitter diese Nacht«, sagte er entschuldigend, »und als du dann im Schlaf nach mir gerufen hast, bin ich vom Eingang hierher umgezogen.«

»So. Ein Gewitter. Und ich soll dich gerufen haben ...?«

»Ja, ziemlich laut sogar. Dann hast du dich an mich angekuschelt und ganz ruhig weitergeschlafen.«

Gret sprang auf und zupfte sich die Heuhalme aus dem Haar. »Angekuschelt«, knurrte sie verächtlich, »und dann auch noch bei dir. Ich doch nicht!«

Hans war wieder obenauf. Er lächelte sie an. »Glaub es, oder glaub es nicht, Gretchen – ich bin in deine Nähe gerückt, weil du es so wolltest.«

»Gewitter – von wegen!«

»Gewitter. Donner und Blitz. Und du hast mich im Schlaf gerufen. Weil du dich gefürchtet hast.«

»Ich fürchte mich nie, schon gar nicht bei Gewitter!« Gret schüttelte zornig ihre Röcke aus. »Außerdem – du hättest mich ja wecken können. Aber mir einfach so auf die Pelle zu rücken ...«

Hans stand ebenfalls auf. »Gut«, sagte er friedlich, »das nächste Mal weck' ich dich. Vertragen wir uns wieder?«

Gret drehte ihm schmollend den Rücken zu.

»Frieden?« bat er sanftmütig.

Gret nickte zögernd. Das Herz schlug ihr auf einmal bis zum Hals.

Auf dem Heimweg hatten sie kaum ein Wort miteinander gewechselt. Jeder hatte seinen eigenen Gedanken nachgehangen. Aber Hans' Schweigen war beredt gewesen; Gret fühlte sich gleichzeitig erleichtert und bedrückt, als er sich vor dem Doctorhaus von ihr verabschiedete.

Einen Augenblick schaute sie ihm mit sehnsüchtigen Blicken nach, wie er langbeinig die Gasse hinunterschritt. Dann stauchte sie sich in Gedanken selbst zusammen: Steh nicht untätig herum, alte Jungfer. Du hast weiß Gott Wichtigeres zu tun, als einem Mann nachzustarren, den du ja doch nicht kriegen kannst.

Bätes versorgte unaufgefordert das Vieh und den Garten, während Gret sich wusch, die Haare neu ordnete und ihr bestes Kleid anzog. Dann nahm sie die Tagebuchaufzeichnungen, die Briefe und all die Dinge, die sie als Indizien gesammelt hatte, steckte sie in ihre weite Rocktasche und ging zum Rathaus.

Der Amtsdiener am Portal musterte sie vom Scheitel bis zu den Schuhen. »Das Gericht ist in Sitzung«, sagte er barsch, »Waren- und Geldfälscherei. Bist du als Zeugin geladen?«

»Nein«, Gret richtete sich sehr gerade auf und sah dem Amtsdiener fest in die Augen, »aber trotzdem muß ich unbedingt mit einem der Herren vom Gericht sprechen, wenn auch in einer ganz anderen Angelegenheit.«

»Was für eine?« Der Amtsdiener klang nicht mehr ganz so bärbeißig.

»Es handelt sich um den Mordversuch im Haus Farrenschildt«, antwortete Gret knapp und klar.

»Da bist du hier sowieso falsch«, brummte der Amtsdiener, »dieser Guntram ist schon an den Greven weitergeleitet worden. Wegen hinreichender Indizien.«

»Und wo kann ich um diese Zeit den Greven finden?« Gret

ließ sich nicht so einfach abwimmeln. Sie würde nicht ohne erschöpfende Auskunft von hier fortgehen – das zeigte sie dem Amtsdiener durch einen fordernden Blick.

»Der hält sich wahrscheinlich jetzt in der Hacht auf«, sagte der Zerberus und kehrte zur Verteidigung seine amtliche Würde heraus. »Soweit ich weiß, gibt es heute morgen eine Hinrichtung. Und da ist der Greve erst am Nachmittag wieder zu sprechen, wenn überhaupt.«

»So lange kann ich nicht warten«, sagte Gret aufgeregt. Sie verlor viel von ihrer resoluten Haltung. »Was meint Ihr, ob ich nicht doch mal zwischendurch –«

Jetzt gewann der Amtsdiener wieder Oberwasser. »Liebes Kind«, donnerte er ihr in die Rede, »hier geht alles seinen Gang, bei uns in Köln herrscht Ordnung! Geh nach Haus und warte, bis du dran bist. Da könnte ja jeder ...«

Aber Gret rannte bereits los – den Alter Markt entlang, Richtung Domhof. Den Rest der Belehrungen des Amtsdieners konnte sie nicht mehr hören.

Die Zeremonie am Blauen Stein war in vollem Gange. Dicht gedrängt standen die Zuschauer, um den Delinquenten zu sehen. Als Gret sich mit Hilfe ihrer Ellbogen gewaltsam einen Weg durch die Menge nach vorn bahnte, erkannte sie sofort Pierangelo Contini. Der Italiener stand bleich und übernächtigt da, eingerahmt von zwei Gewaltrichterboten. Ihm war gerade das Urteil verlesen worden. Gret bekam noch mit, wie der Gerichtsschreiber salbungsvoll die letzten Worte intonierte: »... wegen erwiesener Missetat mit dem Strick vom Leben zum Tode gebracht werden sollst. Der Herr sei deiner armen Seele gnädig.«

Der Greve, der in seiner schwarzen Amtsrobe mit den Schöffen auf dem erhöhten Podium vor dem Blauen Stein gesessen hatte, erhob sich würdevoll. »Hast du noch einen letzten Wunsch?« stellte er dem Verurteilten die obligate Frage.

Pierangelo Contini schüttelte müde den Kopf. Doch dann besann er sich anders. »Ich möchte noch eine Canzone spielen«, sagte er leise, »eine letzte Mal – wenn belieben ...«

Gret bewunderte die ruhige Gelassenheit des Musikers. Der Greve gewährte seine Bitte mit einem Kopfnicken. Ein Gerichtsdiener brachte die Laute, und Pierangelo Contini wurden die Handfesseln abgenommen. Er sah sich um ... Gret hielt den Atem an. Was hatte der Spitzbube vor? Eine Flucht konnte kaum gelingen – selbst ohne Fesseln ...

Aber der Italiener stimmte nur das Instrument. Dann begann er zu spielen. Völlige Stille herrschte auf einmal auf dem Platz vor dem Blauen Stein. Alles lauschte bezaubert der wunderschönen, noch nie gehörten Melodie, die Contini seiner Laute entlockte. Greve und Schöffen waren am meisten gefesselt von seinem Spiel; Gret erkannte es an den genießerischen Mienen der würdigen Gerichtsherren.

Nachdem der letzte Ton verklungen war, zögerte der Greve einen langen Augenblick, ehe er dem Henker das Zeichen gab, mit der Zeremonie fortzufahren. Endlich hob er langsam die Hand. Der Scharfrichter – ganz in Rot – nahm dem Italiener die Laute ab und schob ihn vor den mannshohen Block aus blaugrauem Basalt. Dreimal stieß er den Verurteilten mit den Schultern dagegen, während er laut den traditionellen Spruch ausrief, den alle Todeskandidaten zu hören bekamen: »Wir stoßen dich an den Blauen Stein, du kommst deinem Vatter und deiner Mutter nit mehr heim!«

Damit endete üblicherweise die Zeremonie. Der Greve hob den dünnen weißen Stab, um ihn über dem Kopf des

Verurteilten zu zerbrechen ... einer der Schöffen flüsterte dem Greven etwas ins Ohr ... und Gret kam auf einmal ein ungeheuer wichtiger Einfall ...

Sie durfte keinen Augenblick warten, auch wenn sie anschließend wegen ungebührlichen Betragens selbst in Schwierigkeiten kam. Rücksichtslos boxte sie sich durch die noch vor ihr stehenden Zuschauer und rannte einfach zu der Gruppe der würdigen Herren in Schwarz hinüber. Sie packte den Gewaltrichter am Ärmel seiner Robe und hielt ihm den Arm fest. »Euer Gnaden«, keuchte sie mit unterdrückter Aufregung, »diese Hinrichtung muß unbedingt und sofort unterbrochen werden! Bitte, nur ein klein wenig von Eurer kostbaren Zeit! Dann könnt Ihr ein schweres Fehlurteil verhindern!«

Der Greve schnappte nach Luft wie ein Fisch auf dem Trockenen. So eine Störung war ihm in seiner Amtszeit noch nie zugemutet worden – das konnte Gret an seinem empörten Gesichtsausdruck ablesen. Erst einmal fehlten ihm die Worte.

Zwei Gerichtsdiener liefen herüber und packten Gret an den Ellbogen. Sie wollten sie einfach vom Platz schleifen. Aber Gret wehrte sich, während aus der Zuschauermenge wütende Rufe schallten: »Sowat hat die Welt noch nit jesehen – hier die Vorstellung zu behindern! Schmeißt dat Weib doch raus!«

Gret sperrte sich wütend gegen die Amtsdiener. »Bitte, Euer Gnaden«, bettelte sie, »nur einen Augenblick Aufschub! Ich kann wirklich alles erklären, wenn ich nur darf!«

Der eine Schöffe, ein schon alter Herr mit einem weißen Bart, flüsterte dem Gewaltrichter erneut ins Ohr. Die anderen Schöffen nickten zustimmend; sie schienen zu wissen, was er gesagt hatte. »Also gut«, sagte der Greve und setzte eine strenge Miene auf, »was ist so wichtig? Fasse dich kurz, wir müssen schließlich unseres Amtes walten!«

»Dieser Italiener ist ein wichtiger Zeuge in einem anderen Prozeß, den Ihr noch zu führen habt«, flüsterte Gret dem Gewaltrichter zu, »Ihr wißt ja, der Prozeß um den Mordversuch im Haus Farrenschildt und um die anderen Morde, die in diesem Haus noch verübt worden sind ...«

Die Herren vom Hochgericht rissen die Augen auf. Dann meldete sich der Schöffe mit dem weißen Bart zu Wort. »Herr von der Arken«, sagte er zum Greven, »heute nachmittag soll im Fall Guntram noch einmal der Tatbestand resümiert werden, vielleicht mit peinlicher Befragung des Angeklagten. Die Beweise, die die Klägerin angeführt hat, scheinen mir persönlich etwas mager zu sein.«

»Meint Ihr, Doctor Rink?« Der Greve sah auch die anderen Schöffen an. »Nun ja – jeder weitere Zeuge, jeder weitere Beweis wäre höchst willkommen. Alles, was Licht in die Sache bringen kann ...«

»Zumal Farrenschildt Edelbürger der Stadt gewesen ist«, fügte der Weißbart hinzu, »mit vielen wichtigen Verbindungen.«

»Ihr habt natürlich recht, Doctor Rink«, sagte der Greve, »sein Erbe wird es zu schätzen wissen, daß Mord und Mordversuch ordentlich aufgeklärt werden.« Er hob den Arm. »Die Hinrichtung ist bis auf weiteres vertagt«, rief er einem Amtsdiener zu, »Scharfrichter und Bütteln ist folgendes zu bestellen: Der Verurteilte kommt zurück in die Hacht. Es haben sich unvorhergesehene Hindernisse ergeben!«

Der Diener führte seinen Auftrag aus. Denn es war dem Greven ja nicht gestattet, mit dem Scharfrichter persönlich zu sprechen.

Der Schinderkarren, der den armen Sünder zum Richtplatz hatte fahren sollen, polterte davon. Pierangelo Contini wurde abgeführt. Die Büttel räumten den Platz.

Sobald es nichts mehr zu sehen gab, zerstreuten sich auch die Zuschauer. Die meisten schimpften darüber, daß ihnen das Schauspiel des Todes diesmal entgangen war, aber Gret triumphierte.

Die nächsten zwei Stunden verbrachte sie im privaten Gespräch mit Doctor Rink als dem dienstältesten Schöffen und dem Greven. Und als sie die Amtsstube im Gerichtsgebäude wieder verließ, damit die Gerichtsherren eine wohlverdiente Pause machen und zu Mittag essen konnten, da wußte sie, daß alles sich nach Wunsch gewendet hatte. Der Greve hatte ihr sogar erlaubt, sich nach Gutdünken in die anstehende Verhandlung einzuschalten, die am Nachmittag stattfinden würde.

Sie war auf drei Uhr angesetzt, und alle notwendigen Vorkehrungen waren getroffen worden. Mehrere Boten waren in der Stadt unterwegs, um Vorladungen für die Verhandlung zu übergeben, und die Klocken hatten Auftrag erhalten, so schnell wie möglich eine Verhaftung durchzuführen. Außerdem hatte der Greve einen Stadtknecht und einen Priester nach Eichen und einen weiteren Stadtknecht mit der Fähre nach Deutz geschickt.

Gret wanderte langsam zum Alter Markt. Sie würde sich dort eine Kleinigkeit zu essen kaufen, ganz ruhig bleiben und abwarten, bis das Schöffenkollegium unter Vorsitz des Greven wieder zusammentrat. Nachdenklich spazierte sie zwischen den Buden umher. Von einem der Garküchenstände, die um diese Zeit einen Imbiß für Marktkunden und Verkäufer anboten, wehte verführerisch der Duft frischgebackener Speckpfannkuchen herüber. Gret folgte ihrer Nase. Sie erstand ein schönes, dickes, knuspriges Exemplar und zog sich damit auf eine leere Gemüsekiste zurück, die neben einem Bauernstand zum Sitzen einlud.

Gerade hatte sie zum ersten Mal abgebissen, als jemand ihr von hinten auf die Schulter tippte. Sie drehte sich überrascht um. Agrippa stand da und schaute sie erwartungsvoll an. »Hast du neue Ergebnisse?« wollte er wissen. »Der Erpresserbrief ist gestern ins Haus Farrenschildt gebracht worden – das hat dir ja der Junge erzählt. Und eigentlich müßte der Mörder schon etwas deswegen unternommen haben.«

»Ach so, der Brief«, Gret schluckte den Bissen und räusperte sich, »den können wir vergessen. Es ist inzwischen viel geschehen … der Brief ist nicht mehr wichtig.«

»Wieso? Gibt es etwas, was ich noch nicht weiß?« Agrippas Blick wurde forschend und gespannt.

Gret erzählte Heinrich Cornelius in wenigen Worten von dem Giftanschlag auf Bernhild von Eichen, der Verhaftung Guntrams und ihrem Besuch bei Guntrams Mutter. Als sie fertig war, pfiff Agrippa nur durch die Zähne. Er war sprachlos – ungewöhnlich für einen Menschen von seiner Beredsamkeit.

»Ich war blind und taub«, setzte Gret hinzu, »von Anfang an habe ich mich von meinen Vorurteilen leiten lassen und deshalb Dinge übersehen, die für einen unvoreingenommenen Betrachter offensichtlich gewesen wären. Ich habe mich selbst an der Nase herumgeführt. Agrippa, ich war noch viel dümmer als die anderen, die gar nichts gemerkt haben! Denn ich hatte ja erkannt, daß an den ›Unfällen‹ etwas faul war!«

»Und wer steckt denn nun dahinter?«

Gret sagte es ihm. »Ich war beim Greven und habe ihm alle Beweismittel vorgelegt. Heute nachmittag, bei der Verhandlung gegen Guntram, wird man darauf zu sprechen kommen. Wenn du Lust hast, finde dich im Gerichtssaal ein – du hast ja Zutritt! Wahrscheinlich wirst du eine sehr spannende Verhandlung erleben!«

»Und Gertrud? Ist sie damit auch außer Gefahr?« Agrippa konnte es immer noch nicht fassen, daß sich der unentwirrbare Knoten so leicht hatte lösen lassen.

»Selbstverständlich. In den Aufzeichnungen, die ich gefunden habe, ist der Mord an dem Kind eindeutig erwähnt. Es geht auch daraus hervor, daß Gertrud nichts damit zu tun hatte.« Gret lächelte und wurde plötzlich wieder ernst. »Von nun an werde ich nichts mehr für unmöglich halten«, sagte sie, »und ich werde keinen Menschen mehr für schuldig oder unschuldig halten, bloß weil er diesen Eindruck erweckt oder weil seine Schuld oder Unschuld mir wahrscheinlich oder unwahrscheinlich vorkommt.«

»Ja«, sagte Agrippa, »diese Lektion haben wir wohl beide gründlich gelernt.«

Er holte sich ebenfalls eine kleine Mahlzeit und setzte sich zu Gret. Als die Glocke drei schlug, machten sie sich gemeinsam auf den Weg zum Gericht.

Im Nebenzimmer des Gerichtssaals warteten bereits Matheis, der Uhrmacher, Hans Stellmacher, Bätes und zwei Mägde aus dem Haus am Perlenpfuhl nebst der Köchin, die ganz außer sich war und händeringend im Raum auf und ab ging. »Was wir hier sollen, weiß ich auch nicht«, zeterte sie auf die ängstliche Frage einer der Mägde, »wir haben doch mit dem Gift in dem Becher von der Gnädigen gar nichts zu tun!«

Matheis konnte sich ebenfalls nicht erklären, warum er vorgeladen worden war. Aber Gret beruhigte ihn. »Du sollst lediglich eine Aussage machen«, erklärte sie, »antworte einfach auf die Frage der Schöffen – mehr wird nicht verlangt.«

Der Korridor vor dem Nebenzimmer belebte sich. Gret öffnete die Tür einen Spalt weit. Gerade wurde Frau Bernhild in einem Tragesessel in den Gerichtssaal gebracht; sie war ganz in Schwarz – dieser Farbe, die ihre bleiche Schönheit so zerbrechlich wirken ließ und das Gold ihrer Haarpracht so wirkungsvoll unterstrich. Ihrer Sänfte folgten mindestens zehn Amtsdiener. Offenbar hatte der Greve jedem, der nicht mit Unaufschiebbarem beschäftigt war, die Anwesenheit bei der außerordentlichen Sitzung erlaubt.

Gret wandte sich zu den Vorgeladenen. »Ich muß jetzt in den Saal«, sagte sie, »ihr werdet aufgerufen, wenn ihr aussagen sollt.«

Sie betrat mit dem letzten der Amtsdiener, einem massigen Kerl mit einem mächtigen Bart, den Gerichtssaal. Sie ließ sich hinter ihm auf einer der schmalen Bänke nieder, die ringsherum an den Wänden aufgestellt waren, und versteckte sich hinter dem breiten Rücken des Mannes. Auf diese Weise konnte Bernhild, die sich gegenüber auf einen kissengepolsterten Stuhl gesetzt hatte, sie nicht sehen.

In langsamer, würdevoller Prozession näherten sich Greve, Schöffen und Gerichtsschreiber. Der Schreiber besetzte sein Pult und ordnete umständlich seine Utensilien, während Greve und Schöffen ihre Plätze auf den schön geschnitzten Bänken einnahmen, die im Geviert den Mittelpunkt des Saales bildeten.

Der Angeklagte wurde vorgeführt. Zwei Wärter aus der Hacht brachten Guntram in den Saal. Seine Hand- und Fußketten klirrten rhythmisch, als er zwischen den beiden Wärtern in das Viereck der Schöffenbänke trat.

Gret erschreckte der Anblick des Stallmeisters, den sie als kraftvollen, selbstbewußten jungen Mann in Erinnerung hatte. Aber der Mensch, der jetzt vor den Herren des Hohen Gerichts stand, machte einen bemitleidenswerten Eindruck. Hohläugig, stoppelbärtig und mit hängenden Schultern stand Guntram da; offenbar war er viele Stunden, vielleicht sogar die ganze Nacht über verhört worden. Mut und Kraft schienen ihn verlassen zu haben; er schaute nur mit müden, dunkel umschatteten Augen zu Bernhild hinüber, die ihn keines Blickes würdigte.

Ein Amtsdiener läutete die Bronzeglocke, zum Zeichen, daß alles bereit war. Der Greve eröffnete die Verhandlung: »Zu Beginn der Sitzung des Hohen Gerichts wünsche ich, daß die Parteien schriftlich ihre Anwesenheit bescheinigen«, sagte er mit tönender Stimme. »Frau Bernhild von Eichen, ich bitte Euch zum Protokollführer.«

Frau Bernhild machte ein verwundertes Gesicht. Aber sie kam der Aufforderung nach, erhob sich graziös und trat an das Pult des Schreibers heran. Die Blicke aller Männer im Raum folgten bewundernd ihrer zierlichen, schwarzgekleideten Gestalt.

Der Schreiber reichte ihr eine Feder. »Ich, Bernhild von Eichen«, diktierte er mit überdeutlicher, klar betonter Aussprache, »bekunde meine Anwesenheit durch Unterschrift ...«

»Aber ...« wollte Bernhild sich beschweren.

»Habt Ihr?« fragte der Greve streng.

»Den Anordnungen des Gerichts ist Folge zu leisten«, fügte der Schreiber hinzu.

Bernhild schrieb zornig und schwungvoll den kurzen Satz auf das bereitliegende Blatt Papier und setzte ihren Namen darunter. Dann verfügte sie sich auf Weisung des Greven wieder auf ihren Platz.

»Nun der Angeklagte«, befahl der Älteste der Schöffen, der weißbärtige Doctor Rink, »damit es seine Ordnung hat.«

Guntram blieb im Geviert stehen und sah den Greven verständnislos an.

»Hast du nicht gehört?« wollte der Greve wissen.

»Doch.« Nun bewegte sich Guntram mühsam zum Pult des Schreibers hinüber und ließ sich die Feder in die Hand geben. »Den gleichen Satz, wenn ich bitten darf«, sagte der Schreiber gedehnt, »ich, Guntram aus Junkersdorf ...«

Guntram stand da, die Feder ungeschickt zwischen die Finger geklemmt, und starrte zu den Schöffenbänken hinüber. »Die Herren müssen wissen«, murmelte er zögernd, »daß ich diese Forderung nicht erfüllen kann. In meinem Fall wird ein Zeichen genügen müssen – weil ich es nie gelernt habe, zu lesen oder zu schreiben ...«

»Schreib«, donnerte der alte Doctor Rink, »oder wir zwingen dich dazu!«

Guntram richtete sich auf. Gret sah, wie er die Kiefer zusammenpreßte und wie an seiner Schläfe plötzlich eine Ader zu pochen begann. »Und wenn Ihr mir das Fell in Streifen herunterziehen laßt«, sagte er voll tiefer Empörung, »der Forderung kann ich nicht nachkommen! Ich bin nur ein einfacher Mann – das ist schließlich keine Schande! Warum demütigt man mich so?«

Doctor Rink strich sich den Bart und schwieg einen Augenblick. Dann nickte er wie zur Bestätigung seiner eigenen Gedanken. »Gut. Mach also dein Zeichen. Wir wissen ohnehin aus sicherer Quelle, daß du tatsächlich des Schreibens unkundig bist.«

Guntram schüttelte den Kopf. »Wenn Ihr es wußtet, warum habt Ihr dann ...« Er brach verwirrt ab. Dann malte er mit ungelenker Hand ein Kreuz, dessen senkrechte Balkenenden er links durch einen flachen Bogen verband.

»Tritt wieder vor die Schranken«, sagte der Greve. »Wir wollen nun noch hören, was zur Verhandlung vorliegt – und zwar aus dem Mund der Klägerin.«

Unaufgefordert erhob sich Bernhild von ihrem mit Kissen bequem ausgestatteten Sitzplatz. »Dieser Verbrecher hat versucht, mich zu vergiften«, sagte sie mit schneidender, eiskalter Stimme, »ich fordere, daß er gebührend bestraft wird.«

Alle schwiegen. In die tiefe Stille hinein klangen Guntrams schwere Atemzüge. Er war noch bleicher geworden. »Bernhild«, sagte er und heftete seinen Blick auf die zierliche Gestalt in Schwarz, »wie kannst du das glauben! Ich liebe dich ja! Niemals würde ich –«

»Ruhe«, befahl der Greve hart, »ich hatte noch niemandem das Wort erteilt! Setzt Euch, Frau Bernhild, und übt Euch im Schweigen, bis Ihr zum Reden aufgefordert werdet!«

Bernhild schleuderte dem Vorsitzenden des Hohen Gerichts einen wütenden, beleidigten Blick zu. Dann zog sie einen Schmollmund und nahm mit steifer Würde wieder Platz.

Gret wußte, was nun kommen würde. Sie stand auf.

Das Blatt, das Bernhild von Eichen vor Zeugen beschrieben und mit ihrer Unterschrift versehen hatte, machte die Runde im Schöffenkollegium. Der Greve hatte eben die Papiere und anderen Gegenstände, die Gret ihm ausgeliefert hatte, offen vor sich auf den Tisch gelegt. Und jetzt sagte er: »Ich bitte die Klägerin, ihre Beschuldigung vorzubringen, und erteile ihr das Wort!«

Gret trat aus der Deckung hervor, die ihr der vierschrötige Amtsdiener mit seinem breiten Rücken geboten hatte, und ging unerschrocken zu den Schöffenbänken hinüber. Gleichzeitig stand Bernhild von Eichen erneut auf und öffnete den Mund, um ihre Worte von vorhin zu wiederholen.

Als sie Gret sah, versagte ihr die Stimme. Statt dessen hallten Grets Worte laut und klar durch den Saal: »Niemand hat versucht, Euch umzubringen, Frau Bernhild! Aber ich kann beweisen, daß Euer Mann, Euer Schwager und Eure Schwägerin, Euer Neffe und Euer neugeborenes Kind ermordet worden sind!«

»Die –« schrie Bernhild, »was macht diese ... diese Magd hier? Was hat die bei diesem Prozeß zu suchen? Ich verlange, daß sie sofort aus dem Saal entfernt wird!«

Der Greve blieb gelassen. »Was habt Ihr zu der Bemerkung der Magd zu sagen?« fragte er Bernhild. »Das würde uns alle interessieren.«

Die junge Frau in Schwarz hatte sich erstaunlich schnell wieder in der Gewalt. »Ja – all diese lieben Mitglieder meiner Familie sind gestorben«, flüsterte sie und senkte theatralisch den schönen, goldblonden Kopf. Dann richtete sie sich wieder auf. Aus ihren Augen strömten plötzlich Tränen und rannen in dekorativen, glitzernden Bächen ihre schmalen Wangen hinab. »Aber wenn diese elende Dienstmagd behauptet, sie seien ermordet worden«, fuhr sie mit erhobener Stimme fort, »dann lügt sie – oder sie ist wahnsinnig!«

»Aber Euer Söhnchen, Frau Bernhild«, warf Doctor Rink ein, »das ist doch getötet worden, nicht wahr? Ihr selbst habt das ausgesagt und die Hebamme des Mordes beschuldigt. Ist es nicht so?«

Bernhild wandte ihr tränennasses Gesicht dem Greven zu. »Ja. Die einzige Ausnahme«, sagte sie mit einer Stimme, die schwach und hilfeheischend klang, »aber die anderen – die hat mir die Hand Gottes genommen, Herr van der Arken. Das schwöre ich!«

Der Greve blieb unbeeindruckt. »Wie dem auch sei«, meinte er, »die Hebamme steht uns ja zur Verfügung. Sie sollte dem weiteren Verlauf des Verfahrens folgen können und sich vielleicht ebenfalls äußern.« Er gab dem an der Tür stehenden Diener einen Wink. »Vielleicht kann sie uns interessante Hinweise geben, wer weiß?«

Gertrud wurde hereingeführt. Sie war blaß und wirkte verwirrt und verängstigt. Aber als sie Gret vorn stehen sah, hellte sich ihr Gesicht auf, und sie setzte sich beruhigt auf eine der Zuschauerbänke.

Bernhild vergoß weitere Tränen. »Ihr Herren«, schluchzte sie mit einem mitleidssuchenden Blick auf die Schöffen, »ich dachte, es geht um den schrecklichen Mordanschlag, den dieser Verbrecher –«, sie deutete mit ausgestrecktem Arm auf Guntram, »gegen mich geplant hatte! Dank Gottes Hilfe bin ich gerettet worden, obwohl ich –«

»Frau Bernhild«, unterbrach der alte Doctor Rink unwillig ihre tränenreichen Ausführungen, »als das Kind tödlich verletzt wurde, da war Gret Grundlin im Nebenzimmer. Und die Hebamme hielt sich in der Küche auf. Wußtet Ihr das?«

»Nein.« Bernhilds Miene verriet nichts, aber sie warf Gret einen unheildrohenden Blick zu.

»Als die Hebamme das Kind wenig später aus Eurem Zimmer holen wollte, lag es bereits im Sterben«, fuhr Doctor Rink fort. »Nach Aussage der Gret Grundlin hat sich aber während der Zeit, in der dem Kind die tödliche Verletzung beigebracht wurde, niemand in seiner Nähe aufgehalten – Euch selbst ausgenommen. Was sagt Ihr dazu?«

Bernhild stand steif wie eine Bildsäule. Sie starrte den Schöffenältesten hochmütig an. Dann machte sie eine geringschätzige Handbewegung. »Was soll ich dazu sagen«, spuckte sie, »Gertrud wird dem Kind die Nadel in den Kopf gestoßen haben, als ich schlief.« Sie wandte sich mit zorniger, beleidigter Miene an den Greven: »Wer steht hier eigentlich vor Gericht – der Mörder dort oder ich?«

Der Greve begegnete Bernhilds Blick mit der ganzen Würde und Macht seines Amtes. »Ein komplizierter Fall ist aufzuklären«, sagte er streng, »und die Fragen stellt das Schöffenkollegium. Richtet Euch danach, trotz Eurer Jugend und Eures Standes!«

Ein Bote kam eilig herein. Er näherte sich dem Gewaltrichter, flüsterte ihm etwas zu und übergab ihm mehrere Papiere und einen kleinen, in ein Tuch eingewickelten Gegenstand. Der Greve nickte und sandte den Diener mit einem gemurmelten Befehl wieder aus dem Raum. Dann rollte er das Tuch von dem Päckchen ab und hielt Bernhild seinen Inhalt entgegen. Es war eine der Sprungnadeln.

»Kennt Ihr dieses Gerät?«

»Nein.« Bernhild schüttelte den Kopf. Ihr blasses Gesicht drückte Verwirrung aus, die sich plötzlich und unvermittelt in tiefen Schmerz verwandelte. Bernhilds Hand fuhr zum Herzen, preßte sich dann auf die Augen. »Warum peinigt Ihr mich so«, weinte sie und zeigte den Schöffen ein Antlitz, das von neuen Tränenströmen überflutet wurde. »Ich bin so geschwächt von Trauer über den Verlust meines Kindes und meiner Verwandten, die ich alle liebte – Ihr aber tut nichts in meiner Sache! Man hat versucht, mich zu ermorden, und dort steht der Täter vor Euren Augen! Ich will, daß er an den Galgen kommt – wohin er gehört!«

Auch diese deutliche Zurschaustellung von Seelenschmerz erweichte den Greven nicht. Er brachte Bernhild mit einem kühlen Blick zum Schweigen. Ein Wink, und die Tür öffnete sich ein weiteres Mal. Von zwei Bütteln hereingeführt, betrat in Handfesseln Domenico Calvertin den Gerichtssaal.

Gret sah, daß es in Bernhilds Gesicht zuckte. Aber die junge Witwe fing sich schnell, und ihre Miene verlor den Ausdruck der Unsicherheit.

»Kennt Ihr diesen Mann?« fragte der Greve.

Bernhild gab keine Antwort. Sie schüttelte nur den zierlichen Kopf.

»Und du kennst diese Frau selbstverständlich auch nicht«, erging die nüchterne Feststellung an den Italiener.

»No, certamente no«, stieß Calvertin verächtlich hervor, »ich bin hier eingesperrt ingiustamente – zu Unrecht!«

»Nun ja. Eine andere Antwort war wohl nicht zu erwarten«, sagte Doctor Rink, »suchen wir also die Wahrheit anderswo.«

Grets Zeugen wurden eingelassen. Der Greve winkte Matheis zu sich. »Habt Ihr denn dies Instrument schon einmal gesehen?« fragte er den Mechaniker und deutete auf die vor ihm liegende Sprungnadel.

»Ja, sicher«, Matheis lächelte stolz, »ich habe es ja selbst gebaut! Genaugenommen gibt es zwei davon. Es sind Lederlocher, aus meiner Werkstatt und von meiner eigenen Hand!«

»Und in wessen Auftrag habt Ihr die sonderbaren Maschinen angefertigt?« wollte Doctor Rink wissen.

»Na, das zweite hat Gret Grundlin bestellt«, Matheis lächelte Gret an, »und dieses hier, das erste«, er tippte mit dem Finger darauf, »das hab' ich für einen ausländischen Taschenmacher entworfen und nach seinen Wünschen gebaut. Nanu –«, er schien Domenico Calvertin erst jetzt zu entdecken, »da steht er ja!«

Der Greve sah die Schöffen vielsagend an. Er ließ die Köchin und die beiden Mägde nach vorn bitten. »Da irrst du dich aber, Matheis«, sagte die Köchin mit einem Seitenblick auf Calvertin, »Hochwürden ist kein Taschenmacher – Hochwürden ist Mönch! Er hat doch Pater Laurentius ein paarmal als Beichtvater bei der gnädigen Frau vertreten! Mich wundert nur, daß er heute keine Kutte trägt ...«

»Nein, nein«, die eine Magd musterte den Italiener ebenfalls. »Ich weiß genau, das ist der welsche Doctor, der neulich bei uns im Haus war ... an dem Tag, bevor der junge Herr Wolfrat verunglückte ...«

Der Greve schwieg noch immer.

»Ich komme nicht mit«, seufzte der Gerichtsdiener, »das geht mir alles viel zu schnell!«

»Nur Stichworte, lieber Bertram«, beruhigte ihn Doctor Rink, »ein ausführliches Protokoll kann später noch verfaßt werden.«

Wenn Bernhild von Eichen für einen kurzen Augenblick ihre Fassung verloren hatte, dann war davon jetzt nichts mehr zu spüren. »Diesen Mann habe ich mein Lebtag noch nie gesehen«, sagte sie kalt, »was sollte ich auch mit einem Taschenmacher zu schaffen haben? Daß er einer ist, beweist ja wohl das Gerät zur Lederbearbeitung, das er sich bei diesem Mann hat machen lassen.« Sie reckte sich. »Und die Aussagen meiner Dienstboten sind albern.«

Sekundenlang war es völlig still im Saal. Bernhild sah sich in der Runde um. Plötzlich brach sie in schrilles Lachen aus. »Was soll dieses Possenspiel«, schrie sie, »dort steht ein Mörder, den es abzuurteilen gilt – und Ihr führt mir lauter Domestiken vor, die dummes Zeug reden!«

In einer leidenschaftlich anklagenden Geste reckte sie den Arm gegen Guntram, der wie versteinert in der Mitte des Gevierts stand und dem Lauf der Verhandlung anscheinend kaum noch zu folgen vermochte. Etwas rutschte aus Bernhilds weitem Ärmel, fiel auf die Bodenfliesen und zerschellte klirrend. Starker Zwiebelgeruch breitete sich aus.

»Ein sonderbares Duftwasser, das Ihr da bei Euch tragt«, bemerkte Doctor Rink trocken. »Ihr würdet sicher weniger heftig weinen, wenn Ihr darauf verzichtet.«

»Ja, weiß Gott«, sagte der Greve, »wir haben nun genügend falsche Tränen gesehen und wollen der Posse ein Ende bereiten.«

Gret wurde an zwei Gelegenheiten erinnert, bei denen es ebenfalls stark nach Zwiebeln gerochen hatte. Sie schaute in neuem Entsetzen zu dem jungen, wunderschönen Mädchen in Schwarz hinüber, das wie ein Engel aussah und dennoch ohne alle Gefühle sein mußte …

»Frau Bernhild«, setzte der Greve die Befragung fort, »diese Briefe waren an Domenico Calvertin gerichtet – den Mönch oder Arzt oder Taschenmacher, den Ihr nicht zu kennen vorgebt.« Er hielt die beiden Handschreiben hoch, die Gret ihm am Vormittag übergeben hatte. »Eure Boten wußten nicht, wer diese Briefe geschrieben hatte – aber wir wissen es nun. Ihr habt etwas bei dem Italiener bestellt. Wollt Ihr uns nicht sagen, was es war?«

Bernhild erwiderte den strengen Blick des Greven mit

anmaßendem Hochmut. »Es wird eine Tasche gewesen sein, Hohes Gericht. Ich kann mich wirklich nicht erinnern.«

Zwei Männer schleppten die Kiste herein, die Gret in der Kammer des Italieners gesehen hatte. Obenauf lag der dicke Band mit dem Hohlraum. Der Greve nahm ihn in die Hand und hob ihn hoch. »War es nicht vielmehr dieses Buch – und darin ein tödliches Fläschchen zum Füllen des mörderischen Instruments, das Ihr angeblich noch nie gesehen habt?«

Matheis riß die Augen auf und starrte voller Entsetzen die Sprungnadel an, die er mit soviel Kunstfertigkeit gebaut hatte. Sein Mund öffnete sich, aber er brachte kein Wort heraus. Bernhild lachte von neuem. Der Klang ihres hellen Jungmädchenlachens brachte Gret zum Schaudern.

In diesem Augenblick betrat Rabbi Jehuda gemessenen Schrittes den Gerichtssaal und näherte sich dem Geviert. »Habe ich die Erlaubnis zu sprechen?« fragte er mit ernster Gelassenheit.

Doctor Rink nahm die Zustimmung des Greven und der anderen Schöffen vorweg. »Wir sind gespannt auf Euer Gutachten«, sagte er und neigte sich dem alten Gelehrten entgegen.

»Mit Vorsicht habe ich einen Blick auf das Tier geworfen, das sich in diesem Behältnis befindet«, sagte Jehuda Ben Israel. »Es ist ohne jeden Zweifel eine Naja – eine Schlangenart, die auch Kobra genannt wird. Ihr Gift ist tödlich. Wen sie beißt, der ist rettungslos verloren.«

Bernhild schüttelte sich, als sei ihr plötzlich kalt. Sie zeigte dem Greven ein Antlitz voller Haß und Empörung. »Nimmt das kein Ende?« zischte sie. »Jetzt taucht auch noch ein alter Jude auf und faselt etwas von giftigen Schlangen! Er soll sein Gift für sich behalten. Ich verlange, daß dieser jüdische Abschaum aus dem Saal geschafft wird – einen so widerwärtigen Anblick wie einen Juden muß ich mir nicht gefallen lassen!«

Diese abgrundtiefe Beleidigung gegen Rabbi Jehuda traf Gret so sehr, daß sie die Worte wie Ohrfeigen empfand. Erschrocken richtete sie den Blick auf den alten Gelehrten. Aber Gottvater lächelte. »Mit Eurer gütigen Erlaubnis möchte ich mich jetzt nach Abgabe meines Gutachtens tatsächlich entfernen«, bat er den Greven gelassen, »offen gestanden – ich fühle mich in Gegenwart dieser ... Frau ... selbst nicht sehr wohl.«

Der Greve war erzürnt und verlegen. »Nein, bleibt«, forderte er, »es geht nicht an, daß diese Frau, wie Ihr sie nennt, den Gang der Verhandlung bestimmt – oder, welche Personen hier zugelassen sind und welche nicht.« Er winkte einen Diener heran. »Einen Sessel für den Rabbi.«

Jehuda Ben Israel setzte sich auf den Polstersessel, der für ihn gebracht worden war. »Wir anderen fühlen uns durch die Anwesenheit eines so berühmten Mannes geehrt«, fügte Doctor Rink den Worten des Greven hinzu.

Bernhild von Eichen zeigte zum ersten Mal eine Regung, die echt schien – sie fühlte sich in ihrer Ehre gekränkt. »Wenn das so ist«, stieß sie hervor, »dann gehe ich!« Sie warf ihren hübschen Kopf in den Nacken und bedachte das Schöffenkollegium mit einem verachtenden Blick ihrer kalten blauen Augen. »Meine Anklage gegen Guntram aus Junkersdorf kennt Ihr, und ich bin der Vorladung gefolgt – damit ist dem Recht Genüge getan. Ich weiß wirklich nicht, was ich hier noch soll. Dieses Frage- und Antwortspiel langweilt mich zu Tode.«

Sie drehte sich um und wollte hocherhobenen Hauptes den Saal verlassen. Aber der Greve gebot ihr Einhalt. »Nein,

Bernhild – Ihr werdet nicht gehen«, befahl er, und in seiner Stimme klirrte eine Härte, die Gret am Anfang nicht bemerkt hatte. »Was wir hier treiben, das ist keineswegs ein Spiel!«

Ein Amtsdiener versperrte Bernhild den Weg zum Ausgang. Gleichzeitig kam eilig ein Bote von draußen herein und näherte sich den Schöffen. »Hohes Gericht«, sagte er, »die Särge wurden geöffnet, und es fanden sich in allen diese Zettel, mit Ausnahme des Sarkophages von Eberhard Farrenschildt.«

Bernhilds wütende Miene erstarrte. Sie gab ihre Gegenwehr gegen den Amtsdiener auf, der sie hatte festhalten müssen, und schaute entgeistert die gelben Papierblättchen an, die der Greve eben entgegennahm. Langsam öffneten sich ihre blassen Lippen, aber es kam kein Ton heraus.

»Bannsprüche«, murmelte der Greve wenig überrascht, »geschrieben von Euch, Frau Bernhild.« Sein Blick glitt zu ihr hinüber. »Ich sehe, Ihr erkennt sie wieder.«

»Habt Ihr nicht wenigstens dazu etwas zu sagen?« Der alte Doctor Rink wandte ihr das Gesicht zu. »Es wäre besser, Ihr sprächet jetzt und nicht erst später.«

Das Schöffenkollegium, der Greve und die zuschauenden Zeugen und Amtsdiener – alle blickten gespannt auf die junge Frau im Witwenkleid. Nun hätte sie sich äußern müssen. Aber Bernhild schwieg. Sie stand aufrecht wie eine Statue, genauso unbeweglich und ohne ein Zeichen der Anteilnahme.

»Wir haben die Tagebuchblätter, eigenhändig von Euch geschrieben«, sagte der Greve. »Euer ganzer Plan wird daraus deutlich – all die Morde, die Ihr allein geplant und dann mit Hilfe des Schurken Calvertin ausgeführt habt!« Er hob den kleinen Stapel gelber Blätter vom Tisch auf und schwenkte ihn Bernhild entgegen.

Das blasse Mädchengesicht, das vor Augenblicken noch so gleichgültig ausgesehen hatte, veränderte den Ausdruck. Bernhild schob die Unterlippe vor wie ein Kind, das bei etwas Verbotenem ertappt worden ist. »Dafür habe ich schon weidlich gebüßt«, stieß sie trotzig hervor, »ich hatte schlechte Träume, und ich mochte nichts essen – viele Wochen lang ging es mir gar nicht gut!«

»Frau Bernhild«, sagte der Älteste der Schöffen, Doctor Rink, »es geht hier nicht um ein kleines Vergehen!« Seiner Miene war anzusehen, wie wenig er das Verhalten der jungen Frau begreifen konnte. »Erst Euer Schwager, der sterben mußte. Dann Euer Gemahl, dann dessen Schwester, die Euch im Wege war! Dann Euer unschuldiges Knäblein – Gott nehme es in seinen Himmel auf!« Er bekreuzigte sich. »Bedenkt doch, Ihr habt eine schreckliche Schuld auf Euch geladen!«

Der Greve erhob sich halb von seinem Sitz und neigte sich Bernhild entgegen. »Wolfrat Farrenschildt war der Letzte, der noch zwischen Euch und dem großen Vermögen stand«, sagte er, »auch der durfte nicht am Leben bleiben. Und Guntram sollte verschwinden, weil er Euch mit seiner Liebe unbequem war.« Er suchte die Augen der jungen Frau. »Wir kennen auch den Inhalt des Testaments«, setzte er seine Rede eindringlich fort. »Euch sollte alles allein gehören – die anderen Familienmitglieder hatten nur ein Pflichtteil zu erwarten.« Er machte ein kurze Pause, um Bernhild Gelegenheit zu einer Äußerung zu geben; aber sie schwieg und preßte die Lippen fest zusammen.

»Selbst diesen geringen Anteil wolltet Ihr den anderen Erbberechtigten offenbar nicht zubilligen«, sagte Doctor Rink und schüttelte den Kopf über das verstockte Kindergesicht Bernhilds, »deshalb habt Ihr sie unbarmherzig und kaltblütig wie ein Henker hingerichtet.« Er stand von seinem Platz auf, konnte seinen Schrecken nicht länger verbergen. »Eberhard Farrenschildt war großzügig und hätte Euch jeden Wunsch erfüllt – wäre er noch am Leben! Ihr hättet niemanden töten müssen, um an Geld zu kommen. Warum habt Ihr es getan, Bernhild?

»Zurück, Lakai«, fuhr Bernhild den Amtsdiener an, der noch immer dicht neben ihr stand, »und wage es nicht, mich noch einmal mit deinen schmutzigen Fingern zu berühren!« Sie trat mit ein paar zierlichen, wiegenden Schritten an den Tisch des Greven heran. »Warum ich es getan habe, wollt Ihr wissen?«

Sie richtete sich zu hoheitsvoller Haltung auf und schaute den Vorsitzenden des Hohen Gerichts mit ihren wundervollen Augen an, deren Blau so kalt war wie die Farbe des Januarhimmels. »Ich hatte es satt, bitten zu müssen«, sagte sie mit glatter, ungerührter Stimme, »ich hatte es satt, dem alten Hahn zu Willen zu sein. Und ich hatte es satt zu warten, bis er endlich von allein stirbt. Ich wollte jetzt bestimmen – nicht erst in zwanzig Jahren, wenn ich selbst alt bin! Ich wollte mir meinen Gemahl selbst wählen. Und ich wollte alles Gut für mich, damit mir niemand mehr befehlen kann!«

Diese Worte waren in grenzenlosem Haß aus ihr hervorgebrochen.

»Aber Euer neugeborenes Kind, Bernhild!« rief der Greve aus. Er war nahe daran, bei soviel Kaltblütigkeit die Fassung zu verlieren. »Es war so klein, so unschuldig! Euer eigen Fleisch und Blut!«

»Ja – das Kind«, Bernhilds Stimme klang spröde wie Glas. »Der Erbe des alten Ziegenbocks. Ich hab's nie haben wollen. Trotzdem war einige Überwindung nötig, bis ich es genügend hassen konnte ...« Sie lächelte eisig. »Am Ende ging es ganz leicht.«

Gret, die bis jetzt stumm zugehört hatte, begann beim Anblick des jungen Mädchens zu zittern. Noch nie war ihr Bernhild von Eichen so zauberhaft schön vorgekommen; aber es war eine Schönheit, die einem das Blut in den Adern gefrieren ließ.

»Ihr seid schuldig des vielfachen, heimtückischen Mordes«, schallte die Stimme des Greven durch den Saal, »außerdem der Irreführung des Gerichts und der falschen Beschuldigung gegen Gertrud, die Hebamme, und Guntram aus Junkersdorf.« Seiner Stimme war Fassungslosigkeit und Entrüstung anzuhören. »Über das Strafmaß für alle diese Verbrechen wird das Schöffenkollegium noch befinden – auch darüber, was mit dem hier anwesenden Calvertin geschehen soll«, schloß er. »Gertrud und Guntram sind auf der Stelle freizulassen. Ihr selbst, Bernhild von Eichen, werdet in die Hacht überführt und wartet dort auf Euer Urteil!«

Die Rede des Greven lastete im Raum. In die Stille hinein antwortete Bernhild mit trotziger Kinderstimme: »Nein, das werde ich nicht tun! Daß ich verloren habe, weiß ich – aber ich habe mir auch geschworen, niemandem mehr zu gehorchen, außer mir selbst!«

Diese ungeheuerlichen Worte verfehlten ihre Wirkung nicht. Ein Gemurmel füllte den Gerichtssaal. Bernhild nutzte den Augenblick, in dem Greve und Schöffen wie gelähmt dasaßen, und ließ sich vor dem Kasten der Schlange auf die Knie sinken. Ehe man sie daran hindern konnte, riß sie den Deckel auf und senkte sich über den Behälter, während sie ihr schwarzes Trauerkleid von der Schulter streifte und ihre weiße Haut entblößte.

Die Naja erhob sich langsam und voller Grazie aus dem

Kasten, schwang den kleinen, dreieckigen Kopf hin und her, blähte sich …

Gret konnte das brillenartige Muster auf der Rückseite des Schlangenhalses deutlich erkennen. Domenico Calvertin, der still und finster dagestanden hatte, schrie wild auf: »No, no, Signora – no!«

Die Schlange bog sich in einer geschmeidig-eleganten Bewegung zurück – dann schnellte sie vor wie ein Geschoß. Ihre Zähne bohrten sich in Bernhilds schlanken Hals.

Jehuda Ben Israel war aufgesprungen und zu den Schöffenbänken hinrübergehastet; er packte das Reptil und riß es von Bernhild weg. Mit geschicktem Griff schleuderte er das sich windende Tier in sein Gefängnis zurück und klappte den Deckel darüber. Aber die beiden kleinen, unscheinbaren Wunden an Bernhilds Halsgrube verrieten ihm, daß seine Hilfe zu spät kam. »Hier ist keine Rettung mehr«, sagte er nüchtern, »sie hat Euch, Ihr Herren, das Urteil und seine Vollstreckung aus der Hand genommen.«

Bernhild saß neben der Richterbank auf dem Boden, umgeben von ihrem schwarzen Kleid wie von einer dunklen Wolke. Sie lächelte überheblich.

»Pierangelo soll spielen«, befahl sie scharf, »jetzt ist die beste Zeit. Wenn er seine Aufgabe erfüllt, kriegt er auch das Geld, das ich ihm noch schulde …« Ihre Stimme begann zu schwanken. »Außerdem kommen mir bei Lautenklang immer so gute Ideen … ohne Musik fällt mir einfach nichts ein …«

Sie sank langsam in sich zusammen. Krämpfe überrollten in Wellen ihren Körper. Es dauerte nur wenige Augenblicke, bis sie das Bewußtsein verlor. Guntram, den die Amtsdiener bereits von seinen Ketten befreit hatten, stürzte sich neben ihr auf den Fußboden und nahm die zarte Gestalt in die Arme. Er sagte kein Wort, aber über sein blasses Gesicht rannen Tränen.

Gret mußte sich abwenden. Was für einen Abgang hatte sich diese Kindfrau verschafft! Sie hatte ihr Leben gespielt wie eine Partie Schach. Mit ihren listigen, skrupellosen Winkelzügen hatte sie alle geschlagen – nur gewonnen hatte sie ihr Spiel nicht. Und am Ende war ihr, wie einem Kind, das nicht verlieren gelernt hat, nichts anderes eingefallen, als das Brett umzuwerfen.

Der Greve ließ den Saal räumen. Wie betäubt verließen die Anwesenden den Sitzungsraum. Aber im Hinausgehen hörte Gret, wie die Herren des Schöffenkollegiums bereits zur Tagesordnung übergingen. »Da gibt es nichts mehr zu tun«, sagte der Greve, »und die Erbschaftsangelegenheit geht zurück an den Rat. Soweit mir bekannt ist, hat Eberhard Farrenschildt schon vor Jahren Guntram als seinen leiblichen Sohn anerkannt. Er wird jetzt wohl alles bekommen, denke ich.«

»Das denke ich auch«, sagte gelassen Doctor Rink, »man kann nur hoffen, daß er sich in seine neue Position einleben wird. Übrigens«, er legte dem Greven vertraulich die Hand auf die Schulter, »Bernhild von Eichen sagte ja zuletzt, sie habe diesem Lautenspieler noch Geld geschuldet. Also hat der Junge eigentlich gar keinen Raub begangen – oder wie sieht das in Euren Augen aus?«

» ... Urteil rückgängig machen«, kam ein Wortfetzen von einem der anderen Schöffen, die sich bis jetzt überhaupt noch nicht geäußert hatten, »das wäre am besten – wie man es auch betrachtet.«

»Ich hätte den Musiker gern in meine Dienste genommen«, sagte Doctor Rink, »so ein Talent! Zu schade für den Galgen, meint Ihr nicht auch?«

»Hmmm«, brummte der Greve. »Ihr könnt ihn gleich einstellen. Den Rest regle ich schon. Unter uns – ich fand ihn selber ganz amüsant.«

Gret lief zum Ausgang des Gebäudes und stieg mit schnellen Schritten die Treppe hinab. Sie brauchte auf einmal frische Luft. Sie fühlte sich, als habe sie drei Tage und drei Nächte nicht geschlafen.

Am Fuß der Treppe stand Hans Stellmacher. Er fing Gret auf, hielt sie fest und küßte sie. Gret ließ sich matt in seine Arme sinken; ihr war schwindlig – einen Augenblick fühlte sie sich wie im Traum.

Plötzlich drang eine heitere Stimme an ihr Ohr: »Bravo, Margherita – bravissimo!« Hände klatschten Beifall ... jemand lachte befreit auf ...

Gret riß sich von Hans los und warf den Kopf herum. Sie kam schlagartig wieder zu sich. Pierangelo Contini, in Begleitung von mehreren Amtsdienern, Gertrud und dem glückstrahlenden, grinsenden Bätes, Matheis und einigen Unbekannten, stand oben auf der Treppe und zeigte sein unwiderstehliches, entwaffnendes Gaunerlächeln.

»Oh –«, hauchte Gret entrüstet. Ihre Hand holte aus, als habe sie ein Eigenleben. Sie klatschte mit Schwung gegen Hans Stellmachers Wange. »Wie konntest du ...«, sagte Gret, »vor all den Leuten!«

Hans errötete.

»Ich habe mich nur eine einzige Mal getraut«, stichelte Pierangelo Contini, »weil ... ich bin ein Feigling!«

»So?« Hans färbte sich noch dunkler – ob aus Verlegenheit oder vor Eifersucht, das war nicht zu erkennen. »Nun, ich bin jedenfalls keiner von der Sorte!« Und er küßte sie noch einmal.

Gret befreite sich mit Gewalt. Sie war hellwach. »Du grober Klotz«, fauchte sie, »mit dir rede ich kein Wort mehr!«

Matheis kicherte. »Recht so, Mädchen – laß ihn schmoren. Wenigstens bis heut abend!«

Doctor Rink erschien auf der Treppe. Er lächelte. »Bewahre dir vor allem deinen Mut und deinen Verstand«, warf er ein. »Du hast dem Gericht einen sehr großen Dienst erwiesen – das wissen wir alle zu schätzen. Ist das dein Mann?« Er deutete auf Hans.

»O nein«, antwortete Gret im Brustton der Überzeugung, »ich heirate nie!«

Auf der Straße keuchte im Dauerlauf Theophilus Minutus heran. Seine Holzsandalen klapperten, sein schwarzer Würdemantel flatterte wie ein nasses Segel. »Was muß ich hören, Grundlin«, schrie er atemlos und schweißbedeckt, »du stehst vor Gericht?«

Alle brachen in lautes Gelächter aus.

Margaret Frazer

Die Novizin

Ein Kriminalroman
aus dem Mittelalter

320 Seiten

Die Ruhe im friedlichen Benediktinerkloster St. Frideswide wird durch die plötzliche Ankunft der reichen Protektorin Lady Ermentrude gestört. Eine Kammerzofe der Lady stirbt plötzlich, ein paar Tage darauf auch die Lady selbst, nach Luft ringend und mit Schaum vor dem Mund. Die junge Novizin Thomasine wird verdächtigt, die beiden vergiftet zu haben. Doch sie beteuert ihre Unschuld und berichtet von einer kleinen schwarzen Hand, die aus dem Dunkeln nach Lady E. griff …

Carole Nelson Douglas

Rätsel um Amberleigh

Ein viktorianischer Kriminalroman

480 Seiten

Die rothaarige viktorianische Schönheit Amberleigh Dunne ist durch den Selbstmord ihres Vaters dazu verdammt, sich ihr Brot als Gouvernante zu verdienen. Nur zu gern folgt sie dem Hilferuf einer alten Freundin nach Irland, sie genießt das luxuriöse Leben des Adels und die schöne Landschaft. Doch bald befindet sich Amberleigh in einem Labyrinth aus Geheimnissen, Intrigen und Mord, aus dem sie nur noch ihr eigener Mut und Verstand retten können. Ein falscher Schritt würde Amberleigh einem skrupellosen Mörder ausliefern und den einzigen Mann töten, den sie liebt …

ECON Taschenbuch Verlag
Postfach 30 03 21 · 40403 Düsseldorf